スプラッシュ マンション

畠山健二

PHP
文芸文庫

○本表紙デザイン＋ロゴ＝川上成夫

スプラッシュ　マンション◎目次

マンション概要：「ルネッサＧＬ」 築四年目。ＪＲ総武線新小岩駅徒歩四分。百五十戸。鉄筋コンクリート九階建て。サウナ付スパあり。

〈スプラッシュ マンション・主な登場人物〉

葉山俊介（45歳）……愛称・先生。私立美大卒。漫画の原作者。グルメ&遊び人。近所の大衆酒場「おたこ」を愛する。二〇五号室。

麻丘元春（39歳）……愛称・元ちゃん。「おたこ」の飲み仲間。マンション管理組合理事。大阪生まれ。元落語家。妻と七歳の息子あり。七〇八号室。

南　淳二（37歳）……愛称・淳ちゃん。「おたこ」の飲み仲間。マンション管理組合理事。鉄鋼会社&賃貸マンション経営。甲子園出場経験を持つ元球児。四〇五号室。

吉本貴子（20代後半）……吉原「松竹梅」のソープ嬢。源氏名・神山。「ルネッサＧＬ」の姉の部屋に引っ越してきた。六〇二号室。

佐々木茂雄（32歳）……理事会で見積りに対し発言。マンション管理組合理事。元大手自動車メーカー勤務。一〇七号室。

高倉宏志（48歳）……マンション管理組合理事長。高卒。信用組合の業務課で勤続三十年。会社では窓際族。恐妻家。二児の父。宮崎県出身。八一一号室。

高倉小百合（50歳）……高倉の年上女房。夫に専制的にふるまう。小学校のＰＴＡ役員。

小林　敦（33歳）……総合管理サービス株式会社マンション管理部課長代理。妻・夏美と二人の幼い子供、義母と同居。妻は育児マニア。埼玉県春日部市の一軒家に住む。

丸山……葛飾署刑事。あと二年で定年。現場感覚にすぐれたベテラン。

浜口……葛飾署刑事。丸山の相棒。若手刑事。

スプラッシュ　マンション

1　吉原の貧乏神

大衆酒場「おたこ」の換気扇からは、やきとんの煙がモウモウと噴き上がる。午後六時前に満席となるこの店は、新小岩のオジサンたちにとってオアシスだ。陽はかなり傾いたが、まだ真昼のように明るい。

葉山俊介が覗きこむようにして店の引き戸を開けると、煙の向こうに二人の姿を確認することができる。「おたこ」の大将はカウンターの中から「あそこだよ」とでも言いたげに視線を動かした。

小上がりで靴を脱ぎかけると、二人は俊介に気づいた。

「おっ、先生。お早い登場ですね」

先生とは葉山俊介のこと。二人は、漫画の原作を書いている俊介のことをこう呼んだ。座敷で呑んでいたのは麻丘元春と南 淳二。俊介と同じマンションに住む友人である。

俊介が新小岩にある新築マンションを購入したのは四年ほど前。三人は、子供が同じ小学校に通う、いわゆるパパ友というやつだ。今では月に一、二度、近所を呑み歩く仲になっている。

なんとなく人恋しかった俊介にとって、南淳二からのメールは渡りに船だった。

《六時から元さんと「おたこ」で呑みます。いかがですか？》

奥側に座っていた麻丘元春はハイボールの入ったグラスを持って立ち上がると、南の隣に移動する。三十代後半の二人は四十五歳の俊介に敬意を表したのだろう。百八十センチを超える長身の麻丘は苦しそうに長い脚をテーブルの下に入れようとしている。

「いいよ、いいよ。こっちの席で」

「あきまへんて。ご老体は上座に。そっちは壁に寄りかかれますやろ。外はまだ暑いでしょ。生ビールですか。それともいきなりハイボールにしまっか」

俊介は腰を下ろすと、二人が呑んでいるハイボールのグラスを指差した。

「盛り上がってたみたいだな。また風俗店ネタかよ」

「そんな乙な話題やおまへんがな。理事会ネタでっせ」

彼らの住むマンションでは、管理組合の理事を輪番制で決めている。一階から九階までの各階から一名ずつ理事を出し、抽選で決められた順番で毎年理事が替わるというシステムだ。今年の三月から、この輪番制によって南淳二と麻丘元春が管理組合の理事となり、酒の席でも理事会の話題が出るようになった。

「ねえ、先生。うちのマンション、アカンと思いますよ」

「耐震偽装か。おれは地震保険に入ってるから心配ない」

「ちゃいますって。高倉理事長です。あいつ、管理会社とつるんでまっせ。なあ」

麻丘が南に振った。

「ええ。前期、理事だった杉本さんも言ってたけど、なんか臭(にお)いますよ」

「加齢臭じゃないのか」

二人は前方にずっこける。

ハイボールがテーブルに置かれたので、三人はグラスを合わせた。

「それで、証拠はあるのかよ。理事長と管理会社がつるんでるって」

南と麻丘は考え込むようにして視線を落とした。

「だいたいさあ、理事長が管理会社とくっついたところで、たいしたことはできないだろ。これをやってるわけでもあるまいし」

俊介は右手を懐(ふところ)に入れる真似(まね)をした。俊介はまだ理事を経験したことがなく、管理組合や理事会運営の知識はほとんどない。年に一度開かれる総会に出席したことがある程度で、これといった興味もなかった。その総会で進行役を務めた高倉理事長の顔を思い出したが、悪事などはとうてい働けぬ小物に思えた。

「管理費をパクるほど度胸のある男には見えませんけどね」

「それじゃ、理事長は何をしてるって言うんだ」

「何をしてるかとかやなくて……、されてるってことやろうね」

意味がわからない俊介に、麻丘が続きを話しだした。

「つまり理事長が管理会社に操られているってことですわ。高倉のオッサンは第一期から四期まで連続して四年間も理事長をやっているわけです。完全なボランティアやし、月に一度は理事会もあるし、金銭の支出にはいちいち判子をつかなきゃあかんし、他にやり手がいないわけですよ」

「へえー。理事長の任期に規定はないのかよ」

「特にないみたいですわ。他になる人がおらへんから、長期政権になったと思っていたけど、ホンマはそうやなくて、管理会社が高倉を理事長にさせてるんや」

南がおれにも喋らせてほしいとばかりに身を乗り出した。おとなしい彼にしては珍しい雰囲気だ。

「つまり、管理会社は操りやすい人を理事長に据えて、このマンションを食い物にしようとしているわけです。例えば、この前、スパの給水管を修理することになったんですが、管理会社に紹介された業者の見積りを鵜呑みにするわけですよ、理事長が。別の業者からも見積りを取ったほうがいいって意見も出たんですが、『その業者に不具合があったときに、あなたは責任が取れるんですか』なんて凄むし……。理事長は在任四年目で、他の理事はなり立てのホヤホヤでしょ。なかなか言い返せないわけですよ。そういえば、ぼくの高校の野球部もそうだったなあ。校長が自分の息のかかった男を監督に据えて裏から操るんですよ」

おそらく管理会社は業者からリベートを受け取っているのだろう。業界では二割三割当たり前ってわけだ。まあ、食い物にされる管理組合にも問題はある。自己責任ってやつだなと、俊介は思った。ただ、気になったのは高倉理事長の心理だ。管理会社から金銭が流れていないとすると、彼を理事長に駆り立てる理由はどこにあるのか。

「高倉って何者なんだ？」

「何者って言われてもねえ……。淳ちゃん、聞いたことあらへんか」

「噂によると、信用組合に勤めてるって話です。髪の毛も寂しくなってるし、見るからにウダツの上がらない男って感じですよね」

「わかった」

俊介は大きな声を出すと、グラスに半分ほど残ったハイボールを呑み干した。

「な、なんでっか」

「高倉が理事長をやってる理由だよ。ずばり権力だな。高倉は高校を卒業し、親戚のコネで信用組合に就職した。ところが持って生まれた暗い性格が災いして、上司からは苛められ、同僚からはシカトされ、女子社員からは馬鹿にされる毎日。出世コースからも完全に外れて、年下の支店長にコキ使われ、万年業務課長として雑用をこなすも、ミス連発で賞与はDランク。そんな男が爪に火をともすようにして蓄えた頭金で新築マンションを購入する。そこで管理会社から白羽の矢を立てられ理事長にされてしまった。管理会社だって弱肉強食の世界。自分たちの利益のためだから、獲物を見定める目に間違いはないさ。ところが理事長になったら、これが実にいい気持ちなわけよ。百五十戸の中で一番偉くなったような気がしてくる。管理会社からはおだてられ、理事会では重鎮として扱われ、今までの人生で味わったことのない満足感を得られたんだなあ。利用されているとも知らずに。悲しい人生だなあ……」

「す、すごいですね。他人の人生をそこまで勝手に決めてしまうなんて」

「なんちゅう説得力や。桂米朝ばりの人情噺ですなあ」

南と麻丘は俊介の洒落を真に受けたようだった。一方、俊介は思いがけずマンションの話題に引き込まれてしまったことを不覚に思い、話題を変えた。

「もうやめようぜ、理事会の話は。酒がまずくなる。えーと、煮込みとアジフライだな」

　いつものたわいない下卑(げび)た酒席に戻った。

「しかし、ここのアジフライはうまいな。ハイボールには揚げ物が合う」

「本当ですね。小料理屋での生もの系は、日本酒かビールの方が合うけど、B級グルメにはやっぱ、ハイボールですよ。でも悲しいですね。氷を入れないハイボールを出す店は少なくなりましたから」

「ああ。ハイボールは氷なしに限る。氷を入れるとどうしたって水っぽくなるだろ。大衆酒場じゃ、チューハイだ、ホッピーだっていうけど、極めつきは氷なしハイボールだ。ただし泡の弱い炭酸はダメだね。氷がない分、炭酸に勢いがないと」

「言えてます。喉(のど)ではじけるのが下町ハイボールの醍醐味(だいごみ)ですから」

　葉山俊介と南淳二はグルメを自負しており、下町B級グルメの話題になると口をはさむ暇(いとま)がない。大阪で生まれ育った麻丘元春はいつも聞き役に回る。その麻丘が珍しく口をはさんだ。

「うん……。ホンマにそうかもしれへんなあ」

「上方(かみがた)育ちの元ちゃんもついに、ディープな東京酒場の味を理解したってことか」

「いや、そうやなくて、高倉理事長のことですよ」

「おい、静かにしていたと思ったら、そんなことを考えてたのかよ」

「なんや先生の話を聞いてたら、死んだ親父のことを思い出しました」

　麻丘はグラスを口に運んだが、中の酒はほとんど減らなかった。

「うちの親父も高卒で大企業に就職しましてね。もちろん万年係長ってやつですわ。おそらく会社じゃ皆に馬鹿にされていたんでしょうな。その反動で家庭では独裁者やった。女房子供の意見なんかには耳を貸さへんし、晩飯のおかずは自分だけ一品多くして、必ず一番風呂に入りよった。今の話を聞いてたらなんだかわかりましたよ。そうやって必死にバランスを保っていたんやなあ。おれは親父のことが嫌いやったけど、なんだか悪かったなあ」

　麻丘元春は三十九歳になる。大阪の天王寺で生まれ地元の三流大学に通っていたが、落語好きが昂じて大学を中退し、桂小春丸に入門して落語家となった。しかし「好きこそ物の上手なれ」とはいかない。また、関西は漫才のテリトリーで、落語家には厳しい地域であり、元春は五年たっても飯が食える状況にはならなかった。彼の叔父が東京で内装関係の会社を経営しており、二十五歳のときに上京して就職した。叔父一家には跡取りがおらず、今では元春が業務を切り回している。大手建築会社から注文を受け、下請けの業者に仕事を回すのがほとんどで、時間や金銭にも多少の余裕があった。人の心に土足で踏み込む大阪人特有の厚かましさが特徴だが、涙もろい感激屋でもある。そんな男だから、父親や故郷のことを思い出したのかもしれない。

「よう、ちょっと待てよ。おれの作り話からそんなセンチメンタルな……」

俊介は困った表情を南淳二に投げかけた。驚いたことに南も遠くを眺めている。

「野球部の監督はその逆だったな。部員からは鬼と呼ばれてました。今なら暴力監督で出場停止ですよ。一度だけ練習場に遊びに来た幼稚園児の長男とじゃれ合っているところを見たんですが、別の人間かと疑うほど優しい父親だったな。元さんのバランス説は意外と正しいかもよ」

南淳二は三十七歳。実家が江東区の北砂で鉄鋼会社を経営していたため家業を継いだが、生産が海外にシフトされるようになると、採算がとれなくなり、工場を閉鎖して賃貸マンション業を始めた。工場は閉鎖したものの、鉄鋼会社は外注や卸売などで営業は続けている。商売の方は不況が続いていたが、安定した賃貸収入があり、食うには困らなかった。以前は工場の上に居を構えていたが、工場の閉鎖に伴いマンションを購入したのだ。彼の自慢は高校時代に硬式野球部のキャプテンとして夏の甲子園に出場したことだった。

俊介は呆れ顔をして、二人が正気に戻るようにパンパンと手を打った。

「おいおい、二人ともどうしたんだよ。もっとおもしろい話題があるだろ」

俊介の言葉に麻丘が我に返った。

「そ、そや、淳ちゃん」

南も麻丘の意図に気づいた。

「そ、そうだ。あやうく忘れるとこだった。えー、実はですね、今夜はこれからちょっとした余興がありまして……。この日のために元さんと積立してたんですよ」

「そういうことか。で、キャバクラか。デリヘルか」

「馬鹿にしたらあきまへんで。今日は吉原の大門をくぐるつもりですから」

この二人は、たまにつるんでは悪い遊びに興じている。ほとんどが地元の新小岩か錦糸町界隈のようだが、今日は本丸に遠征するらしい。大柄な麻丘と小柄な南は、息の合ったでこぼこコンビだ。

「ソープか。店も相手も決まってるのか」

麻丘は左手の腕時計に目をやった。

「あかん、もうこんな時間や。あと四十分もしたら出発しますが、どうですか、ご一緒に。店長に電話をして、もう一人おさえまっせ」

夜のツアーには俊介もときどき参加する。酔狂を信条とする俊介はこの手の誘いが大好きだ。

「だったら酒はもうやめだ。使い物にならなくなる。なにより酔っぱらってちゃ相手に失礼だしな」

三人は早々に酒席を切り上げるとタクシーに乗り込んだ。

ツアーの式次第は次のように決定した。場所は吉原にある「松竹梅」というふざけた名前のソープランド。南と麻丘はすでにホームページをチェックして相手を指名している。俊介は同行するが、写真を見て納得できる相手がいなければ帰るというもの。入浴料を支払い、待合室に入ると、南と麻丘の二人はお茶もそこそこに、緊張と期待に包まれて消えていく。一人残された俊介の前には、にやけた店長が現れた。

「こぶ茶をくれますか。すごく濃いやつ」

店長は軽快に返事をすると扉を少し開き、若いボーイを呼んで指示をした。

「ずいぶんと遊び慣れているようにお見受けしますが、吉原にはよくおいでになるのですか」

「たまにね。今日は若い奴らの監督役ですよ。悪さをしないようにね」

「ご冗談を……」

店長は作り笑いを浮かべると、上着のポケットに右手を滑りこませ、何枚かのポラロイド写真を取り出した。

「玄人(くろうと)の方には、お恥ずかしい限りですが、今すぐにご案内できるのは、この四人になります。あの、お気に召す娘(こ)がいなければ、お帰りいただいても結構でございます。もちろん入浴料はお返しいたしますので」

ハナからそのつもりである。戻ってきた入浴料から、お茶代として三千円も握らせれば野暮(やぼ)な男と罵(ののし)られはしないだろう。そうと決まれば安心して写真を眺められる。店長は俊介の手に、そっと写真を載(の)せた。

「この娘(こ)は元コンパニオンでして、スタイルがいいでしょう」

単に大柄なだけだ。筋肉質なのが気に入らない。

「元コンパニオンといっても、幕張(まくはり)メッセの国際自動車ショーから、場末の温泉場まで幅広いからねえ……」

「場末ではございません。修善寺(しゅぜんじ)でございますから」

墓穴(ぼけつ)を掘ったことには気づいていないようだ。だが親しみを感じさせる男だ。俊介の嫌いなタイプではない。俊介はその写真を一番下に回した。

「女子大生でございます」

だからなんなのだ。いまどきそんな言葉で喜ぶ客なんていやしない。次だ。

「玄人の方にはお薦(すす)めのベテランでございます。包み込むようなサービスが売りで……」

「だんだん落ちてきますね」

「面目次第もございません」

　俊介は呆れ顔で最後の写真に視線を落とした。店長は観念したかのように写真を受け取ろうとしたが、俊介はそれを胸元に引き寄せた。そこには世の中の不幸を一手に引き受けたかのような貧相で存在感のない女が写っていた。

　ボーイがこぶ茶を運んできた。

「この写真はイジメを苦に自殺した女性の遺影ですか」

「ご冗談を」

　俊介はその写真に吸い込まれていった。撮影をした場所は前の三人と同じなのだが、この写真だけがセピア色に見えるのは何故だろう。寂しげな雰囲気は伏し目がちのためだけではない。絹糸のように細そうなストレートの髪の毛も、こぢんまりとした鼻も、線のように薄い唇も、目立たないために存在しているようだった。

《神山　身長１５８　Ｂ81　Ｗ58　Ｈ85》

　ポラロイド写真の下に書かれている数字を見てもピンとこない。

「貧乏神です。いや、お客さんだから言いますけどね。店の娘たちからはそう呼ばれてますよ。口数も少ないし、とにかく暗いもんで。まあ、見ての通りですけど……」

「なんで雇ってるの」

店長は片膝座り（かたひざ）だったが、床に両膝をついた。

「数も勢力のうちですから。こうやって写真の中に入れておくと他の女の子が引き立つでしょ。それに団体でいらして、同じ時間に入れろと無茶を言うお客さんもいます。一人くらいはババを引くのが吉原の鉄則ですよ。泥酔（でいすい）していればわかりませんからね」

店長はいつしか本音（ほんね）を語りだしている。俊介には相手の心の垣根を外させる不思議な力があった。

「おもしろそうだな。貧乏神を頼んでみるか」

「ご、ご冗談を」

「おれは坊主（ぼうず）の頭を結（ゆ）ったことはあるが、冗談を言（ゆ）ったことはない。こいつに決めた」

貴子（たかこ）は詩集を読んでいた。『さようなら』と題されたその詩集は、学校でのイジメを苦に自殺した女子高生の遺作である。

娘の両親が駅前の広場で、詩集を通行人に手渡していた。胡散臭（うさんくさ）い二人を避けるように足早に歩く人たち。不器用な貴子には二人を避けることができなかった。

「読んであげてくださいね」

貴子にそう言った母親の目が今でも脳裏に焼きついている。悲しげではなくむしろ力のこもった瞳だった。

《秋の風に誘われて枯葉が落ちる
また一枚　また一枚
残っているのはもう私だけ
涙さえ涸れてしまった私の葉っぱ
さようなら　ひらひらと
さようなら　ひらひらと》

ページをめくる貴子。

《水平線の彼方まで歩いていくの
新しい世界があるから
暖かい波は私を優しく誘う
もう何も聞こえはしない
もう何も見えはしない

とても静かで穏やかな世界》

　彼女が選択したのは飛び降り自殺なのか、それとも入水（じゅすい）自殺なのか。貴子にはどうでもよかった。自分が詩の仙境（せんきょう）に浸（ひた）れれば満足なのだ。自殺した女子高生に同情はしない。同情できるのは今が幸せな証拠だ。

　部屋にいる他の女たちは煎餅（せんべい）を齧（かじ）りながら、ファッション雑誌をめくりながら、鏡の前で枝毛を切りながら、貴子に冷たい視線を投げかける。昨夜の居酒屋でも貴子の話題で盛り上がった。

「もう、ウザイったらありゃしない」

「今日なんか壁を見つめて涙流してんのよ。無表情だから余計に気持ち悪いのよね」

「まったく貧乏神よね。こっちまでお茶挽（ひ）いちゃったわよ」

「店長も何を考えてんのよ。客なんか付きゃしないんだから」

　貴子はそんな自分の存在をすんなりと受け止める。ＯＬ時代と比べれば楽なものだ。数人の男に抱かれ、生きていけるだけの金が稼げればそれで満足だ。

　ノックの音と同時に扉が少し開いた。

「神山さん。ご指名です。よろしく」

他の女たちがいっせいに顔を見合わせたのは、やっかみではなく純然たる驚きだった。店長の声がいつもより低かったのは彼女たちに対する配慮だろう。こんなに早い時間に声がかかるのは初めてのことだった。いつもはジャンケンに負けた泥酔者が一人つけばマシなほう。清い身体のまま帰宅することも多い貴子にとっては思いがけぬ事態だ。出勤してすぐにシャワーを浴びたのは幸いだった。バッグの中の商売道具を確認して、白いスーツに着替えた。

廊下に出て階段下の定位置に立つと、店長が時間などを記入してあるカードを手渡すことになっている。いつもは「ちゃんとブラシで髪をとかしたのか」だの「微笑みを忘れるな」だの「粗相のないように」だのと小うるさい店長が、今日は無言で貴子にカードを渡した。

店長はよそよそしい仕種で客部屋をノックした。

「それでは、ご案内させていただきます」

覇気のない店長の声に、貴子は何かを感じ取ったが、すぐにその予感を否定した。無言なのはソープ嬢としての私にサジを投げただけだ。覇気がないのは、帰り際に客の不平不満を聞かされるのが辛いだけだ。今日もここで私と対面する客は、私を幽霊と間違えて驚き、その数秒後に我に返って顔をしかめるのだ。そして店長は「死に装束みたいな白いスーツはやめろ」と嫌味を言うに決まっている。

部屋から出てきた男は、何故か晴々としていた。

「神山です」

貴子は部屋の隅に正座をして形どおりの挨拶をした。男は「よろしくね」と愛想のよい言葉を返して、部屋の天井や壁を見まわしている。中肉中背で年齢は四十代の半ばというところだろうか。ジーパンにシャツというラフな服装だが清潔感があり、ほとんどの客に対して持つ嫌悪感は生まれてこなかった。サラリーマンのような型にはまった職業ではないのだろう。

男はベッドに腰掛け、ポケットから煙草を取り出す。

「あっ」

客の煙草に火を点けるのはソープ嬢の役目だ。だが貴子はいつもタイミングを逃してしまう。男はそんな貴子の態度を無視して言った。

「なぜおれの目をまともに見ないんだ」

男は天井に向かって細い煙を吐いた。言葉が出てこない貴子は俯いた。

「自分が貧乏神だからか」

貴子にはそれがキツイ言葉とは思えなかった。いつかもこんな言葉を聞いたことがある。小学校のとき、ただ一人だけ自分を理解してくれた音楽の教師を思い出した。

「どうして皆の目を見て話せないの。皆が怖い顔をしているからかしら。そうじゃないわ。あなたが悲しい顔をしているからよ」

　貴子は少しだけこの男に心を許せる気になった。

「きっと私が悲しい顔をしているから」

「そうか。悲しい顔か。見苦しい顔とか、不細工(ぶさいく)な顔なら仕方ないけど、悲しい顔なら直せるな」

　男は化粧台の上に置いてある筒の中から綿棒を一本つまんだ。

「いつまでそんなところに座っている気だ。こっちに来いよ。膝枕をして耳掃除をしてくれないか」

　貴子は言われるがままにベッドの上に正座をした。

「色気がねえなあ。だいいち正座じゃ枕が高すぎる。横座りにならなきゃ」

　男が貴子の足首を握って引っ張り、貴子の小さな尻がストンと落ちた。男はぶっきらぼうに膝の上に頭を載せると、貴子の手に綿棒を握らせた。貴子はそんな男の行動にちょっとした優しさを感じている自分が不思議だった。

「おれのことを自分の子供だと思えばいい。愛だよ。愛」

　この男はマザコンなのだろうか。変態的な行為を好む客はたくさんいる。信じられないことを求められ、全身が震えたことも何度かあった。しかし彼らに共通する陰湿さがこの男にはない。貴子は妙な安堵感の中で右手を動かした。

「耳の穴だけじゃダメだよ。周りのくぼみの中も丁寧にね」

「こうですか」

「そうそう。左手が遊んでいるだろう。たまに髪の毛を優しく撫でるんだ。そう。できるじゃないか。そうだ。ＢＧＭがほしいなあ。なんでもいいや。鼻歌でいいから童謡をやってくれ」

「えっ、童謡ですか」

「そうだな。『赤とんぼ』がいいや。それくらいなら知ってるだろう」

　部屋の中には寂しげな貴子の鼻歌が流れた。自分も母親になることができたら、こうやって子供の耳掃除をするのだろうか。結婚すら考えたことのない貴子には初めての思いだった。

　男は眠ってしまったのだろうか。

「お客さん、起きてますか」

　男はゆっくり起き上がると、首を左右に曲げてポキリと音を鳴らした。

「気持ち良かったなあ。これは武器になるぞ」

「武器って？」

「ソープ嬢としての君の武器に決まってるだろ。こんなもんで戦争に勝てるか。誰にでも帰巣本能はある。つまり自分の巣、故郷に帰ることだな。男にとっての故郷、それは母だ」

　この男の言葉や行動はいつも一方的だ。

「どうして私にそんな話をするのですか」

　男は初めて貴子の瞳を強い視線でとらえた。

「君がソープ嬢だからだ。君がソープ嬢になった経緯なんかはどうでもいい。だが君はこの店で働いている。これが現実だ。客から金をもらうからには君はプロだ。だったらプロとしての誇りを持て。自尊心を持て。それが持てないのなら、どうすれば持てるようになるか、その方法を考えろ。それがわかれば悲しい顔の君はいなくなる」

　貴子は今まで自分が相手をした客の言葉を思い出してみた。

《なんでこんな仕事をしてるわけ。向いてないだろ》

《ついてねえよなあ。やる気がないなら無理にしなくていいよ。風呂だけ入って帰るから》

　そして思い出したくもない客の目や、声や、背中や、性器が、現像されたフィルムのように脳裏をよぎった。嫌味を言われるのは客のせいじゃない。みんな自分のせいだ。こんな女を抱いて楽しいはずがない。

　貴子はそんなことを考えだした自分がいぶかしかった。客を満足させるために仕事をしているのではない。雲に隠れた月のように、ただひっそりとしていたかったのに。でも、もし客がこんな自分との時間に、ほんの少しでも安らぎを感じてくれたら、私も喜びを知ることができるのだろうか。

　貴子は自分がとても損をしているような気がしてきた。すべてはこの男のせいだ。

「ソープ嬢の腕の見せどころはセックスの技だけじゃない。君には君のやり方があるはずだ。野球の打順がよい例さ。全員がホームランを狙ったんじゃチームは機能しない。一番打者はとにかく塁に出る。二番打者はランナーを確実に送る。三番、四番はそのランナーをホームにかえす。ベンチを温めている野次専門の選手だって立派な仕事だ」

「私、野球のことはよくわかりません」

　男は膝についていた右手を滑らせてずっこけた。

「まあ、その、話の前後からだいたいの意味はわかるでしょう」

「さっき、男の故郷は母だって言いましたよね。それを私の武器にしろってことですか」

「そうだ。名付けて『ソープの心は母心作戦』だ」

　他の男が言ったのならば馬鹿馬鹿しいと思うに違いない。だがこの男の言葉には奇妙な説得力がある。

「まずは、客の服のたたみ方だな。客はこのベッドに座って服を脱ぐはずだ。スーツの上下はハンガーにかけるとして、ワイシャツはデパートの売り場に置いてあるように素早くたたむ。洋服売り場の店員って服を台に置かずに立ったまま上手にたたむだろ。あれは感動するよな。下着や靴下も素早く丁寧にたたむ。少しくらい臭ったたって我慢だ。これ見よがしではなく、あくまでさりげなく。これがポイントだ」

「そんなことで、お客さんが喜ぶとはとても思えませんけど」

　男の瞳は、自分だけがクイズの答えを知っている小学生のように輝いた。

「それが喜ぶんだな。今はきっちりと服をたためる若い女なんていないだろう。男ってそんなことに弱いわけよ。もちろん自分の脱いだ服も同じだよ。パンティはそっと服の下に隠す。いいなあ。奥ゆかしいよなあ」

　貴子は、自らの台詞に感動している男が愛くるしいと思えた。

「男の人ってかわいいんですね」

「それみろ。女だってそんなことで喜ぶじゃないか」

貴子は小さな声を漏らして笑った。笑い方って忘れないものなんだって感心するほど、長いあいだ笑っていなかった。

「前後するが、服の脱ぎ方も重要だ。何年か前、とんでもないソープ嬢に当たったことがある。ブラウスのボタンを外さずに頭から脱ぎやがった。膝下まで下ろしたパンティを床に落として足の指ではさんで、籠の中に放り込みくさった。またこれが見事に入るんだな。って、誉めてる場合じゃない。風営法じゃ無期懲役に該当する大罪だ」

貴子は立ち上がった。

「あの、服を脱いでみてもいいですか。教えてください。どうすればいいかを」

余裕をかましていた男は、別人のようにうろたえた。

「や、やめろ。三流官能小説じゃないんだぞ。おれは実技指導が苦手なんだ。頭の中でイメージしろよ。イメージが大切なんだ」

貴子は外しかけた胸のボタンを元に戻して、ゆっくりと腰を下ろした。

「あの、お客さんはここに何をしに来たんですか」

「いいじゃねえか、何でも。細かいことは気にするな。で、何だっけ」

「服の脱ぎ方です」

「それそれ。服を脱ぐときは客に背中を向ける。これ、鉄則ね。男は女が服を脱ぐ仕種を観察したいものだ。正面を向かれたら直視できないだろ。その視線を背中一面で感じろ。そうすれば自然と恥じらいのある服の脱ぎ方ができるはずだ」

男の話にはいちいち説得力があった。実技よりも、この男の講釈の方が貴子の想像力をより大きく膨らませた。

「なんだか、わかる気がします。背中かあ……」

「お次は身体の洗い方だ。スポンジは使うな。石鹸をつけて手で洗え」

「手だけ、ですか」

「そう。手だけ。肩や腰は親指に力を入れて指圧の要領だな。微妙な部分は指先で繊細に洗う。足の指の間は重要だぞ。丁寧にな。手がスポンジなんかに負けるはずがない。なんたって血が通っているんだから」

貴子の顔は小刻みに上下する。

「お願いです。実際にやらせてください。もう我慢できなくなってきました」

男は貴子の言葉を無視して喋り続ける。

「でもね、洗い方よりも大切なのが拭き方なんだな。客はね、こういう場面で自分の扱われ方を感じ取るわけよ。耳の中や、小鼻の脇、毛の生え際。わかってると思うけど、毛の生え際って髪の毛のことだよ。ここを丁寧に拭かれると、大切にされていると勘違いするわけよ、馬鹿だねえ……」

男は二本目の煙草に火を点けた。白い煙は消えるのを忘れたように帯状になって淀んでいる。

「あのう、差し出がましいようですが、爪を切るなんてどうでしょうか」

「爪ねえ……」

貴子はがっかりして肩を落とした。

「す、素晴らしい」

男の大声に、貴子の丸まった背骨は竹のように跳ね上がった。

「うーん……。君は磨けば光る原石だ。この前、テレビの通販で爪を磨く小さな道具を売ってたけど、あれを買おう。爪を切るか切らないかなんて、たいした問題じゃない。重要なのは形だ。ヤスリをかけたら指先に息を吹きかけるのを忘れてはいけない」

「そういう心遣いが大切なんですよね」

「だいぶわかってきたようだな。いろいろと君らしいやり方を考えてみればいい。自分で考案したことには自信が持てるからな」

貴子の目は死んだ魚のそれから、大海を泳ぎ回る活きた魚の目に変わりつつあった。

「喉が渇いたな。こぶ茶を注文してくれ。ダブルで、と言えばわかる」

こぶ茶が届くまで、男は「赤とんぼ」を口ずさんでいた。

「あの、ひとつ質問してもいいですか」

「難しいのは勘弁してくれ」

「お客さんは、ソープ嬢としての核心部分には一言も触れないんですね」

「核心部分ときたか。意味深な表現だな。なんじゃそりゃ」

「セックスのことです。どうすれば男性が喜ぶとか……」

男は鼻から小さな笑いを漏らした。

「君には必要ない。一生懸命にやればいいんだ。まあ、強いていえば恥じらいかな。簡単だよ。初恋の人に抱かれていると思えばいい」

「でも、お客さんはセックスをしに来てるんですよ。それで満足するのかなあ……」

「勘違いするな。すべての客を満足させる必要なんかないし、君にできるわけがない。一人でも二人でもいい。その一人か二人に心から満足してもらえ。そいつらは必ずリピーターになる。それが君のやり方だ」

貴子は男に合わせて注文したこぶ茶を一気に飲み干した。その濃さは今日の出来事に似ていた。

「やってみます。とにかくやってみてから考えます」

「やってみてから考えます、か。貧乏神とは思えない台詞だな。さあて、そろそろ帰るとするか。心配するな。ちゃんと金は払う」

男は財布から一万円札を二枚、抜き取るとベッドの上に置き、指先で滑らせた。

「あの……、サービス料は三万円なんですけど……」

「一万円は授業料だ」

「えっ、はい。ありがとうございました」

俊介はソープ嬢と連れ立って階段を下りる。

「お上がりなさいませ」

最敬礼で俊介を迎える店長の頭は重そうだ。俊介は店長が頭を上げる前に、ソープ嬢の瞳を見つめて眉を動かした。ソープ嬢が大きく頷いたのは、「頑張れよ」という俊介の気持ちを痛いほど理解したからに違いない。

「どうぞ、こちらでお茶でも。お連れ様はまだでございますので」

「いや、このまま帰る。こぶ茶は飲み飽きたしな。やつらには先に帰ったと伝えておいてくれ」

「だから言ったじゃないですか、貧乏神だって。私、言いましたよね。ねっ、ねっ」

「見送りはここで結構。それじゃ……」

通りに出ると、真っ暗な空にけばけばしいネオンが輝いている。呼び込みをしている黒服の店員の顔は紫色になったり、ピンク色になったり、まるでカメレオンのようだ。

「いかがでしたか」

「うまいこぶ茶だった」

少し冷たくなった風が心地よい。俊介は振り向きもせずに歩きだした。

2 能面男

理事会は毎月、最終日曜日の午前九時から十一時まで開かれる。場所は中庭の北側にある離れの集会室。一階がサウナ付きのスパになっていて、二階が集会室となっている。

「ルネッサＧＬ」は築四年目になる分譲マンションだ。「ＧＬ」とは「ゴールド・ライフ」の略らしいが、あまり知られてはいない。ＪＲ総武線の新小岩駅から徒歩四分の場所にあり、鉄筋コンクリート造りの九階建てで、総戸数は百五十戸。近隣では中型クラスのマンションといえる。不景気の折から、広大な土地を所有する企業の工場や、運送会社の配送センターなどが都内から撤退し、そこにマンションのデベロッパーがハイエナのように群がる。近頃では五百戸を超える大型のマンションも珍しくなく、幼稚園や小学校が不足する事態も起こっているらしい。葛飾区(かつしかく)といえば、二十三区内ではローカルな印象が強いが、新小岩は東京駅から三十分以内の通勤圏にあり、分譲価格も割安なことから需要は高い。

分譲売り出しに際して目玉になったのがサウナ付きスパだった。脱衣所と合わせれば約百平方メートルの広さがあり、湯船も銭湯並みに広いが、洗い場が五つと少ないのが難点。サウナと水風呂も完備されていて、定年後の高齢者などにとっては魅力的な施設だ。月、火曜日が休みで、男女が交互で利用することになっている。

当初は利用者も多かったが、次第にその数は減った。問題は利用者のマナーにある。下町育ちの俊介は子供のころから銭湯に通っていたので心得たものだったが、地方出身者や外国人などのマナーの悪さには目に余るものがあった。

タオルを湯船に入れて絞る。サウナから出て汗を流さずに水風呂に入る。床にタンを吐く。毛染めをする。洗い場を長時間にわたり独占する。百五十戸に対する外国人の割合は一割弱にもなり、スパに限らずマナーに関してはマンション全体の問題になりつつあった。

またスパは別の問題も抱えていた。水道光熱費や維持費に予想以上の経費がかかり、管理組合費を圧迫している。さらに定期的な点検・修繕費用も馬鹿にならず、将来的にはとんだお荷物を背負い込んだことにもなりかねない。

そのスパの二階にある集会室では理事会が開かれていた。

「無記名ですが、入浴のマナーについて投書がきています。まあ匿名ですからねえ……。しばらく様子を見るしかありませんね」

高倉理事長はしたり顔で述べた。

《結局は何にも対処しないってことじゃないかよ》

南淳二は対面に座っている麻丘元春に視線を送った。麻丘は口の右側を吊りあげてニタリとした。

「それでは、次の議題ですが、スパの給水管バルブの取り換えについてです」

理事会には管理会社の担当者が出席することになっている。それがこの男、総合管理サービス株式会社マンション管理部課長代理の小林敦である。流れとしては、高倉理事長が進行を務める。だが実際に議題を提出し、対処方法を説明するのは小林の役目。それを高倉理事長に振る。それを受けた高倉理事長が肯定的な意見を述べ、結果的に管理会社の提案が承認されるのだ。

「この前、修繕などについては複数の業者から見積りを取るべきとのご意見もございましたので、バルブの交換に際して二社に見積りを依頼しました」

管理人が小林から手渡された書類を全員に配布する。

「こまかい内容は見ていただくとしまして、株式会社ユースフルが九十八万円。東部エンジニア株式会社が百十五万円となっています」

「そりゃ安い方がいいよね」

高倉理事長がまるで計ったようなタイミングで間の手を入れる。この方式で挙手を求め議案は決議されていく。高倉理事長はいつものように一度あたりを見回すと、いかにも上から目線で声を出した。

「それでは、ユースフルということでよろしいですね。賛成の方は挙手をお願いします」

そのときある男が動いた。

「あの、ちょっといいですか……」

それは今期、過去四回の理事会では一度も発言したことがない、佐々木という若い男だった。寡黙を通り越し、感情さえもないのではと思わせる存在で、南と麻丘はこの男に底知れぬ不気味さを感じていた。それは高倉理事長や小林にとっても同じことで、理事会の空気は一変した。

「な、なんでしょうか」

高倉理事長は強気な姿勢を崩さないが、明らかに動揺している。佐々木はそんな高倉理事長を無視して、小林の顔を真正面から捕らえた。

「この前、スパのシャワーが壊れたときも、ユースフルって会社でしたよね。おたくの管理会社はこの業者を専門に使うんですか」

小林は冷静を装い書類に目を落とした。

「まあ、長年の付き合いがあり、信頼できる業者であることは確かです」

信頼は馴(な)れ合いと解釈することもできる。睡魔と闘っていた南と麻丘は思わぬ展開にときめいた。予想通りに高倉理事長が助け舟を出した。

「やはり、このマンションのことをよく知っている業者の方が安心でしょう。何か問題が生じたときも言いやすいですしね」

いつもなら論議はここで終了する。まあ論議と呼べるほど話し合いが行われたことなどないが……。しかし佐々木はひるまなかった。

「この二社の見積書っていうのは、ユースフルにするためのものではありませんか。二つの見積書を見れば、理事長もおっしゃったように、誰だって安い方を選択するに決まっています。つまりこの東部エンジニアって会社は、ユースフルにするためのダミーだってことです」

理事長の顔は歪(ゆが)んだ。

「どういう根拠で聞いているのかはわかりませんが、その言い方は管理会社に対して失礼でしょう」

「私は、理事長に質問しているのではありません。管理会社の小林さんに尋ねているのです」

南淳二は思いのほか興奮してきた自分に驚いた。客観的に見ても佐々木の意見の方が正しいと思う。管理組合理事としては当然の発言だ。日頃から高倉理事長のことをいぶかしく思っていた南だが、一人で根回しもせずに堂々と意見を述べた佐々木を見殺しにはできないという男気（おとこぎ）が芽生（めば）えてきた。まして南は麻丘と共に修繕担当の理事なのだ。

「あの、修繕担当の南ですが、よろしいですか。理事長は管理組合側の人間なんですか。それとも管理会社側の人間なんですか。管理会社をかばうよりも、理事から出た意見を取り上げるのが普通でしょう。私も佐々木さんと同じ考えですよ」

　理事長と小林は顔を見合わせた。今までの理事会でこんな状況は一度もなかったのだろう。

「わ、私は理事長として公平に判断してるだけです。そんなことを言われたんじゃ、複数の業者から見積りを取るなんてできないじゃありませんか。ねえ、小林さん」

「ええ。私は以前の理事会で複数の業者から見積りを取るべきだというご意見がありましたので、それを実行したまでです」

　麻丘元春は普段温和な南の発言に驚いたが、それと同時に突破口はないかと策を練っていた。

「同じく修繕担当の麻丘です。この東部エンジニアの見積書には、《実施日・七月四日》とあります。この日は月曜日で管理人が不在の日やないですか。管理人が不在のときに見積りなんか取れますやろか。配管室に入るには鍵だって必要とちゃうんですか」

小林の表情は曇った。南と麻丘はその一瞬を見逃さなかった。

「七月四日というのは、この見積書を作成した日の間違いかもしれませんね」

今度は南が突っ込んだ。

「では、東部エンジニアはいつ見積りに来たんですか」

「えー、それは……」

小林は返答に詰まった。

「業者が管理会社の許可なくマンション内に立ち入りできるわけないですよね。ということは、管理会社は業者がいつ来たのか把握しているはずです。何月何日に来たのですか」

全員が小林の言葉を待った。

「東部エンジニアは、このマンションには来ていません。で、でも見積りのために給水管やバルブの設計図は送ってあります」

その答えを聞いた麻丘は大袈裟に驚いた。

「おいおい、東部エンジニアちゅう会社は、百万からする仕事を現場を見もせんと見積りをするんか」

　南も続いた。

「それって、完全にダミーってことでしょう」

　状況はかなり有利になったが、この時点で南と麻丘は気づいていなかった。二人に火をつけた佐々木が一言も発していないことを。佐々木は完全に傍観者となって事の成り行きを無表情で見つめていた。それは他の理事にしても同じことだった。

　今日の理事会に出席していたのは、管理組合側から理事長、監事を含め、理事八名。そして管理会社側からは担当者の小林と管理人の加藤。現在は高倉理事長・小林組VS.佐々木・南・麻丘組という構図になっているが、他の出席者たちは、ひっそりと息をひそめていた。

　マンションの大半の住人は管理組合活動に無関心である。無関心の上に、住人同士の争いを避ける。だから大勢（たいせい）に逆らわない。その結果、高倉のような理事長が誕生し、管理会社の食い物にされる。管理会社もそのあたりは心得ている。母体となる管理組合が崩壊してしまえばオマンマの食い上げ。生かさず殺さず、半病人のようにされていくのだ。

　高倉理事長はいつになく温和な表情を見せた。

「まあ、小林さんも忙しいですから。その中で我々の意向に従って二社から見積りを取ってくれたわけですから、ここは好意的に受け取りましょうよ」

　これが高倉理事長の技である。高圧的に出ることもあるが、不利になると善人ぶりを発揮して話をまとめようとする。日本人はこの「まとめ」に弱い。この「まとめ」を壊そうとすると悪役にされてしまうからだ。だからこの状況下で文句は言いづらくなる。

　だが、沈黙していた佐々木が再び動いた。

「これって、ある意味では談合ですよね。ろくに現地調査もしていない業者の見積りを基準に、高い安いを判断すること自体がナンセンスです。もしかしたら管理会社が東部エンジニアに対して、ユースフルより高い見積りを提出するように指示していたかもしれません」

　この発言に、小林が怒りをあらわにした。

「そ、そんなことはしていません」

　否定するだけで、具体的な反論をしないのは怪しい証拠だ。南は高倉理事長が何かを言いだす前に、小林を責めるのが得策と判断した。

「管理会社が東部エンジニアをダミーにしようとしたかは別としても、そんな見積書を管理組合に提出してくる小林さんには問題がありますよね。だって明らかに管理組合にとって不利益になる行為でしょう」

麻丘も続く。

「ホンマや。例えばですよ、突然にユースフルが倒産したとするやんか。そうしたらどないになります。残るのは東部エンジニアですよ。そんな現場も見ずに見積書を出してきた業者に修繕を任せるんですか。おまけに二十万円近くも高いとこに。逆に任せられないというのなら、なぜそんな業者に見積りを依頼したんやろか」

この発言は小林に墓穴を掘らせることになった。

「そんな仮定の話には……。まあ、そういう場合は東部エンジニアに値引きの交渉もしますし、ちゃんとした現地調査もしてもらいまして……」

麻丘は顔をしかめながらも大笑いした。

「あんた、自分で何を言っているのかわかってまっか。管理組合に見積書を出すなら、値引きの交渉をしてからにしてや。それに、ちゃんとした現地調査やと！　ちゅうことはまともな見積りをしてへんって知ってたってことやないか」

小林は完全に言葉を失った。少しの沈黙の後、佐々木がまるで他人事のような口調で発言した。

「給水管のバルブは故障する可能性があるけど、緊急に取り換える必要があるわけではないですよね。だったら来月の理事会までに、複数の業者に適正な見積書を出してもらうべきですよね」

南と麻丘もこれに続いた。

「ネットで無作為に選んだ業者も参加させてくださいね。私も探してみますから。いいですね、小林さん」

「なにも小林さんを責めているわけではありません。管理組合に不利益になる可能性をなくそうとしているだけです。今までは管理会社主体で動いてきたようですが、少しは自分たちで動いてみることも必要やと思います。それで不具合が出たなら、また元に戻せばいいわけやから」

さきほどから黙っていた高倉理事長はどう出るのか。最後の麻丘の意見は喧嘩(けんか)を売るものではなく、誰が聞いても正論だ。これに反対すれば悪者になってしまう。高倉理事長には長年のサラリーマン生活によって、そんな状況を判断する草食動物的なカンが備わっていた。

「いろいろな意見が出るのは大切なことです。来月の理事会は休会ですから、この議題は九月に持ち越しましょう。ただ私も三年以上、理事長をやってきました。その経験からこれだけは言っておきます。意見や文句を言うのは簡単です。ただ、それを実際に軌道に乗せて、結果に責任をとることは大変ですから。それをふまえて理事会活動に従事してほしいと思います」

雰囲気は不利になったものの、理事長としての体面は保ちたかったのだろう。

この日の理事会によって、麻丘と南は理事長・管理会社と対立する輪郭が出来上がってしまった。

数日後のこと。麻丘元春は七歳になる息子とマンションのスパに入っていた。そこに入ってきたのが高倉理事長父子。理事会の一件もあったので、二人はろくに挨拶も交わさなかった。高倉理事長は小学校三年の息子と、六歳の娘を連れていた。高倉が娘の身体を洗いだすと、息子が湯船の中で、泳ぐ、潜る、バタ足など、傍若無人な振る舞いを始めた。湯船の中にはお年寄りもいて迷惑そうな表情をしたが、高倉は見て見ぬふりをして手を動かしている。

麻丘は、何日か前、高倉が中庭の植木の中に入って遊んでいた子供たちを怒鳴る現場を目撃していた。その行為は評価できる。しかし他人に厳しく身内に甘い性質にむかっ腹が立ってきた。この男は自分より弱い者に対してだけ牙をむくのだ。麻丘は高倉に聞こえるように自分の子供に話しかけた。

「ええか、和弘。ここは皆で入るお風呂やからな。あんなアホみたいに人の迷惑になることをやったらアカンで」

娘の髪を洗いながら高倉の耳が動いた。麻丘はなおも続ける。

「まったく親が親なら、子も子やなあ」

高倉の手が止まった。

「おい、あんた。それは私に対して言ってんのか」

「この状況から判断して、それ以外に考えられへんやろ」

「なんだと」

高倉は二つ隣の洗い場にいた麻丘に近づいてきた。

「子供が湯船で遊ぶくらいなんだってんだ」

「遊ぶならだれもいないときにしとけや。そこのお爺さんだって迷惑してるやろ」

湯船の中にいた老人は関わりたくないのか、二人から視線を外した。遊んでいた息子は状況を読んだのか呆然として父親を眺めている。高倉は子供に対してだけは父親の威厳を失いたくないのだろう。つまり、ここで負けるわけにはいかないわけだ。

「私はこのマンションの理事長ですよ。文句があるなら理事会で言え」

息子の前で「理事長」とか「理事会」とかいう言葉を使いたいのだ。こんなところに高倉の小心者ぶりが垣間見える。

「理事長やと。そんなの関係おまへんなあ、ご隠居はん」

麻丘は、落語の一節をもじって茶化したが、興奮している高倉には理解できなかったようだ。

「なんだ、そのご隠居さんていうのは。私を馬鹿にするのか」

「ツクツクボーシ、ツクツクボーシ」

麻丘が全裸で腰を振ると、高倉はブチギレし、麻丘の肩を押した。麻丘は自分の身体についていた石鹸の泡を右手ですくうと、高倉の顔面に投げつけた。

「なにをしやがる」

「手を出したのはそっちが先やろ。その泡で顔を洗って出直してこいや」

高倉の娘が泣きだした。シャンプーが目に入ったようだ。そういえば高倉は娘の髪を洗っていたのだ。

「パパー、目が痛いよう」

「ほらほら、子供が泣いてるやないか。はよ流してやらんと、あんたみたいにハゲるで」

「目が痛いよう……」

「うるさい。シャンプーくらい自分で流せ」

高倉は自分も目をこすりながら怒鳴った。

そのとき浴室の扉が勢いよく開いた。

「ど、どうしたんですか」

麻丘が後から聞いた話では、脱衣所でこの騒動に気づいた住人が管理人を呼びに行ったらしい。ただひとつまずいことがあった。水曜日の夜の管理人は四十代後半と思われる女性だったのだ。つまりこの女性管理人は素っ裸の男しかいないスパに飛び込んできたことになる。場面はちょうど高倉が麻丘に向かって洗面器を投げつけているところだった。

「とにかく、落ち着いてください。離れてください」

渡辺という女性管理人は下半身むき出しの二人の間に割って入った。だが泣いている女の子に気づくと、そちらを優先する気になったらしい。

「あらら、こんなになっちゃって。いまオバサンが流してあげるからね」

渡辺は床に転がったシャワーを手に取ると、女の子のシャンプーを流しだした。子育ての経験があるのか手慣れたものだ。高倉はその光景を見て少し冷静さを取り戻したようだ。

「で、何が原因なんですか」

「この理事長さんに、常識や道徳というものを教えていたんや。理解する能力は持ち合わせていないようやけど」

「こいつが私と私の息子を馬鹿にしたんだ」

「それは合ってるで。確かに馬鹿にしとるからな」

「なんだと。こいつはね……」

二人が渡辺に寄っていく。しゃがんだ渡辺のちょうど目の前には二つの生殖器がぶら下がっているのだ。

「す、すいませんけど、あの……、下半身を隠していただけませんか」

麻丘は高倉に投げつけられた洗面器を素早く拾うと自分の股間を隠した。そして高倉の側にあった洗面器を遠くの方に蹴っとばした。

「な、なにをするんだ」

「管理人さん、ほら、よう見てや。でも理事長が包茎やったってことは内緒にしてやってちょうだいね」

「なんだと、この野郎」

二人は素っ裸のまま取っ組み合った。

「マンション内でもかなり話題になっているらしい。これで元ちゃんもちょっとした有名人だな」

俊介の発言に南淳二が追い討ちをかける。

「有名人の《ゆう》って漢字は、お湯の《湯》ですよね」

「あははは、うまい、うまい」

麻丘元春は照れ臭そうにハイボールをすすった。

「笑えるなあ。おれも湯船に徳利でも浮かべて観戦したかったよ」

俊介は意地悪そうな笑顔を作った。南も追い討ちをかける。

「で、それからどうなったんですか。水をかけられて理事長の包茎のチンチンは縮みあがったとか……」

麻丘元春は後頭部をかきながら大きな身体を小さくさせた。

「チンチンは元から縮んでまんがな。そんなことより勉強になったわ」

「なんだよ、それは」

「西川のりおのギャグは東京では通用せえへん。もうちょっとウケると思ったんやけど……」

沈黙のあと、南が溜息をついた。

「んー。でも理事会とかに出席しにくくなっちゃいましたね。まだ任期も半年以上残ってるし」

「アカンこととしてもうたなあ。淳ちゃんにもすまないと思ってる」

「い、いいえ……。そういう意味じゃないですから」

事実として、先日の理事会、そして今回のスパ事件で遺恨を残したのは間違いない。理事会の運営にも支障をきたすだろう。

「気にするな。人間万事塞翁が馬っていうだろ。もしかしたらこれがきっかけで面白いことが始まるかもしれないぞ」

俊介は冷えて硬くなったモツ焼きを串から食いちぎるようにしながら言った。

「実はね、そのときスパには佐々木がいたんや」

「えっ、佐々木って、理事の佐々木さんですか」

「そうや、あの佐々木や。隅の洗い場で身体を洗ってた。あれだけの騒ぎになったら、こっちを見るくらいはするやろ。それがな、無表情のまま背中を洗ってるんや」

「関わりたくなかったんだろう」

「いや、そんなんとちゃうんです。高倉と取っ組み合ったとき、洗面器が飛んで佐々木の後頭部に当たったたんやけど、まったく反応せえへんかった。不気味でっせ。能面みたいな顔してじっと前の鏡を見てたんや」

3　秘密結社

　ハズレ馬券を紙吹雪のようにバラまいたとき、俊介の携帯が鳴った。画面には「麻丘元春」の名前が表示されている。

「はい。葉山。こっちは全レースはずしています。以上」

　麻丘は少しの間をおいてゆっくりと喋った。

「先生でっか。やられました、高倉に。うちらに対する怨念はすごかったっちゅうことですよ」

「包茎男の逆襲ってか。だから言っただろ。面白いことになるかもしれないって」

「ホント、面白すぎまっせ」

　麻丘の苦笑が目に浮かんだ。

「今日、時間ありますか。ええ、ウチで……。もちろん淳ちゃんも来ます」

　電話を切った俊介の胸には意味不明なワクワク感がこみ上げてきた。

理事長の高倉はスパ事件から眠れぬ夜をすごしていた。布団の中で寝返りを打つたびに、麻丘の「包茎」という言葉がよみがえる。ましてや、それを至近距離から女の管理人に見られてしまうとは。この前、中庭であの女管理人とすれ違ったとき、微笑んで挨拶をしてくれたが、あれは包茎のおれを馬鹿にして笑ったのかもしれない。絶対にそうだ。こんなことになったのも、あの麻丘とかいう男のせいだ。

玄関で鍵を開ける乱暴な音が聞こえ、扉が勢いよく閉まる。時計に目をやると午前零時。あいつが帰ってきたのだ。どうせまた酔っぱらっているに決まっている。あいつとは高倉の妻のことである。高倉は「ふー」っと、ため息をつき、掛け布団を頭の上まで引き上げた。妻と関わりたくないための無意識な行為だ。

高倉は玄関を入ってすぐ左にある五畳の洋室で床に布団を敷いて寝ていた。高倉の洋服や私物は全てこの部屋に収められている。別の言い方をすれば、私物はそれしかなく、ここ以外に自分の私物を置くことも認められていなかった。陽はあたらず、冬は凍死するほど寒く、夏は蒸し風呂のように暑かった。リビング、妻の寝室、子供部屋にはエアコンが設置されていたが、この部屋にはない。

「シベリアや南方に抑留されていた日本兵よりはマシだよな」

地獄のような生活を送った人たちと比較している自分が悲しかった。そのとき部屋の扉が開いた。もちろんノックする繊細な神経などは持ち合わせていない。

「風呂は洗っておけって言っただろ。おい、寝たふりしやがって」

反抗期を迎えた息子のような口調だが、妻の小百合(さゆり)である。高倉は上半身を起こして硬直させた。部屋の中にはイヤな酒の臭いが充満しだした。

「もし早く帰ってきたら湯船に入るかもしれないと思って……」

「また言い訳が始まったよ。今日は疲れたから風呂には入らない。明日の朝に入るから今夜中に洗っとけよ」

夫の返事も聞かずに扉は閉まる。

高倉に対する俊介の想像は、かなりの確率で当たっていた。

高倉は残り湯を落とし、湯船の中にしゃがみこみ、泡のついたスポンジを力なく動かした。どうしてこんな人生になってしまったのだろう。会社では皆から馬鹿にされ、家では妻の奴隷(どれい)となり、耐える毎日。今年四十八歳を迎えたが、幸福な想い出など何もない。死にたいとも思うがそんな勇気もない。そんな高倉の心を潤(うるお)したのが理事会活動だった。

新築マンションを購入し引っ越してくるのは、人生で何度も味わうことができない喜びだろう。普通の人間ならではの話だが、新たな地獄の生活が始まる高倉にとっては護送車で刑務所に向かう気分だった。高倉の給料ではローンを組めるはずもなく（もっとも高倉にしてみれば妻が浪費をせず慎ましやかに暮らしてくれれば人並みの生活はできると思っているのだが）、妻の実家に援助してもらっているので、朝から晩までその嫌味に耐えなければならない。

　高倉は引っ越し屋よりもこまめに働いた。怒鳴られたり、指図されるよりは気楽だという習慣から身についた技だ。引っ越しの荷物もなんとか片付き、メールボックスや宅配ボックスを確認していると、若い男が声をかけてきた。

「今日がご入居でございますか。お疲れ様です」

　高倉は丁寧に、そして優しく話しかけられることに慣れていない。高圧的に接されると心を閉ざしてしまうのだが、思い遣りが感じられる言葉には嬉しさがこみ上げてくる。男は名刺を差し出した。

「私はこのマンションを担当させていただく、総合管理サービスの小林と申します」

　高倉は首に巻いていたタオルをはずした。

「あっ、管理会社の方ですか。八一一号の高倉と申します。よろしくお願いします」

　会社での長年にわたる癖は簡単には直らない。小刻みに頭が上下してしまう。

「いえ、こちらこそ。あの、高倉さん……、でいらっしゃいましたよね。管理会社からお願いがあるのですが……」

小林はエントランスにある応接セットに右手を向けた。

「立ち話もなんですから、どうぞこちらに。いやなに、難しい話ではございませんから」

ソファーに腰を下ろすと、小林はカバンから書類を取り出した。

「実は、二か月後にこのマンションの管理組合が正式に発足することになります。その前に九名の理事の方々を決めなければなりません。正式には総会で承認を得てからなので正確に言うと理事候補ということになりますが。こうやってお声を掛けさせていただき、すでに五名の方に承諾をいただいておりますが、どうでしょう、高倉さんにも第一期の理事になっていただけるとありがたいのですが……」

予期せぬ展開に高倉は焦（あせ）った。彼には何一つ決定権は与えられていない。

「理事なんて、とんでもない」

早々に席を立とうとする高倉を小林は止めた。

「まあまあお座りください。難しく考えないでください。どうせ理事は順番で回ってくるんですよ。理事といいましても実際に動くのは私ども管理会社の者です。新築マンションで諸問題が発生するのはだいたい三、四年たってからです。第一期に理事をやってしまうのが一番楽なんですよ」

高倉はすぐに事の次第を妻に報告した。反対されたらやめ、やれと言われればやる、ただそれだけのことだ。

鬼の妻は理事になることに反対しなかった。生返事を繰り返していたからまともに取り合っていなかったのかもしれない。

半月後の日曜日に理事候補者九名の顔合わせがあり、管理会社からは担当者の小林、管理人の加藤が出席していた。司会を務める小林は、候補になってくれたことに礼を述べた後、説明に入った。

「通常、理事会の役職は、監事を除いて総会で承認されてから互選で決めることになりますが、今回は管理組合のスタートということもあり、あらかじめそれぞれの役職を決定しておいた方がよいと思います。理事会は次のような役職で構成されることがベストだと思われます。理事長一名、副理事長一名、町会一名、広報一名、修繕二名、駐車駐輪二名、監事一名となります。もちろん決定権は管理組合にあるので理事会発足後に変更することも可能です。私ども管理会社は円滑な運営のためにお手伝いや助言をさせていただくだけですから」

賃貸マンションで暮らしていた高倉にとって、管理組合員となるのは初めての経験で、話についていくのに必死だった。

「えー、ご希望の役職がございましたら、できるだけご意向に添いたいと思いますが……」

すぐに三人の候補者が手をあげた。

「四一七の大谷ですが、町会担当でお願いします」

「五〇二の笠原ですが、駐車駐輪担当で」

「一一三の木下です。広報をやります」

次々に手があがるが、高倉はそのスピードについていけない。小林は淡々と理事の名前を書き込んでいく。

「三一〇の風見ですが、えーと、じゃあ監事でいいか……」

小林は書類の内容を確認すると、ゆっくり顔を上げた。

「えー、最後に残っている役職は理事長だけですね……」

満座の視線が高倉に集まる。気づいたときには後の祭りだった。

「私も理事長には高倉さんが最適だと思っていました。よろしいですか」

高倉は背筋を伸ばした。会社の会議でも自分はずっとこんな調子だったのだろう。どう考えても出世などできないはずだ。

「ちょっと待ってください。そんな急に言われましても……」

小林は高倉の言葉をさえぎる。

「心配いりませんよ。理事長の仕事といいましても、管理組合の代表として署名や判子をついてもらうのが主な仕事ですから。もちろん私どもが全面的にサポートいたします。よろしくお願いいたします」

小林が他の出席者たちを誘うように拍手をすると、一同からも力のない拍手が起こった。

妻には抽選で理事長に決まったと嘘をついた。

「会社じゃ窓際なのに、マンションで理事長とはな。まあいいか。このマンションの情報も真っ先に入るだろうし、他にも有利になることがあるかな」

予想に反して、理事長という役職は高倉を酔わせる仕事だった。金銭の出納帳に署名捺印をするだけでもマンションで天下を取った気分になれるのだ。管理会社や管理人からは「理事長さん、理事長さん」とおだてられる。そのときだけは会社や家庭での自分を忘れることができた。

毎月開かれる理事会では、理事長が進行役を務める。高倉は理事会を仕切ることに喜びを感じ始めていた。当初はぎこちなかったが、最近では自分でも堂々としたものだと思える。流れに反対する者はなく、問題が生じれば小林がなんとかしてくれる。高倉は他の理事たちの無関心を、自分への信頼だと勘違いしていた。

第一期の理事会の任期が終了する前、小林に理事長を続けてほしいと頼まれた。理事会の席で「高倉さんの理事長としての能力をたいへん高く評価しています」と言われたときには涙が出そうになった。妻も「理事長夫人」であることがまんざらではないのか、反対しなかったのは幸いだった。

あれからもうすぐ四年になる。すべてがうまくいっていたのに……。反対分子が登場してくるなど許せるものではなかった。なんとしてもあいつらを黙らせなければ……。


俊介が麻丘宅のチャイムを鳴らしたのは午後四時すぎだった。扉が開き麻丘が顔をのぞかせた。

「どうぞ。淳ちゃんはもう来てますよ」

廊下を抜けてリビングに入ると、南はダイニングテーブルに座ってビールを呑んでいた。

「今日は妻子が実家に行っていて、帰りが夜の九時ごろなんですわ」

麻丘は俊介に缶ビールを手渡し、席を勧めた。

「ヤキトリや、つまみも買うといたんで一杯やりましょう」

俊介が缶ビールを開けると、泡が鼻先に飛んできた。南はテーブルの上に置いてあったA４の用紙を俊介の方にずらした。

「まあ、とりあえず読んでください」

※　※

快適なマンション生活のために

管理組合理事長　高倉宏志

管理組合の皆さまには日ごろから組合活動にご協力を賜り感謝申し上げます。当マンションの管理組合も発足から四年近くがすぎ、私も理事長として管理組合のために微力ながら尽力してまいりました。このたび住人の皆さまにこのような文書を配布することになったのは、管理組合の円滑な活動や、平穏な生活を妨げる方がいるためです。

先日の理事会では一〇七号の佐々木氏、四〇五号の南氏、七〇八号の麻丘氏が議事進行をいたずらに妨害し、管理会社に対する根拠のない中傷的な発言をされました。他の出席理事の方々からは「恐怖を感じて理事会に出席できない」との声も寄せられております。

管理会社からは、このままでは正当な業務に支障をきたすとの苦情も出ております。

七〇八号の麻丘氏は過日、スパにおいて、他愛もない子供の行動に腹を立て暴言を吐き、注意した住人に暴行するという事件を起こしました。幸い被害者の方が「警察沙汰にはしたくない」と穏便に対処してくれたので大事には至りませんでしたが、このような状況に不安を訴える管理組合員も少なくありません。

四〇五号の南氏は粗大ゴミを放置し、注意した管理人に暴言を吐くなどの問題も起こしています。

今回このような問題を起こす方々の名前をあえて公表したのは、何か問題や事件が発生したときに「公表してくれていたら対処の方法もあった」と指摘される可能性もあり、また不測の事態を未然に防ぐことができるかもしれないという理事長としての判断です。住人の皆さまもトラブルに巻き込まれないよう十分に注意してください。

また管理組合と管理会社は信頼関係の上に成り立っていることをご理解ください。そしてマンション内でトラブルを起こすような人が存在する場合は管理事務所まで報告してください。総会で決議されれば、このような問題を起こす住人に対して、このマンションからの退去を勧告することもできます。

当マンションの安全と秩序、資産価値を守るため、皆さまのご協力をお願い申し上げます。

※　※

　俊介はその用紙をテーブルの上に投げ捨てた。

「で、なんなの、これは」

「今日、高倉の野郎が全戸に配布したんですよ」

「そういうことね。うまく書けてるじゃないの。お前さんたちは完全に悪者として敵役になったわけだし。こりゃ一本とられましたな」

　麻丘は呑み干した缶ビールを叩きつけるように置いた。

「笑いごとやおまへんで。むちゃくちゃ書きやがって。なにが『幸い被害者の方が……』や。おまえやんか」

「粗大ゴミだってそうですよ。渡辺って女の管理人がそこに置いといてくださいって言ったのに、翌日になったら加藤って管理人に文句を言われて……。あっちの連絡がなってないんですよ」

「でも、読んだ方はそう思わないよ」

「高倉の目的は自分の邪魔になる存在を孤立させ黙らせることですね」

「効果は抜群だろうな」

「こんなん読んだら、ウチのカミさん寝込みまっせ」

「ウチの女房は予期せぬ出来事に唖然(あぜん)としてしまいまして……」

なんとなく笑えるが、マンションで暮らす者にとっては深刻な事態だ。

「しかし、三流週刊誌にデマカセを書かれた芸能人もこんな気持ちなんやろうかね」

高倉は、一般人が文書に弱いと、理事会活動を通じて知った。管理規約に違反してベランダにパラボラアンテナを設置した住戸に対して、管理人に口頭で注意させただけではなかなか効果が出ないが、理事会名の内容証明で「○月○日までに撤去しない場合は……」などと文書を郵送すると効果はてきめんだった。事実として、今までマンション内で起こった諸問題のほとんどは文書によって解決できた。高倉は今回もそれを狙っているわけだ。反対分子一派を抑え込むことができる可能性は高いし、他の者たちに対してもある程度の威圧感を与えることができる。それにより高倉の立場はより強固なものになるはずだ。

麻丘は空間を力なく見つめている。

「今ごろこのマンションのお茶の間で、皆が文書を読んでるってわけやな」

俊介の口元は自然と緩(ゆる)んでくる。彼は落語家のように交互に左右を向き一人芝居を始めた。

「やーね。この麻丘さんと南さんのご主人」

「私の聞いた話だと、つるんで風俗店にも通ってるそうよ」

「助平そうな顔してるものね。怖いわ。襲われたらどうしようかしら」

「理事長さんが言ってたわよ。その麻丘さんて包茎なんだって……。なんてことになるんだろうなあ」

　麻丘は苦笑する。

「勘弁してくださいよ。でもおれの落語よりうまいのがショックやなあ」

「これを機におれもお前さんたちと縁を切るかな。子供がいじめられたらかわいそうだからなあ。あははは」

　キッチンに消えた麻丘は胸に一升ビンを抱いて戻ってきた。

「こうなったら、もう呑むしかないでえ」

　音を立てて栓を抜くと、三つの湯呑み茶碗に酒をナミナミと注いだ。俊介はその酒をすするように呑んだ。

「しかし、高倉は浅い男だな。理事長という肩書や、文書という手段に頼っているだけだ」

「でも武器の使い方を知ってますよ」

「だがこうして敵を作っている。利口なヤツは敵を作らないんだ。昔の話だが、おれはインチキ英会話カセットの訪問販売をやっていた」

「それは漫画の原作をやる前でっか」

「ああ。被害者の会が結成されたころに経営者はドロンってやつさ。ところが販売員の中に面白い男がいてね、こいつがカセットを売った客はだれも訴えてこなかった」

「どうしてですか」

「客が騙されたと思わないからさ。詐欺って何だ。原価二千円のカセットを十五万円で買わされたことか。そうじゃないだろ。買った人間が騙されたと自覚するからだ。その男は客に対して礼儀正しく接し、丁寧に説明し、手土産を持って顔を見せ、世間話に興じる。だから客は満足する。その客たちは警察が被害届を出せと言っても拒否したそうだ。金や品物じゃないんだ。人間は人間を評価するもんだ」

「なるほどなあ。肩書や文書やない。問題は高倉という人間なんやね」

「もしかしたら、その販売員、葉山俊介って名前じゃないですか」

「さあ……、忘れたな」

俊介は二十年余り前、私立の美大を卒業し漫画家を志していた。だがすぐに芽が出る職業ではない。様々なバイトで食いつなぐ生活が長く続いた。無茶もやったが漫画原作者としての肥やしになったことは間違いない。

「先生って不思議な人ですよね。壁がないというか、形がないというか……。こ、これホメ言葉ですからね」

麻丘も同意したようだ。

「他にどんな仕事をしてたんでっか。その積み重ねが今の先生の背景にある気がして……」

「小学生の家庭教師もやったな……」

「うわ、なんちゅうミスキャストや」

「その通りだ。生徒の母親とデキてしまって二週間でクビになった」

「あはは。笑えるなあ」

「ＡＶ女優のスカウトもやったぞ」

「今度はＡＶ女優とデキたんとちゃいますの」

「何で知ってるんだ」

大笑いした南は、息を整えてから茶碗酒を眺めてつぶやいた。

「あー、腹が痛い。でも、いいもんですね。湯呑み茶碗に日本酒って。学生時代を思い出すなあ」

「下宿の定番やったよな。金も女もなんもなかったけど酒だけはあったから」

「毎日が楽しかったなあ。馬鹿なことばっかりやってたけど……」

麻丘と南はたわいもない話に興じている。

「学生時代に戻ってみるか」

「えっ」

俊介のひと言に二人は顔を上げた。

「学生時代に戻ってみるか、と言っただけさ。まあいい。それでお前さんたちはどうするんだ。高倉に対してだよ」

「どないしたろか、なあ……」

麻丘は南に視線を送った。

「このまま尻尾を巻いたんじゃ南家末代までの恥になりますね」

「あたりめーだ、べらぼうめ。先祖の助六さまに対して何とも申し訳が立たねえ。高倉の外道をギャフンと言わしてやろうじゃねえか」

麻丘は様になっていない江戸弁を使った。きっと江戸落語の一節にこんなセリフがあるのだろう。俊介は、茶碗に伸ばした麻丘の手を制した。

「ちょっと待て。その言葉に二言はねえな。やるんならおれが参謀になってやる」

麻丘と南の視線がぶつかった。

「やる。おれはやりまっせ」

「おれも。これでゲームセットにはさせない。九回裏に逆転ホームランですよ」

　俊介はいつになく真面目な顔つきになった。

「固めの盃の前にこれだけは言っておく。これは遊びだ。遺恨や仕返しじゃない。高倉を恨むなとは言わないが、その前におれたちが楽しむ。だから結果なんかはどうでもいい。楽しむことがすべてだ」

　麻丘は酔ったときによくやる癖で、眉毛を上下させた。

「ええこと言うなあ。高倉にダメージを与えることだけにとらわれてしまったら悲しいだけやんか。なあ」

「そう、根底にあるのは遊びなんですよね」

「世の中、何だって遊びだと思えば楽しくなるさ。このマンションだって立派な遊園地になるってもんだ」

　俊介はテーブルの上に右手を差し出した。

「ま、まさか、この手の上に三人の手を重ねようってわけじゃないですよね。やめましょうよ、そういう高校野球みたいな陳腐なギャグは」

「おれは、そういうアオいことをするのが好きなんだよ」

「やります。やりますよ。しゃあないなあ」

　三人の手が重なりあった。

「よし。これで秘密結社が結成されたわけだな」

「なんでっか、その秘密結社って……」

「だから、おれはそういうのが好きなんだよ。まず情報がほしいよな。高倉に関する情報が。まずはそこから始めるか。できれば同じ土俵で勝負したいからな」

「同じ土俵って……」

「お前さんたちは管理組合、つまりこのマンションの中で恥をかかされたんだろ。だったら高倉の存在もこのマンションの中で地に落としてやらなきゃ」

「あるやろか。そんな方法が」

「それを探すんだよ。とにかく焦る必要はない。今は高倉だって身構えているはずだ。そのうち油断するさ。でもさ、情報収集にはカミさんたちの協力も不可欠だな。マンション内の出来事に旦那連中はうとい。理事長としての高倉だけではなく、高倉一家に不満を持っている人たちが他にもいると思うよ。どこから崩すかは情報次第だな」

　麻丘はさらに大きく眉毛を動かした。

「ホンマに秘密結社みたいになってきましたな」

「いいか。理事会に出席したら負け犬のように静かにしていろ。この前の理事会でもめた給水管のバルブ交換の件にも口をはさむな。とにかく高倉に勝ったと思わせることだ。チャンスは必ずやってくる。くじけそうになったら忠臣蔵でも見ることだ。今日からおれたちは赤穂（あこう）浪士になる」

「赤穂浪士の秘密結社ってなんやねん」

麻丘に見送られて玄関を出ると、風が冷たく感じる。見慣れぬ七階からの景色は、ここが自分の住むマンションとは思えない違和感を与えた。四階に住む南は酒で赤くなった顔を風で冷やしたいのか、簡単に挨拶を済ませると階段を下りていった。二階に住居がある俊介はエレベーターのボタンを押す。せっかちな俊介はエレベーターが大嫌いだ。最上階の九階に停止していたのは幸運だった。

ところが七階から乗り込んだエレベーターは、すぐに六階で停止した。俊介が心の中で舌打ちをすると、扉のガラス越しに女性の姿を確認することができた。スローモーションのように扉が開くと若い女が入ってきた。俊介はエレベーターボタンの前に移動する。自分の方が先に二階で降りることになると思っての配慮だ。女が実際に若いと確認したわけではない。シャンプーの香りが漂（ただよ）ったので、そう判断しただけだ。その香りは頭の隅に記憶として残っているような気がした。

「あの、あなたは……」

振り返るとそこにはツバの広い帽子を深めにかぶり、とんぼメガネをかけた女が立っていた。

「やっぱりそうだ。私ですよ。ワ・タ・シ」

女はメガネを外すと、見せやすいように顔を少し上に向けた。それは「松竹梅」のソープ嬢、神山だった。


「ねえ、どうしたの。ねえったら……」

その日、もう一人、深刻な怒りを芽生えさせた男がいる。寡黙な男、佐々木茂雄である。妻が郵便物と一緒にメールボックスから持ち帰った文書を読んでいて顔色が変わったのだ。

「いや、べつに……」

「べつにって、何かおかしいわよ」

妻はまだこの文書を読んでいないようだ。佐々木は平静を装って紙を隠した。

胸の中に生まれた静かな怒りは少しずつ大きくなりかけていた。手が震えてきたが、それを妻の由佳に悟られないようにテーブルの下に隠した。

速さを増した心臓の鼓動が全身に広がっていく。ついにこのときがきてしまった。二度と会いたくないと拒絶していたもう一人の自分が、そこまでやってきたのだ。そしてもうすぐ自分と重なることになる。

高校二年生のときだった。明らかに担任の教師はクラスの女生徒にセクハラをしていた。佐々木はその女生徒のことが好きだった。特に触ったり、つきまとったりしたわけではない。その教師は何かにつけて彼女を秘書のように使った。彼女もそんな扱いに満足していたようだ。しかし佐々木は見抜いていた。彼の中に潜む淫らな思いを。美術の教師だった彼は、放課後の美術室で彼女をモデルにして油絵を描きだした。気持ちを抑えられなくなった佐々木は美術室を覗いてみることにした。

廊下側のカーテンに隙間があったのは幸いだった。制服を着た彼女は椅子に腰かけ、緊張した様子で背筋を伸ばしている。教師は肩や背中、脚までも触り、ポーズを決めていく。彼女の背に回ったとき、教師の舐めまわすような、べっとりとした視線が彼女の全身にまとわりついた。佐々木はそのときの目を見たのだ。芸術家の目ではなく、変質者のそれだった。そして教師は気づかれぬように鼻先を近づけると、彼女の髪の香りを嗅いだのだ。佐々木の手が震えだした。さらには爆発するのではないかと思うくらいに心臓の鼓動が大きくなる。吐き気をもよおした佐々木はその場から走り去った。

その夜は何度もあのときの「目」が脳裏に浮かんだ。それと同時に手が震えだすのだ。

数日後にその教師は重傷を負った。放課後、美術室から職員室に戻る途中の裏庭で、上から落ちてきた石が右肩を直撃し複雑骨折をしたのだ。石の直径は十五センチもあり、頭部に当たっていたら即死だったろう。被害が甚大だったために警察も介入したが、犯人はわからなかった。結果として教師はしばらくの間、右手が使えなくなり彼女を描くことを断念した。佐々木は神が自分を支持してくれたような気になった。

理系の大学を卒業した佐々木は大手自動車メーカーに就職した。配属されたのはボディの塗装やコーティングを研究する部署。ここで二人目のターゲットとなるのが主任の桜井という男だった。

桜井は陰険極まりない人物だった。口頭で文句や注意を言うことはほとんどなく、気に入らないことがあると、通称「桜井ノート」と呼ばれる黒革の手帳に書き込む。

「あーあ、また桜井ノートに書かれちゃったよ。ボーナスにひびくなあ」

部下たちは半ば馬鹿にして相手にしなかったが、したり顔で手帳を開き、部下のミスを誇張して上司に報告する姿は容易に想像できた。

この自動車メーカーでは営業、技術など職種の環境を問わず、優れた実績を残したチームに「ベストワン賞」という名誉ある賞が贈られる。新年の朝に開かれる総会で社長から直々に表彰されるもので、非管理職の社員はモニターで見ることができた。その年、佐々木の所属するチームがワックスを必要としないコーティングを開発して「ベストワン賞」を受賞することになった。チームリーダーは桜井ということになっていた。ほとんど研究に参加していなかった桜井がこの功績を自分の手柄にすることは目に見えていた。だが、そんなことよりもその研究の一端を担えたことが嬉しかった。

壇上にはチームの九名が整列する。この技術工場にいる全員がモニターで自分たちを見ていると思うと晴れがましい気持ちになった。桜井は社長から表彰状と金一封を受け取り、マイクの前に立った。何日も練習したと思われる挨拶の端々には「自分の発案で指示をした」「断念しかけたが自分の独断で研究を継続させた」など「自分」をアピールする場面を巧みに織り込んでいる。後ろに並んでいるチームのメンバーたちはこの大嘘をどんな気持ちで聞いているのだろうか。

「このような情熱と才能あるメンバーたちと……」

そう言って桜井はわざとらしくメンバーの方に振り向いた。そのとき佐々木は桜井の目を見てしまったのだ。それは、もう心からは完全に消えたはずの美術教師と同じ目だった。佐々木は拳を握りしめた。手の震えを抑えるためである。心臓の鼓動が速まり、背中には冷や汗が流れた。

二日後に桜井は救急車で搬送された。翌日には退院できる程度の軽い症状だったが、その後の調べで給湯室の冷蔵庫にキープされていた桜井のペットボトルから有毒な薬品が検出された。もっとも薬品混入については公表されなかった。大騒ぎになることを懸念し、会社の上層部がもみ消したのだろうか。小物の桜井はそれに従うだろう。警察に調べられることを覚悟していた佐々木にとっては幸運な結果となった。

あれから五年。佐々木は転職し、結婚もした。過去の出来事は佐々木の中でも風化し、穏やかな生活を送っていたのに。

理事会で反対意見など言う気はさらさらなかった。ただ、あの高倉という理事長の目を見たときになぜか気持ちが高揚(こうよう)したのだ。もう美術教師や桜井がどんな目をしていたか覚えてさえいないのに……。そのときは手が震えたわけでもないし、心臓の鼓動もそのままだった。

だが今日、配布された文書を読んでいたら脳裏に高倉理事長の顔が浮かび上がってきたのだ。その高倉は「あの日」をしていた。

4　ひょうたんから駒

　二人の前にはガツ刺しと煮込み豆腐が運ばれてきた。

「この、ガツ刺しって何ですか」

　貴子は皿に顔を近づけた。大衆酒場「おたこ」は開店したばかりの午後五時すぎということもあって、まだ客はまばらだ。

「ブタの胃袋だよ。刺しとはいってもほとんどの店ではボイルしたものが出てくる。こういう新鮮な生ガツが出てくるのは特殊な仕入れルートを持ってるって証だ」

　彼女は二の足を踏んだらしい。

「あのね、男でも女でもいいからアソコを思い出してみな。美味しいものはグロテスクな姿をしていることが多いんだぞ」

「あはは。言えてるかも」

「ボイルしたガツ刺しだと、ごまダレ、ポン酢、酢味噌、にんにく醤油なんかだけど、生のガツ刺しにはごま油と塩がベストだな。まあ食ってみろよ」

貴子は割り箸でガツ刺しを一切れつまむと、塩が沈殿しているごま油につけて口に運んだ。瞳をクルクルと動かして咀嚼している。

「お、美味しい。もっと塩をつけてもいいかも……」

俊介はくったくのない彼女の表情や仕種をまじまじと見つめた。白い肌に変わりはなかったが、身体中にエネルギーが充満しているように思える。

「しかし、以前の君は貧乏神と呼ばれていた女なんだよなあ。一皮むけたどころかまるで別人じゃないか」

貴子はまたガツ刺しに手を伸ばしている。

「はは。葉山さんのおかげですよ。目からウロコってやつです」

「それは光栄だ。あれからどうなったのか教えてくれよ」

生ビールを一口呑んだ彼女は、目の前にあった箸をきちんと置き直した。

「葉山さんの言う通りにしただけです」

「おお、思い出した。ソープの心は母心作戦か……」

俊介は「松竹梅」での出来事を回想して、なんだか照れ臭くなった。

「次に入ってくれたお客さんに実践してみました。四十歳くらいのサラリーマンだったけど、耳掃除をしてたら泣きだしたんですよ。それで私の手を握って『おかあさん』だって。ふつうならキモイって思うはずなのに、なんだかこっちも感動しちゃって」

「うーん、だいぶ病んでるなあ……。でもそいつは必ず裏を返す」

「ええ。二週間後にまた来てくれました。ソープ嬢になって裏を返してもらうのは初めてのことだから嬉しかった。私を求めて来てくれたんだもの」

その穏やかな表情は、まさに聖母マリアのようだ。

「私ね、今までの人生の中で何かを求められたことって一度もなかったんです。必要とされていないんだからって殻に閉じこもってた。でもね、必要とされてたんです。必要とされてる自分だから磨きをかけなきゃ」

人間ってやつはくだらないことで自信を持つ。その自信によって急激に変化する。まあその逆もあるのだろうが、俊介の遊び心が彼女を救ったのは間違いないようだ。

「でもね、その人たちは病的とか、オタクとかじゃないんです。普通の男の人なんです。ただ性欲よりも安らぎを求める気持ちの方が強かっただけ……、ううん、性欲でごまかしてたってことかな」

その本性を彼女が引き出すのだ。生きがいも感じるだろう。

「四人ですよ、四人。この一か月でリピーターが。ディズニーランドよりすごいでしょう。もちろん私を求めていないお客さんもたくさんいますよ。それは気にしないようにしてます。葉山さん、自分で言ったこと覚えてますか。『一人でも二人でもいい。その一人か二人に心から満足してもらえ』って……」

「そんなこと言ったかな……。ところで、にやけた店長は元気か」

「ええ。でも私のことを不気味がってるみたいですね。急に変わったから。とはいえお客さんは増えたんだから文句はないですよね」

俊介は店長の狼狽（ろうばい）する姿を想像して吹き出しそうになった。憎めない男だ。

俊介もピンサロの呼び込みをしていたことがある。歩合（ぶあい）で契約し、月に五十万円以上も稼いだ。見境（みさかい）なく通行人に声をかけても効果はない。まずは相手を見極めることだ。俊介はこのような嗅覚（きゅうかく）に長じていた。獲物が歩いてくると何気なく声をかける。

「す、すいません、ライター持ってたら貸してくれませんか」

この言葉に引っ掛かればしめたものだ。

「ありがとうございます。どこかに忘れてきたのかなあ……。もうすぐ四月だっていうのに夜になると冷え込みますね。ライターのお礼にポカロンをどうぞ」

ライターと一緒にポカロンを差し出す。

「低温火傷（やけど）には注意してくださいよ。あれ、自分では気づかないっていいますから」

「あ、あんた、このピンサロの呼び込みだろ」

「ええ、そうですけど」

「仕事しないでいいのかよ」

「不景気ですからね。あなただってどうせ冷やかしなんでしょ」

「そりゃ女の子次第だろ」

「ウチはたいした女の子はいませんから。この程度ですよ」

　俊介はポケットから写真を取り出す。

「このルナさんですけど、ホントの歳（とし）は四十五歳。二十年も前の写真ですよ。暗がりで厚化粧すればなんとかなります。このレイさん、性格悪そうでしょ。ホントに悪いんですよ」

「このユミってえのはカワイイじゃないか」

「皆さんそうおっしゃいますけどね……」

「だから何なんだよ。続きを教えろよな」

「いつも予約だけでいっぱいなもんで。飛び込みじゃ入れないんですよ。ま、偶然ですけど今なら入れますけどね」

「松竹梅」の店長の話題から、俊介はそんな過去の場面を思い出していた。

「まあ、面倒をみてやれよ。たぶん本当はいい奴なんだよ」

「あはは、はい。葉山さんには心から感謝してます。でも神様ってホントにいるのかもしれないなあ。こんな偶然を与えてくれたんだから」

エレベーターで彼女と偶然出くわしたとき、俊介はコンビニに行くと嘘をつき、しばらく一緒に歩いた。驚いたことに彼女は二週間ほど前からこのマンションに住んでいたのだ。葉山が自分の名を名乗ったのも、このときだった。

二歳年上の姉が夫婦で六階に住んでいたのだが、離婚して夫が出ていった。姉一人では広すぎる間取りだったし、維持する経費も大変なので姉妹二人で暮らすことになったらしい。その日は「今度、連絡するよ」と携帯番号だけを聞いて別れた。

「お姉さんは君が……、いや、なんでもない」

「話しましたよ。吉原のソープで働いてるって。姉はね、周囲の人に『妹と住む』ではなく『妹を引き取る』って言ったそうです。まるで病人か問題児扱いですよ。でも私に会って驚いてた。姉も離婚するときに、自分を大切にしようって思ったって。だから私にも自分を大切にすればいいって言ってくれたんです」

「普通は自分を大切にしろと言って、ソープ嬢を辞めさせるんだけどなあ……」

「あはは……。逆ですよねえ」

「君は、よく笑うようになったなあ」

「おかしいから笑う。それだけのことですよ」

背中に視線を感じた俊介が振り返ると、そこには麻丘と南が立っていた。この状況が呑み込めずしばらく眺めていたようだ。

「おう。まあ座れよ。さあ」

俊介はハイボールのグラスを持って貴子の隣の席に移った。麻丘と南は顔を見合わせて座ると生ビールを注文した。

「な、なんか、おじゃまやったかね……」

「お前さんたちにそんなデモクラシーがあるのか」

「それを言うならデリカシーでしょ」

ビールが運ばれてきたので、とりあえず乾杯する。

「紹介しよう。同じマンションに住んでいる麻丘元春と南淳二だ。特に覚えておく必要もないけどな。で、彼女が……」

俊介は彼女の本名を知らないことに気づいた。

「吉本（よしもと）貴子と申します。源氏名（げんじな）は神山っていうんですけど」

麻丘が上唇に泡をつけたまま聞き返した。

「げ、源氏名って……、広辞苑によると……、つまり、その筋の女性が職業上用いる呼び名のことでっしゃろ」

「ええ、吉原の『松竹梅』ってソープランドで働いてます」

ハイボールが逆流した俊介は激しくむせ返した。

「お、おい、そんなこと発表しちゃっていいのかよ」

「最初に知っておいてもらった方が気楽ですから」

「まあ、本人がそう言うならいいんだけどね」

南の頭の中では回路がつながったようだ。

「『松竹梅』って、まさか、あのときの……。先生も隅に置けないなあ。そうですか。なるほどねえ。やっぱりねえ」

「それにしても美人やなあ。まあ、なんちゅうか、その……、ソープで働いてる女の子とは思えへんな」

「元さん、失礼ですよ。すいません。関西人なもので。でも貴子さんて、ホントに明るくて魅力的だなあ」

彼らは、吉本貴子という女が俊介によって劇的な変化を遂げたことや、俊介とは男と女の関係ではないことを知らない。

「彼女は半月ほど前から『ルネッサGL』の六階にお姉さんと住んでるんだ。言っとくけど、これは偶然だからな。だからまあ、その、いろいろと内密にな。おれも女房に知られたらヤバイことになる」

　二人とも内容は勝手に理解したようだ。こうした方が俊介を隠れ蓑にして彼女を守ることができるし、彼女の姉も嫌な思いをすることはなくなると判断したからだ。

「お二人にも名刺を渡して営業しちゃおうかな」

「よせよせ。こいつらは性欲のかたまりだ。お前の客じゃない」

　貴子が膝の脇に置いていたバッグを開こうとした。

　麻丘と南が怪訝そうな顔をしたので話題を変えることにした。

「で、どうした。進展はあったのか」

　もちろん高倉理事長について、である。麻丘は言いたいことがあったようだが、貴子の存在が気になるのか、口をつぐんだ。

「彼女のことは気にしなくていいよ。おれとは強い絆で結ばれているから。あはは」

「ごめんなさい。勝手に来てしまって。私、人の話を聞いてるのって大好きなんです。それに葉山さんの話なら勉強になると思うし」

「へー、こりゃすごい絆やな。ほんなら……」

　麻丘はハイボールとつまみを何品か注文して、南の脇腹を肘で突いた。

「秘密結社の調査によりますと、高倉はかなりの恐妻家ですね。同じ八階に住む何人かの人が、妻から怒鳴られ身を小さくする高倉を目撃しています。また近所のスーパーでは高倉のドン臭い行動に腹を立てた妻にケリを入れられています」

南の口調は明らかに探偵の報告調になっている。そのあとを麻丘が続ける。

「高倉夫人も評判が悪いでっせ。小学校でPTAの役員をやっとるそうですが、まさにモンスターペアレントってやつやね。長男が乱暴で、クラスの友だちに怪我を負わせたときも『ウチの子は悪くない』の一点張りで最後まで自分の子供の非を認めなかったんやて。それから私の家の隣に住む奥村さんの話ですが……」

麻丘の隣に住む奥村は、ラック式の駐輪場が高倉家の自転車の隣だった。ある日、高倉の妻がやってきて「おたくの自転車の入れ方が悪くて、ウチの自転車にキズがついた」と怒鳴られたそうだ。証拠はあるのかと反論すると、今度は高倉から理事長名で文書が送られてきた。理事会で取り上げるという脅迫めいた内容だったが、無視していたらそのままになっているとか。

「うーん。お得意の文書を送ったことで、相手が黙りこんだと勘違いしているんだろうな」

「あと、高倉夫人が近くに来るとすっぱい臭いがするそうで、ワキガ説が根強くはびこっています」

俊介は生温くなったハイボールを呑み干して店員に差し出した。

「酒の肴としちゃ面白い話だが、高倉を失脚させるほどのネタじゃねえなあ」

横を見ると、貴子は笑いながらも興味深そうに話を聞いている。退屈はしていないようだ。

麻丘は俊介の反応を見て、待ってましたとばかりに少し前ににじり出た。

「面白いネタを入手しました。去年の十二月のことやったんですが……」

麻丘が、高倉のことについて情報収集していると、妻のゆかりがある出来事を思い出したのだ。

昨年の十二月の上旬のこと。麻丘宅に歳暮が届いた。玄関を開けて認印を押そうとしたとき、宅配人はこのマンション内に届ける他の荷物を二、三個抱えていた。何気にその中の小さな荷物に目をやると、宛名に「八一一・高倉宏志」とあり、送り主は「総合管理サービス」だったというのだ。

「女房はね、あれはお歳暮の商品券やって言うんですよ」

しばらくの沈黙があった後、俊介が洩らした。

「使えるかもしれない……」

またも続く沈黙。それぞれがどう対処するべきか考えているのだろう。麻丘は自分のつかんだ特ダネを誇りたくて仕方ない。

「もし管理会社からの商品券やったら、収賄ってことになりまへんか。商品券ちゅうたら現金と同じやないですか」

「それが事実だとしたら、高倉はこの前の文書で墓穴を掘ったことになるな。露骨に管理会社を擁護する内容を書いたんだから」

「怪しい臭いはプンプンしますよね」

「女房はワキの下で、亭主はソデの下が臭うちゅうわけやな。ああ、こんなおもろいギャグが落語家のときにポンポン出てればなあ……」

ここから俊介お得意の想像話がはじまった。

「このマンションの管理組合が設立されて四年目だろ。すると今までに……」

俊介は右手の指を折った。

「七回の盆暮れがあったわけだ。松坂屋の商品券が三万円とすると、合計二十一万円か……。これは社会通念上の『お礼』の範囲は超えているな」

麻丘と南も俊介の仮説にのる。遊びの精神は浸透してきたようだ。

「常識ある管理会社やったら高島屋か三越の商品券やろな」

「どっちだっていいでしょう。でも住人に知れたら大問題になりますよ。理事の基本理念はボランティアですから。それに飲食の接待を受けている可能性もありますね」

「さらには、ソープで夜の接待……、いや、なんでもありまへん」

貴子は大声を出して笑った。

「話としては面白いが証拠がない。管理会社の内部資料がほしいな。管理会社が目をつけた理事長に商品券を贈っているとすれば、必ずそのリストがあるはずだ。経理の伝票でもいいんだけど、無理だよなあ……」

俊介は落胆した。貴子はそんな俊介を覗きこむようにして囁いた。

「葉山さんらしくないなあ。なんだかよくわからないけど、ほしいものを手に入れる方法を考えればいいじゃないですか」

麻丘はグラスを置くと手を叩いた。

「彼女の言う通りや。酒をくらって冗談で案を出していれば、ひょうたんから駒ってこともあるかもしれまへんで。おまけに笑えるし……」

それぞれが思いつきで作戦を考えだした。

「ドロボーに入るってのはどうですか。それで関係書類を盗み出す」

「おお、ルパン三世みたいやな。峰不二子はどこにいるんや」

「ここにいますけど」

「あんたの源氏名は神山やろ」

「宅配便のにいちゃんから商品券を受け取るんですよ。高倉家の人間になりすまして」

「アホか。いつ来るかわからへんやろ。しかも盆暮れにしかチャンスがないやんか。却下」

「高倉本人に『管理会社からワイロをもらっていますか』って聞いてみるとか……」

「斬新なアイデアやな。もしかしたらつい『そうなんですよ』って……、言うわけないやろ」

麻丘と南は漫才のような会話を続けている。俊介はだれにともなくつぶやいた。

「書類を手に入れるには管理会社に協力者がいなければ無理だな。このマンションの担当者ってどんなヤツだ」

「小林のことでっか」

麻丘は代弁を求めるように南の顔を見た。

「どんなヤツって言われてもねえ、三十代前半の男で……。まあ高倉をコントロールしてるくらいですから馬鹿じゃないと思いますよ」

「でも、この前の理事会の例もあるし、意外とガードは甘いんとちゃうか」

「その小林って男の弱みを握れないかな。そして高倉関係の書類と取り引きする」

「なるほど」

麻丘と南はうなずいた。

「冤罪で痴漢に仕立てるなんてどうですか。最近は企業からの依頼によって、解雇したい社員を痴漢に仕立てる『痴漢冤罪ビジネス』っていう仕事があるらしいですよ」

「面白い発想だが、それからどうする。痴漢は実証するのが難しいそうだし……」

「告訴を取り下げるという条件で取り引きできないやろか」

「うーん、裁判にでもなったら面倒だな。こっちに火の粉が降りかからないようにしないと」

「あのー」

貴子に視線が集まる。

「その小林って人は独身なんですか？」

「確か、小さな子がいたと……」

南の発言に麻丘も首を縦に動かした。

「ベビーカーを玄関前に置くことが問題になったときに『私も自分が住んでいるマンションでは玄関の中に入れています』とか言うてたな」

三人は貴子の言葉を待った。

「僭越ですけど、私のアイデアも聞いてくれますか。あははは」

「どうぞ、どうぞ。喋りまくってください」

十五分後、三人はそれぞれ違う方向を見つめ考え込んでいた。貴子が考えた作戦はことごとく理にかなっていたのだ。

「駒が出たかもな。ひょうたんから」


総合管理サービス株式会社マンション管理部課長代理の小林敦は、勤務が終わっても真っ直ぐに帰宅しない日々が続いている。

家庭には妻と二歳の長女、そして三か月前に生まれたばかりの長男。一般的には家路を急ぎ、子供を抱き上げたい時期だ。だが彼の生活設計は完全に狂い始めていた。

妻の夏美は長女の理音が生まれてから急変した。育児マニアとでもいうか、偏執的なまでに子育てに没頭し、夫のことなど気にもとめなくなる。敦は絵に描いたような幸せいっぱいの家族像を夢見ていたのだが、自分だけが蚊帳の外に放り出された格好となった。

妻は子供たちとベッドを共にし、当然のごとく夫婦はセックスレスとなる。長女が生まれてから敦が夏美を抱いたのは一度きりである。

「一人っ子はかわいそうだから、もう一人弟か妹をつくることにしたわ」

妻にとっては運良く、夫にとっては運悪く、その一回のセックスで夏美は妊娠した。長男の泰平が生まれてから夏美はますます育児にのめりこんだ。敦は女系一家で育ったこともあり、家事一切が苦手で、不器用なこともあり、子育ての役に立たなかった。

「やめて。泰平には触らないでって言ったでしょ。だいたい手はちゃんと消毒したんでしょうね」

子供は夫婦のものではなく自分だけのものだと思っている。そんな具合だから子供を抱くなどはもってのほかだった。

「明後日は休みなんだ。天気も良さそうだし、公園にでも行ってみないか」

夏美は夫と視線を合わせようともしない。

「明後日は羽鳥さんたちと児童会館で開かれる子育てセミナーに行くの。六か月までの赤ちゃんには大切なことがたくさんあるのよ」

「理音も連れていくのか」

「当たり前じゃない。あなたには任せられないわ」

マンションの理事会や総会は土日に開かれることがほとんどなので、敦の休みは平日になる。敦は一人で過ごすことが多くなった。

追い討ちをかけたのが夏美の父の死だった。夏美は残された母を引き取ると言いだしたのだ。

「べつに義母さんと暮らすのが嫌だと言ってるんじゃない。義兄さんたちだっているのに」

「母さんが兄嫁とうまくやっていけると思うの？　兄さんたちからはちゃんと生活費をもらうから」

彼女の魂胆はわかっていた。母親に家事を手伝わせ、自分は子育てに専念するつもりなのだ。義母の参戦により小林家は、嫁サイドに乗っ取られる形になった。敦は家庭に居場所がなくなり崖っぷちまで追い込まれた。

そんなときに出逢ったのが神山鳴海という女だった。


上野駅の近くにある大型書店。家に帰るのが憂鬱な小林敦はここで時間をつぶすことが多かった。居酒屋にでも寄りたいところだが財布の中は寂しい。もちろん避難場所はここだけではない。大手の家電量販店やネットカフェ、一人でカラオケボックスに入ったときにはさすがに悲しくなってきた。

大型書店は敦にとって好都合な場所だった。ここは暇つぶしの宝庫だ。ペット本を立ち読みしながら、本当に犬を飼ってみようと思いあれこれ勉強する。歴史上の人物を知るのも面白い。料理の作り方を学ぶときはキッチンに立ったつもりになる。夢の世界を彷徨(さまよ)えるのだ。よほど現実から逃避したいのだろうな、と自分でも思う。

自己啓発本を読んでいると、左側に若い女性が立っているのに気づいた。横目で見てしまうのは男の性(さが)だ。彼女もしばらくの間、その場で立ち読みをしていたが、本を棚に戻すと立ち去っていく。細身の後ろ姿は少しばかり貧相に感じたが、シャンプーの香りが官能的な思いを刺激した。

本に目を戻そうとすると、平積みになっている書籍の上に手さげの紙袋が置いてある。彼女が忘れたのだろう。敦はその紙袋を持って彼女を追った。自動ドアが閉まりかけており、その女は歩道を左に曲がった。

「あ、あの、すいませんけど……」

虚をつかれた女は怯(おび)えたように振り向いた。色白で清楚(せいそ)な雰囲気が漂う女。年齢は二十代の後半だろうか。敦の胸はときめいた。

「この紙袋、あなたの……」

「あっ」

敦が言い終える前に、彼女は紙袋を見て声を上げた。

「す、すいません。つい、うっかりして」

紙袋を渡そうとすると、彼女は左手を差し出したが、その薬指に指輪はなかった。彼女は忘れ物をしたことが恥ずかしかったのか、紙袋を受け取ると背を向けて歩きだす。敦はただ彼女の背中を眺めていた。その女はしばらく歩いてから立ち止まって振り向いた。まるで敦が彼女を見つめていたことを知っていたかのように。そして左手の紙袋を少し持ち上げるとペコリと頭を下げた。敦はその笑顔に癒(いや)された。

それからちょうど一週間後の水曜日、敦は同じ時間に書店を訪れた。

敦はクリーム色のセーラー服を着た女子高生を思い出していた。名前も知らないが顔だけははっきりと覚えている。高校の通学のとき、駅のホームで見かける娘。毎朝、離れた売店の隅から彼女を眺めていた。細い腕にカバンが重そうで助けてあげたくなる。声をかける勇気などはない。でも彼女を見つけると、その日一日が楽しく過ごせそうな気がした。手の届かないところにいる自分だけの幸運の女神(めがみ)。それだけで充分だった。

敦が三年生になると、女神はホームから姿を消した。敦より一学年上だったのだろう。それから敦の通学は味気ないものになった。

忘れかけていたセンチな思いが蘇(よみがえ)ったのは、あの女のせいだろう。女房子供もいるくせに、男は成長しないものだと敦は苦笑した。

今夜は建築のコーナーでリフォームのムックを手に取った。グラビアでは「暖炉るようだ。

のあるリビング」を特集している。写真からは薪の優しい温もりが肌に伝わってく

　こんな暖炉の前に食後の家族が集まる。おれは子供とふざけ合い、編み物をする妻はそれを眺めて笑い声を上げるのだ。そんな家庭が夢だったのに。まあ、かなわないから夢なのだが……。

「あの……」

　声の方を向くと、そこにはあの女が立っていた。

「この前はありがとうございました。ちゃんとお礼も言わずに……、ごめんなさい」

　彼女は長い髪が、膝につきそうになるほどに頭を下げた。そして顔を上げると微笑む。あの癒しの笑顔だ。

「いえ、ぼくはただ、その……」

「すごく大切なものが入っていたんです。失くしたことを想像するだけでゾッとします」

　そう言って彼女は胸の前で両腕をクロスさせ、寒さで凍えるようなポーズをした。

「そりゃよかった。ぼくも少しは役に立ったわけだ」

「またここでお会いできればいいなあって思ってたんですよ。お礼が言いたかったし」

彼女は一冊の本を手にしていた。

敦の胸は高鳴る。彼はマンション管理士の資格を所持していた。総合管理サービスでは、マンション管理部の全員にマンション管理士の資格が求められている。この資格がなければ管理会社の担当者としてマンションを受け持つことができない。社員にとってマンション管理士の資格は絶対条件となるわけだ。その本を彼女が持っている。単純に考えれば彼女はマンション管理士の試験を受けようとしているのだ。

『マンション管理士試験・傾向と対策』

マンション管理士は、管理組合のコンサルタントに必要とされる国家資格である。ここ十年では合格率が一〇パーセントに達したことがない難関だ。最近では管理組合がマンション管理士を雇い、管理会社に様々な交渉をしてくる。管理委託料、勤務形態やサービスなど敏腕(びんわん)のマンション管理士は厄介(やっかい)な存在となるのだ。それに対抗するために管理会社の担当者がこの資格を所持しているのは当然のことといえる。弁護士や検事が司法試験に合格しているのと同じ理屈だ。

「その本は……」

「えっ、これですか。買おうと思って……」

「そういう意味じゃなくて、マンション管理士の試験を受けるんですか」

彼女は自分の勘違いに、くったくのない笑顔を見せた。

「ええ。それが何か？」

敦は少しの間をとった。

「実はぼく、マンション管理士なんです」

彼女の瞳はさらに大きくなった。

「ホ、ホントですか。うわー、すごい」

敦はスラックスの後ろポケットから定期入れを引き出すと、それを開いて資格証を見せた。

「疑ってなんかいませんよ。でも、すごいなあ」

自分の行為が大人げなかったと、敦は後悔した。

「来月の試験を受けるんですか。うちの会社でも後輩が何人か受験する予定です」

「とんでもない。今からじゃとても間に合いませんよ。来年かなあ」

「経験になるから受けておいた方がいいと思います。ぼくも受かったのは三回目ですから」

「そうなんですかあ……。でもすごい偶然ですね。ゆっくり話を聞きたいなあ」

「お時間があったら、お茶でもどうですか」

敦は躊躇なく出た自分の言葉に驚いた。マンションの理事会や総会で話すのは巧みだと自負していたが、異性は苦手だった。はっきりとした意思表示ができなかったから妻に主導権を握られたのかもしれない。それが今日はどうしたことだろう。きっと彼女には相手の心の垣根を低くさせる何かがあるのだ。

「うわー、いいんですか。嬉しい」

理想的な展開に敦の心は躍った。駅のホームでは起こらなかった奇跡が今、自分に起こっている。

書店の近くにあるスタバに誘った。気取らない方が無難だろう。それに長いこと歩いているうちに彼女が消えてしまうような気がしたからだ。

敦はカフェラテを二つテーブルに運んだ。彼女は立ち上がる。

「すいません。ご馳走になっちゃって……」

「ご馳走ってほどのもんじゃありませんが」

彼女はどんな仕事をしているのだろう。清楚な白いシャツに細身のジーンズがよく似合っている。鼻と口は博多人形のようにこぢんまりとしていたが、瞳はフランス人形のように大きい。ミスマッチの美しさだ。長い黒髪のせいで肌が余計に白く見える。だが、敦が注目したのは外見ではない。彼女のオーラだ。壁や距離を感じさせない不思議な女。きっちりと相手の目を見て話すのは、自分に自信がある証拠だ。

「あの、まだ、名前も名乗っていませんでしたね。ぼくは……」

「小林さんでしょ。小林敦さん、でしたよね」

「えっ、どこかでお会いしたことが……」

「ありませんよ。さっき、資格証に書いてあったから。ごめんなさい。盗み見しちゃって」

「いや、見せたのはぼくですから」

敦は、彼女が自分の名前を覚えていてくれたことが嬉しかった。

「私は神山鳴海と申します」

「ナルミさんですか……」

「鳴く海と書きます。なんだか海猫みたいでしょ」

「あはは。でも素敵な名前だと思います」

「ありがとうございます。私も気に入ってます」

彼女は本を手に取った。

「この本に深い意味はないんです」

その本を細い指でパラパラとめくった。

「ＯＬを辞めて、小さな不動産屋を経営している父を手伝っています。将来のことはわかりませんが、女一人で生きていくには何か資格が必要でしょ。といって、結婚をあきらめたわけじゃないんですけど。父が言うには、宅地建物取引主任者かマンション管理士がいいんじゃないかって。不動産関係の資格なら私を手元に置いておけると思っているのかしらね」

「ぼくは宅建の資格も持っています」

「すごい。そうなんですか」

「自慢じゃないんですよ。マンション管理士の約八割が宅建の資格も持っています。まあセットみたいなもんですよね」

「マンション管理士の試験は難しいそうですね」

「ええ。うちの会社でも五年続けて落ちている人がいます。区分所有法、民法、建築基準法、不動産登記法、消防法、マンション標準管理委託契約書など幅広い知識が必要とされますから」

　敦は話題を変えたかったが、さらに深みにはまっていく。

「うーん、私には無理だなあ」

「そんなことはありませんよ。最初はだれでもそう思います」

「絶対に無理だなあ……。なんだか、憂さ晴らししたくなっちゃった。ねえ、小林さん、お酒でも呑みにいきませんか」

　彼女は自分のことを何も知らない。初対面なら「お時間はありますか」だの「お酒の方は？」だのと尋ねるはずだ。敦は鳴海の単刀直入な性格が羨ましく思えた。

「もつ焼きがいいなあ。そこの裏にね、無口なおじさんが一人でやってるお店があるんですけど、入れるかなあ……」

　敦は財布の中を思い出そうとしていた。小さなもつ焼き屋ではカードは使えないだろう。現金は一万円ちょっとのはずだ。

「いいですねえ。じつは会社の人間に書類を渡さなければならなくて、まだ一時間ちょっとあるんです。それまででしたらお付き合いできます」

　われながら名案だと思った。もつ焼き屋で一時間なら一万円でなんとかなるだろう。終わりの時間が決まっているのだから、次に進む心配はない。今夜、彼女と特別な関係になる可能性などはゼロに近いわけだし、それなら、もつ焼き屋で親しくなり、連絡先を手に入れることを優先させるべきだ。

　だが、心の中にいるもう一人の自分が問いかけてきた。

《彼女の連絡先を聞いてどうするつもりなのだ。いい歳をして友だちにでもなるつもりか。お前はすでに彼女を女としてとらえている。妻子はどうするんだ。地獄への入口かもしれないぞ》

敦はその声を打ち消した。地獄ってなんだ。今だって立派な地獄じゃないか。地獄を恐れるのは天秤ばかりの反対側に守りたいものが載っているからだ。おれの天秤ばかりの片方には何も載っていない。上司の本部長だって二年前に離婚したが、左遷どころかお次は役員って話だ。もう離婚は完全に市民権を得ている。失うものなんかない。

もつ焼き屋の看板が近づいてくるほんの少しの間に、敦の頭の中はごちゃごちゃになった。

鳴海とのひとときは、会社と家庭で渇水に苦しむ敦にとってオアシスそのものだった。

彼女が次々と話題を提供してくれるので、敦はその流れに心地よく乗ることができた。楽しすぎて、明日になったら何を話したか、まるで覚えていないのだろうなと思った。

「メールアドレスを交換しましょうよ」

敦が危惧していた最大の難関も鳴海が簡単に突破してくれた。敦は会社から渡されている業務用携帯のメールを教えた。鳴海は自分が誘ったのだからと伝票を放さなかったが、敦はそれを優しく奪い取った。

「楽しい時間をぼくにくれたお礼です」

臭いセリフだと思ったが、悪くはないはずだ。

二人は少し一緒に歩いて、書店の前で別れることにした。書店はすでに閉店し、ガラスの向こうでは数人の店員が片付けをしている。

「それじゃ」

敦の言葉と同時に鳴海も何かを言おうとした。敦は鳴海に順番を譲った。

「小林さんは独身なんですか」

「えっ、はい。そうですけど……」

そのとき、鳴海の瞳は輝いた。間違いなく輝いたのだ。敦は思った。本当にここが地獄の入口になるかもしれないと……。

5　ぬくもりの携帯電話

「ぼくは、甲子園でも、三回の送りバントを全て成功させています」

南は割り箸で、バントをする格好をした。

「二番バッターの悲しい性(さが)でんなあ。おいしいとこはクリーンアップに持っていかれるんやから」

麻丘はフルスイングする格好で対抗する。

「仕方ないですよ。それが全員野球というものです。チームの勝利のためですから」

俊介は二人の会話に割って入った。

「今回だって、まさに全員野球じゃないか」

「四番打者は貴子はんでっけどな」

貴子は右手を曲げて、ポパイが上腕部の筋肉を出すポーズをした。

　管理会社の担当者である小林の身辺調査をしたのは南だった。会社の前で小林を待ち伏せし、帰宅するまでを尾行する。十日も続けると小林の行動パターンが見えてきた。

「なんたって、ぼくは理事会で面が割れてますからね。変装して尾行するのは大変でしたよ。そのうえヤツは真っ直ぐ帰ったことがない」

「でも、そのおかげで私が接触するチャンスが生まれたんだから」

　小林は以前の理事会で「私の住んでいるマンションでもベビーカーは玄関の中に入れています」などとほざいていたが、南の尾行によると、小林は東武伊勢崎線の北春日部駅から徒歩十二分の一軒家に住んでいた。上野にある会社には地下鉄日比谷線を経由して一本で通勤できるわけだ。自宅の住所はもちろんのこと、表札などから家族構成も確認済みだ。南は自分の役割を果たしたことに満足しているようだった。

「それにしても、小林が自らを独身と偽ったのは大きかったですね」

　南はテーブルの上にあるボイスレコーダーに目をやった。貴子と小林の会話はすべて録音してある。

「会社だけやなく、家族に対してもメッチャ引け目を背負うことになるやろ。これは予定外の成果でっせ、先生」

麻丘の振りに俊介は頷いた。

秘密結社が結成されてから二か月、すでに十一月になっていた。「ルネッサGL」の管理組合の通常総会が開かれるのは毎年二月。俊介たちはこの総会を最終決戦の場と定めていた。つまりあと三か月でお膳立てを調えなければならない。

「この前の総会は二月の最終日曜日だったよな。このパターンだと次回は二月二十六日になる。逆算すると、年内には証拠固めを終わらせたい。しかし……」

俊介は声のトーンを落とした。

「やっぱり、『おたこ』と比べるとかなり落ちるな。煮込みの味は寝ぼけてるし、やきとんは均一に焼けていない」

「チューハイが甘いですよね」

「おまけに半分以上が氷やしな」

新小岩では目立つので、貴子が一緒のときは錦糸町に集まることになった。看板だけで選んだ店はハズレが多い。

「あの、ちょっといいですか……」

南が恥ずかしそうにして、姿勢を正したので皆も少し身構えた。

「楽しいですね。なんかすごく楽しいです、こういうのって。いつか先生が『これは遊びだ』って言ったでしょ。その意味がわかりましたよ。小林を尾行するときは

刑事ドラマの新人デカになったみたいでね。貴子さんが初めて小林と接触したとき
なんかドキドキですよ。呑み屋に入ったときに、やっと肩から力が抜けました。や
っぱり女の人は度胸があるなあ」
貴子はかぶりを振った。
「ソープ嬢になって初めてお客さんと階段を上っているとき、口から心臓が飛び出
しそうになりました。前向きに仕事をする気にはならなかったけど、度胸だけはつ
きましたね。うーん、度胸じゃなくて投げやりなだけだったのかな……」
場がしらけたので、俊介が空気を変えた。
「さてと、それじゃ秘密結社の確認作業に入るとするか。まずは貴子だな。小林は
間違いなく落ちそうか」
貴子は姿勢を正した。南の真似をしているのかもしれない。
「限りなく一〇〇パーに近いです」
「根拠は」
「職業上の勘です。裏を返す客は空気でわかりますから。彼が求めているのは私の
肉体ではありません。つまり私の常連客と同じじってことですよ」
「なんや知らんけど、えらい説得力がありまんなあ」
「彼の心は病んでいます。裸の私に抱きしめてほしいのよ。本人は気づいていない

かもしれないけど……。とにかく彼のことは私に任せてください」

南が真面目な顔で語りだした。

「尾行してて思ったんですけど、小林は明らかに帰りたがっていないんですよ、自分の家庭に。男が結婚をして家庭を持つって辛いことなのかもしれませんね」

「おれたちのように嫁はんから相手にされてへん連中は楽やけどな」

「一緒にしないでくださいよ。でも高倉だってそうでしょ。調べてて悲しくなってきましたよ。家庭に居場所はないみたいですから。そんな男は意外と多いのかもしれませんね」

「ホンマやなあ……」

俊介も一瞬、作戦のことは忘れたようだった。

「確かに男は自信を失ってるよなあ……。おれたちにとっても他人事じゃないけど」

酒場「おたこ」で貴子が提案した作戦は単純なものだった。貴子が小林を誘惑して決定的な場面をカメラやビデオにおさめる。それをネタに、小林から高倉に関する文書を手に入れる。小林は妻帯者でありながら浮気をし、その相手が自分の担当するマンションの住人ということになれば、会社でも家庭でも信用は失墜する。しかも自分を独身だと偽ったことで、貴子に対する詐欺行為までが加わる。子供じみた作戦だが貴子の協力なしには実行不可能だ。

　貴子が提案したのはそれだけではない。ターゲットは高倉のみであって、それ以外には被害者を出さないこと。例えば小林だ。目的は高倉の収賄の証拠書類を手に入れることであって、小林は利用するだけなのだから、結果的に小林の立場を悪くする作戦は避けたい。作戦が成功した後に、この一件に小林が関わっていることが発覚しないようにするのだ。四人で話し合い、それが可能な手段を考えた。そして、総会の当日まで、小林に我々が誰なのか悟られないようにすることを確認しあった。相手がわからないのだから小林にしても手の打ちようがない。当然のことだが、高倉にも総会の当日までこちらの動きを気づかれてはならない。総会の場が高倉にとって青天の霹靂になることが絶対条件となる。

　俊介たちは貴子の考えを快く受け入れた、というより歓迎した。遊びの精神で始まった企画なのだから、傷つく者が出るのは好ましくない。

「それじゃ、小林の扱いについては貴子に任せてと……。元ちゃんはどうなってる」

　秘密結社はユルイ分業制になっている。南が調査員、貴子が実行部隊、麻丘は撮影録音とＩＴ関連、そして小林との交渉を担当するのが俊介である。

「夜間でも撮影可能なビデオや一眼レフはすでに用意してあります。この前、お台場海浜公園で若いカップルの営みを試験的に撮影したんやけど、成功したでえ」

「デバガメじゃないですか。犯罪行為ですよ。で、上映会はいつやるんですか」

俊介は、麻丘と南が遊びとして楽しんでいることに満足していた。

「夜間でも顔の判別はできるんだろうな。フラッシュは焚けないんだから」

「現場で実験してみますけど、大丈夫やと思います」

四人は店を出ると錦糸町のラブホテル街に向かった。道案内は南が務める。

「辛かったですよ。ここ数日、暇なときにはこのあたりをうろついていたんですから」

貴子が小林を誘うホテルを調査するのは南の役目だった。

「意外に多いのが、出入口が二つあるラブホテル。約半数がそうですね。これだと撮影位置を決定できません。ほら、このホテルがそうでしょう。それからそこのホテルの玄関は前の道路が狭すぎます。撮影部隊の場所が確保できません。ある程度の距離がないと無理でしょう。二人の姿とラブホテルの看板を同時に撮影しなければなりませんからね」

麻丘は両手の指で四角いアングルを作り、そこからホテルの玄関を覗いている。

「なるほど。ホンマや。奥が深いもんやなあ……」

南は首都高速に並行している道へと曲がっていく。この通りには大型のラブホテルが並んでいる。南は「キャビン」という看板の前で止まった。

「このホテルです。出入口は道路に面したこの一つだけです。あそこにコインパーキングがあるでしょう。一番道路側に元さんのワンボックスカーを駐車させればベストな撮影場所になると思います。仮に当日、満車だったとしてもそこに停車すれば撮影可能です」

　麻丘はその場所に走り、こちらに振り向く。バッグの中から一眼レフのカメラを取り出してファインダーを覗いた。

「ええで、ええで。完璧や」

　南も麻丘の方に移動する。彼は皆の反応に満足しているようだ。

「ここに料金の支払機があるでしょう。これも大きな目隠しになります。例えばシャッター音のする一眼レフは車内から、ビデオはこの支払機の陰から、というように撮影位置を変えることもできますね」

　南と麻丘は駐車している車と、支払機の間に立って確認している。

「せんせー、貴子さんと一緒に、向こうから歩いてきてくれませんか」

　俊介と貴子は来た道を少し戻り、こちらに向かって歩きだした。

「元さん、お願いします」

　麻丘は支払機の陰からシャッターを押し続ける。俊介は貴子の腕をとってホテルの玄関に入ろうとした。

「先生、冗談はいいですから、そのまま歩いてください。誰も腕を組めなんて言ってませんよ。どうです、元さん」

麻丘は写真を再生する。

「おー、よく写るもんやなあ。少し暗いけど、顔ははっきり確認できまっせ。うーん、玄関前ではもう少しアップにした方がええなあ」

全員が集まって再生画面を覗いた。南は俊介たちが歩いてきた方を指さした。

「貴子さんに絶対守ってほしいのは、いま二人が来た方からホテルに入り、出るときはこちらに向かって歩いてほしいのです。そうしないと顔が写りません。なるべくゆっくり歩き、ホテルの玄関から出るときは一度立ち止まってください。そこが最大のシャッターチャンスになります。あっ、腕を組むことを忘れずに……。だから先生じゃないって言ってるでしょ」

貴子はホテルの玄関を見つめて大きく頷いた。俊介はラブホテルのネオンが反射する低い雲を見上げた。

「問題は天気だな。傘を差してたんじゃ顔が写せない」

「そのときはドタキャンするから大丈夫よ。チャンスはいくらでも作れるわ」

俊介は腕時計に目を落とした。

「今日はこれくらいにしておくか」

貴子は俊介を上目づかいに見上げた。

「もう少し呑みたいなあ……」

それは明らかに俊介だけに対する誘いだった。

「おれたちはここで失礼します。せっかく錦糸町に来たんだから、キャバクラにでも行きましょうよ。ねえ、元さん」

「えっ、うん。そうやな。ロシアンパブでもええで。今日は金曜日やからウラジミルちゃんも出勤しとるしな」

二人はまだ俊介と貴子の本当の関係を知らない。

俊介と貴子はその場所で二人を見送った。

「ロシアでウラジミルっていうのは、男の名前なんだけどな」

「そうなんだ。気を遣(つか)わせちゃったみたいね。でも、いい人たち」

「ああ」

ショットバーに入り、椅子の高いカウンターに並んで座った。初めて入るバーだった。

店内にはジャズピアノが流れている。

「いい感じのバーですね。シックで照明も優しい。音楽もいいわ」

俊介はカウンターの上に右手の指先を置いてリズムをとっていた。

「オスカー・ピーターソンの『酒とバラの日々』って曲だ」

「ジャズにも詳しいんですか」

「ジャズにもって、おれには詳しいことなんかないよ」

「何でも知ってそうに見えるから」

「そんなことはない。一番苦手なのが女心ってやつだけどな……。何か話があるのか」

ジンライムの淡い緑色が貴子の薄い唇に吸い込まれていく。

「ソープの面接に行ったとき、処女だったんですよ、私。もうその店はなくなりましたけど」

「それってすごい覚悟だな。バージンってやつは女にとって特別なものじゃないのか」

「普通ならね。会社で同僚のOLたちからイジメにあってたんです。壮絶だったなあ。トイレに行ってる間にパソコンのデータを消されたり、ロッカーの取っ手に瞬間接着剤を塗られたり、男性社員に金で身体を売ってるって噂を流されたり……。私がドン臭かったからでしょうけど」

俊介は黙ってバーボンの入ったロックグラスを手に取って氷を回していた。

「逃げるように会社を辞めて、もうどうでもいいやって。自暴自棄の極致でしょうね。次の日にはソープに行ってました。自分をめちゃくちゃにしたかったんでしょうね。面接の相手は社長だったんですが、すぐに見破られましたよ。お前、処女だろうって。その夜、社長が食事に連れていってくれて、日比谷にある高級ホテルで抱かれました。すごく優しく抱いてくれた……」

貴子は社長の言葉を思い出していた。

《ソープの部屋が初めてじゃかわいそうだもんな。明日からはどんな酔っ払いが来ようが、嫌な奴が来ようが相手をしなければならねえ。因果な商売よ。そんな客よりはおれの方がマシだろう。まあ、頑張りな》

オスカー・ピーターソンの曲は『虹の彼方に』に変わっていた。

「帰り際に十万円くれました。あの人、なんだか葉山さんに似てたなあ……」

「おれはそんな粋な男じゃないよ」

貴子は右手を出して、照明にかざした。

「この指輪、私の宝物なの……」

「その社長に買ってもらったのか」

「ううん、その十万円で買ったの。辛いことがあったとき、これを見れば頑張れるかなって……。なんだか安っぽい青春ドラマみたいですよね」

「おれは好きだな、そういうの」

「葉山さん、私ね、小林とホテルに入ったら抱かれるつもりです」

俊介は黙っていた。

「ダメですか。小林のことは私に任せるって言ってくれたでしょ。半分は彼を騙す罪悪感かな。あとの半分は彼が私を求めているから。もしかしたら、彼は私を抱こうとはしないかもしれない。でもね、私の裸の胸で抱いてあげたいの」

小林に情が移ったわけではないだろう。彼女はソープ嬢として「求められる自分」を確立したのだ。

「おたこ」で作戦を聞いたとき、麻丘と南は、ホテルに入ってからの貴子を心配した。

「あははは。急に生理になったとか、なんとでもなりますよ。女子高生ならともかく、私はソープ嬢ですよ」

小林とのスタンスは彼らに知られたくなかったのだろう。

「好きにすればいいさ。ホテルに入ってからはお前の時間だ」

貴子はバーに入ってから初めて笑った。

「秘密結社の実行部隊としてはセックスするのが本当の任務だと思います。だって実行部隊の目的は小林の弱みを握ることでしょ。写真やビデオや録音を超える弱み、それは妊娠ですよ。男にとってこれほど恐ろしい言葉はないのよ。そのためには既成事実を作っておかないとね。もちろんこれは最後の手段ですけど」

俊介はバーボンを呑み干した。胃に向かって熱いラインが走る。

「これだから女はわからないと言ったんだ。天使と悪魔が同居してやがる」

高倉宏志は上機嫌だった。座敷の上座に鎮座している姿は田舎者(いなかもの)の代議士のように見える。

上野池之端(いけのはた)にある割烹(かっぽう)料理屋。総合管理サービスの小林は高倉理事長を二階の座敷に誘った。初めて接待をしたときは拾ってきた子猫のように小さくなっていた高倉だったが、いまでは百獣の王だ。だが虚勢であることは明らかだ。だからこそ扱いやすい。小林は徳利を差し出しながら腹の中で蔑(さげす)んだ。高倉は脇息にもたれかかりながら小さな猪口(ちょこ)を出す。客観的に自分の姿を想像して悦(えつ)に入(い)っているはずだ。

「それにしても、奴らはすっかりおとなしくなりましたね」

高倉はしたり顔で、猪口の酒を一気にあおった。

「自分たちの能力を知らない馬鹿な奴らですよ。私に逆らうなんてね。小林くん、人間にはね、器(うつわ)というものがあるんですよ。器というものが」

《あんたが我々にとっては理事長として最良の器なんだよ》

小林は腹の中で呟きながら酒を勧める。「小林さん」だったのが、二人きりになると「小林くん」と呼ばれるようになった。ムカつくどころか歓迎すべきことだ。管理会社のアリ地獄に落ちてきた証拠なのだから。

「しかし笑えるよね。あの麻丘と南って二人ですよ。以前の元気はどこへいったんだか、発言ひとつしなくなった。まあ、出席してきたのは偉いですよ。並の神経だったら恥ずかしくて出てこれんでしょう」

「ごもっともです」

小林は民謡の間の手のように抜群のタイミングで言葉をはさむ技を会得していたが、そのとき、あの佐々木という男は理事会に出席しなくなったことを思い出した。

口ベタだった高倉がすっかり雄弁になっている。気持ちよく喋っているときは妨げないのが得策だ。高倉が言葉に詰まったら適当に持ち上げればよい。

「口で何かを言うのは簡単なんですよ。誰にでもできる。私はね、四年近く理事長をやってきたんですよ。管理組合立ち上げのころからの苦労を知っているのは私だけですよ」

「おっしゃるとおりです」

「それがあんな新参者にからまれるなんて、私も甘く見られたもんです」

「ごもっと……、いや、その、どこのマンションにもああいう輩はいるものです。でもこちらのマンションは高倉理事長のおかげで何事もなく平和にやってこれました。本当に感謝しています」

高倉は嬉しそうに、広くなった額をハンカチで拭いた。

「まあまあ、私たちの間でそんな堅い話はなしにしましょうよ。さあ、小林くんも膝を崩して一杯やってください」

一杯やってくれって、だれが金を払うかわかっているのか。人間というものはたった四年で、こんなにも勘違いしてしまうものなのか。小林はむしろ感動した。

「それにしても、全戸配布した文書の効果はてきめんだったねえ……」

「理事長のアイデアですから」

高倉は「うん、うん」と頷いている。文書を配布することを提案したのも、文書の下書きをしたのもすべて小林だった。高倉の中で、そんな事実は消されているのだろう。

管理会社といえども理事会の承諾なしに文書を配布することはできない。小林が管理会社に有利になる文書を配布したいときは、理事会を巧みに利用しなければならない。厳密にいうと、先日、高倉理事長の名で全戸配布した文書は適切なものではない。規約から判断すれば、理事会の承認を受けていない理事長の勇み足だ。小林としては、だれかから指摘があったときに「高倉理事長の独断で……」という状況にしておくことが好ましい。まったく都合のよい理事長さんだ。

小林が勤務している総合管理サービスでは、管理するマンションの管理組合を裏でランク分けしている。

Cランクは過去に管理会社を変更したことのある管理組合。管理会社の変更はリプレイスと呼ばれ、管理会社にとっては絶対に避けなければならない事態だ。それは仕事を失うことを意味する。だが、管理会社を変更するには大きなエネルギーが必要だ。管理会社に大きな不満を持っている人たちが、強い意志を持って行動しなければ難しい。

まずは理事会で新しく候補となる管理会社を数社選び、それらの管理会社による説明会を開く。理事会でその中から一社を選択し候補管理会社とする。そして総会にて候補管理会社に変更するかを決議し、過半数の賛成があれば管理会社を変更し、否決されれば従来の管理会社と契約を続けることになる。候補となる管理会社の選定や、説明会の会場準備、管理組合員に対する文書説明など苦労は多い。また、変更への過程の中で、切られるかもしれない管理会社も黙ってはいない。管理委託料の値下げ、無償での管理人の勤務時間延長、清掃内容の向上など、様々な改善を提案してくる。住人たちが管理人に情が移っているケースもあり、それを断ち切ってまで新しい管理会社を選ぶことには、自分のマンションをよくしたいという決意が必要なのだ。Cランクのマンションは、過去においてそれを実行してきたのである。一歩間違えれば自分の会社も二の舞になる。Cランクの管理組合には注意深く対処しなければならず、管理会社にとっては厄介な存在だ。

Bランクは管理組合員に多少うるさい者もいるが、概ね管理会社がコントロールできている管理組合。

Aランクは管理会社の操り人形となった管理組合。新築マンションを管理する場合、管理会社は管理組合をAランクに仕立てるべく、あの手この手を駆使するわけだ。新築マンションを担当し、三年後にそのマンションがAランクに認定されれば、担当者の評価は上がる。小林は「ルネッサGL」を担当して三年が過ぎ、Aランクを獲得したのだ。

管理会社が管理委託料を不当に値上げし利益を得ることはまずできない。それはすぐに数字という形に表れてしまうからだ。狙い目は、修繕、整備、備品、植栽などになる。提携する業者からのリベートはもちろんのこと、特定の業者には管理会社から多くの人間が再就職していた。そこに仕事を回せるか否かは自分の将来を左右する重大な任務となるのだ。

小林は順調に指定業者への発注をこなしていた。このままいけば「特Aランク」

も夢ではない。そのためには理事長を掌握しておくことが必須条件なのである。ちなみに小林は九つのマンションを担当しており、その内訳は「A三」「B五」「C一」となっていた。

この日、小林が高倉を接待しているのには目的があった。高倉もその意図を理解しているはずだ。小林は改まって膝を正した。

「二月末の通常総会に向けて、年明け早々には議案書の作成にとりかかります。そこでお願いがあります。もう一期、理事長をやっていただけないでしょうか」

高倉は困った表情をしたが、口元はゆるんでいる。

「そんなこと言われてもねえ。次もやると五期連続ですからねえ。ここらでお役御免にしていただきたいなあ。それに私よりも適任者がいるかもしれないし……」

「何をおっしゃるんですか。私は九つのマンションを担当していますが、高倉さんほど理事長としての力量を持ち合わせている人物はいません。それに十年以上も理事長を続けている方もいらっしゃいます。それは管理組合員の方々が求めた結果なのです。『ルネッサＧＬ』の理事長は高倉さん以外には考えられないのです。私だけの考えではありません。うちの会社としての見解でもあります」

高倉はこの言葉を待っているのだ。なにせ毎年繰り返されているのだから。

「とりあえず、次期の理事に立候補してください。総会決議後の理事会で、理事長に立候補する方が別にいらしたらそのときに判断しましょう。このマンションについて熟知している高倉さんが理事として残ることは私にとっても心強いですから」

　小林の口調は少し強くなっている。高倉にはこの使い分けが効果的なのだ。

「ルネッサGL」の理事は輪番制の一年任期だが、立候補も受け付けている。ただし今まで立候補したことがあるのは高倉だけなのだが。彼らは候補者として総会で承認され、正式な理事となる。第一回目の理事会で役職が決定されるが、小林の中ではすでに雛型(ひながた)が出来上がっている。

「理事長は高倉さんにお願いしたいのですが、いかがですか」

　理事長どころか理事にさえ嫌々なっている連中が反対するわけがない。反対すれば自分にお鉢が回ってくる。だから満場一致で高倉が理事長に就任することになっているのだ。

　築五年目には小規模だが百万円単位の修繕がいくつかある。このマンションを食い物にするためにも、なんとしても高倉を理事長に据え続けなければならない。高倉は承諾してはいないが、すっかりその気になっている。

　他のマンションでも、長く理事長の政権が続くと、運営方針や管理会社との癒(ゆ)着(ちゃく)などについて問題視される。そのときは高倉をお払い箱にすればよい。新しい理事長を洗脳する苦労を考えるとうんざりするが、それまではこの冴(さ)えない男を利用できる。もう一つ、管理組合員に無関心主義を蔓延させ、空洞化させることも忘れてはならない。

中年男性を接待する三種の神器は「酒」「金」「女」と相場が決まっている。酒は単に一席設けるというお膳立てであり、相手にしてみると「接待された」という実感が弱い。物理的な重さがないからだ。有効なのはやはり金だ。小林の会社では見込みのある理事長に対し、盆暮れに商品券を贈ることから始める。拒否する人間もいるが、一度受け取らせてしまえば慣例化してしまう。人間なんてそんなものだ。高倉には中元・歳暮に各三万円の商品券を贈っていた。これはAランクの金額である。

厄介なのは女だ。女が嫌いな男はまずいないが、タイミングと誘い方が難しい。自然な流れが求められるからだ。しかし的に当たれば効果は大きい。小林はスナックで接待したときに、高倉がかなりの女好きであることを見抜いていた。理事長五年目にあたり、酒、金に続く実弾攻撃が必要な時期だ。小林は今夜、そのチャンスをうかがっていた。時間はまだ八時。行動は起こしやすい。

小林はトイレに立つふりをして一階の帳場の裏に出た。携帯を取り出し親指を動かす。相手はコール音が鳴った瞬間に出た。

「ありがとうございます。『松竹梅』でございます」

「店長ですか。総合管理サービスの小林です」

「これはこれは。いつもお世話になっております」

小林は店長の姿を想像した。どうせ鼻クソでもほじりながら電話をしているのだろう。だが憎めない男だ。

「これから一人送りこみたい。いつもの手順でお願いしたいのですが……」

「かしこまりました。お見えになるのは小林様とお二人ですね？」

「そういうことです」

「どのようなタイプをご用意いたしましょうか」

ここが小林の腕の見せどころである。

「仕事ができるよりも素人っぽい、優しい娘がいい」

店長はもったいつけて少しの間をおいた。

「うってつけの娘がいますよ。自信を持ってご案内させていただきます」

「それではこれから作戦に入ります。ボツったときはすぐに連絡します」

小林は携帯電話を懐にしまうと深呼吸をした。

座敷に戻ると高倉は「ここにはもう飽きた」という顔をしている。半年前に行ったクラブに行きたいのだ。

「理事長、これから……」

そのとき小林の携帯メール着信音が鳴った。マンション管理部の人間は、どんなときでも携帯を手放せない。担当するマンションで重大な事件が発生することもあるからだ。

「すいません。緊急な連絡かもしれませんので」

小林はテーブルの下で携帯をチェックした。それは神山鳴海からのメールだった。鳴海とは書店で再会してから一度だけ食事をした。小林がメールで誘ったのだ。銀座で二時間ほど食事をしてそのまま別れた。会うほどに、話すほどに癒されるほどに癒されていく自分が恐ろしくもあったが、会いたいという感情には勝てない。その彼女からのメールだ。

《先日はごちそうさまでした。とっても楽しかったです。じつは錦糸町においしい鳥料理のお店があるんです。手羽焼きが好きだって言ってましたよね。今度は私にごちそうさせてください。忘年会シーズンですから予約をしたいので、都合のよい日を教えてくれませんか。ゆっくりできる日を作ってくれたら嬉しいなあ》

小林は無表情で携帯電話を切ったが、胸は高鳴るばかりだ。

「どうかしたのかね」

「いえ、単なる業務連絡でした。申し訳ありません。理事長、まだ時間も早いので、ちょっと私にお付き合いいただけませんか」

高倉は少し身構えたが、瞳の奥は好奇心でいっぱいだ。小林は恥ずかしそうに右手の小指を立てた。

「その、じつは、ちょっとこっちに入れ上げてしまいまして……」

「ほう。君は妻帯者だろう。なかなかお盛んじゃないか」

「これは高倉理事長だから言うんですよ。会社には内密にしていただきたいのですが……」

「言いたまえ。きみとぼくの仲じゃないか」

高倉はいつしかひと昔前の会社の上司口調になっている。かつての上司をイメージしているのだろう。単純な男だ。

「今日は会社から接待費も出ています。つまり高倉理事長にお付き合いいただければ私も便乗できるわけですよ」

高倉は上から目線で笑った。

「そういうことか。小林くんのためなら付き合おうじゃないか。どんな店だい？」

「それは後ほどお話しいたします」

小林は席を立った。高倉はおだてるとつけ上がるが、毅然(きぜん)とした態度で接すると子羊のように従ってくる。

タクシーに乗り込み行き先を告げると、高倉はシートから背中を離し、小林を直視した。

「小林くん、吉原って……」

「ええ、ここからだと五分ほどで着きますよ」

「時間じゃない。吉原っていえばソープ街じゃないのか」

「そうですよ、ソープに行くんですから」

「ちょっと待ってくれ、そんな、いきなり……」

「まさか初めてじゃないですよね。昔は遊んでたってお話でしたから」

「そりゃ、まあ、そうだが」

高倉は動揺している。

「さっき付き合ってくれるとおっしゃったじゃないですか。うちの会社が接待で利用してる店なので心配いりませんよ。他のマンションの理事長さんたちにもよくご利用いただいております。高倉さんのお相手はご用意してあります。乗り気でなければ、お帰りいただいても結構ですが、とりあえず部屋には入ってください。そうしていただかないと私が困りますので……」

高倉は観念したように黙りこくった。

細かい手法は異なるが、小林はこの方法で相手をソープに誘い込む。大切なのは相手に「自分の意思ではない」と自分自身に言い訳をさせてあげること。それで気が楽になるのだ。この方法で失敗したことは滅多になかったし、遊ばないで帰った男など一人もいない。部屋の中に入ればやることは同じ。入る理由がほしいだけなのだ。

タクシーが玄関に横付けされると同時に店長が飛び出してくる。

「お待ちしておりました」

小林がめくばせをすると、店長は高倉に気づかれないように右手の親指を立てた。高倉は待合室に通されると早々にトイレに立った。小便の後に、残り少なくなった髪の毛を整える姿が目に浮かぶ。小林は店長に現金の入った封筒を渡した。

「タクシー代です。いつものように帰り際に握らせてください」

「かしこまりました。あのお客様につける娘を写真で確認なさいますか」

いつもなら興味半分で写真を眺めるところだが、今日はそんな気分になれなかった。

「いや、店長を信頼してますから。あとは任せましたよ」

トイレから戻った高倉は平静を装ってはいるが、喉が渇くらしく何度もお茶に手を伸ばした。

「高倉理事長、今夜はここで流れ解散にしましょう」

「えっ、ああ。私はべつに構わんが……」

もう小林の言葉など上の空なのだろう。扉を二度ノックする音が聞こえ、店長が風のように入ってくる。高倉の前で片膝をついた。

「それではお客様、ご案内させていただきます」

「えっ、私からですか」

小林も立ち上がって後押しをする。

「ごゆっくりお楽しみください。会計は済ませてありますから」

高倉は店長が開いた扉から出ていく。右手の階段の下には、これから相手をするソープ嬢が立っているはずだ。奴は足元から視線を上げて生唾を飲み込む。そんな余裕はないかもしれないが……。扉が閉まると、店長の声が小さく聞こえる。

「カミヤマさんです。どうぞごゆっくりお入りくださいませ」

ボーイたちも追従する。

「ごゆっくりお入りくださいませ」

「お入りくださいませ」

小林にはソープ嬢の名前が「カミヤマ」に聞こえた。今の小林には「カメヤマ」でも「カミヌマ」でも神山に聞こえてしまうのだ。早く返信メールを打ちたかったが、手帳でスケジュールを確認する間もなかった。

店長が応接室に戻ってきた。

「あがる時間を見計らってタクシーを呼んでおきましょうか」

「そうしてください。いくら助平おやじでも初回から延長はしないだろうから」

小林はこのまま帰ることになっている。

外に出ると冷たい北風が首筋に当たる。酒が抜けてきたせいだろう。歩きながらもう一度、鳴海からのメールを読んだ。

《ゆっくりできる日を作ってくれたら嬉しいなあ》

最後の文章に深い意味はあるのだろうか。携帯電話を握りしめると、それはなぜか温かく感じた。

6 暖炉のある家

車を駐車させて二十分が経過している。

「準備は万全だよな」

麻丘は一眼レフのデジタルカメラや、ビデオを手に取ってあちこちを触った。

「そんなん言われると不安になりまんがな。大丈夫でっせ」

麻丘のワンボックスカーの後部座席の窓にはカーテンが取り付けてある。麻丘はその隙間(すきま)からラブホテルの玄関に、何度もカメラを向けていた。

しばらくすると南が車に戻ってきた。左手に提(さ)げたコンビニの袋には缶コーヒーとサンドイッチが入っている。

「二人は錦糸町駅南口改札で七時ちょうどに会って、予定通り『鳥花(とりはな)』に入りました。あっ、これどうぞ。ビールってわけにもいきませんので……」

三人は無言でコーヒーを飲んだ。サンドイッチには手をつけなかった。だれもが緊張している。それが痛いほどにわかり合っていた。

「家族が危険な状態で手術を受けている控室で、待機しているって感じですかね」

南の比喩(ひゆ)表現に、また沈黙が続いた。

「うまいこと言うなあ。でもちょっと違う。その場合、こっちは何もできない完全なる受け身だ。ところが、おれたちはこれから任務を遂行しなければならない」

「特攻隊が出撃する前の緊張感なんてのはどないでっしゃろ」

「特攻隊員や遺族の人が聞いたら確実に殴(なぐ)られるだろうな」

「すんまへん……。淳ちゃんは甲子園に行ってるんやろ。試合前の緊張感ってすごいんやろうな」

「それが覚えてないんですよ。なんだか別の世界にいたみたいで。ビデオで見ても自分だとは思えないんですよね。緊張の極致だったんでしょうね」

「おお、おれの初高座(はつこうざ)のときもそやった。なんも覚えてへん」

俊介は貴子のことを考えていた。そこそこの女がその気になれば男をホテルに連れ込むなど容易(たやす)いはずだ。それよりも貴子の気持ちだ。貴子はなぜこのゲームに参加したのだろう。しかも身体を張ってまで。遊びの精神に共感しただけでは弱すぎる。必要とされている天使の使命感か。未知の体験への興味なのか。おれへの恩返しのつもりか。

その思いは麻丘と南に対してもあった。大きな怨念があったとはいえ、それを維持するのには辛いことも多いはずだ。事実として南などは家業を放り出して、かなりの時間を尾行や調査に費やしている。二人を焚きつけてしまった自分は正しかったのだろうか。

そんなことを考えてしまうのは自分が高揚している証だ。これは大人の遊びなのだ。実際に麻丘と南は以前よりも生き生きとしている。

美大を卒業して三年目、漫画家を志していた俊介に編集者が告げた。

「はっきり言うが、君には漫画家としての才能がない」

信頼していた編集者の言葉は重く辛かった。

「絵はダメだが、登場人物が面白い。主人公が粋で酔狂でおれの好みだ。大人の遊びって感じがする。原作をやってみたらどうだ。君とは逆で、絵はうまいがストーリーがダメって人もいるからね」

それから「大人の遊び」を意識して生きてきた。

「この前ね、『忠臣蔵』のＤＶＤを借りて見ちゃいましたよ」

南はコーヒーの缶をもてあそびながら独り言のように言った。

「内蔵助役は誰だ」

「里見浩太朗です。吉良は森繁でした」

「ああ、おれもテレビで見たことあるで」

俊介は、南が振ってくれた話題に感謝した。これで時間が潰せる。

「なんか感情移入しちゃいましたよ。他人事とは思えませんでした」

「さっきの特攻隊と同じで、比べたら赤穂浪士の末裔から殴られまっせ」

麻丘はサンドイッチに手を伸ばしている。いくらか緊張がほぐれてきたらしい。

「その通りだ。赤穂浪士は主君の無念をはらそうとする忠義だが、おれたちは私怨をはらすのが目的だからな」

「おまけに関係のない貴子さんに一番危険な役を押しつけてる」

「まあ、貴子はんは俵星玄蕃っちゅうこっちゃな」

「心配するな。彼女は楽しむために、このプロジェクトに参加してるんだから」

「それならいいんですが……」

腕時計を見ると、南が戻ってからまだ十分しか経っていない。

「うまい。本当においしいものは塩だけで充分なんですね」

小林はコース料理の最初に出てきた砂肝を口にして、ありきたりなコメントを述べた。

錦糸町の裏通りにある「鳥花」は一見の客を寄せ付けない威厳があった。目立たぬ造りで薄暗い門を通り抜け、引き戸を開けると、奥に向かって白木のカウンターが続いている。その中では染み一つない白衣を身につけた料理人が淡々と仕事をこなしていた。席はほぼ埋まっている。大勢で訪れる店ではない。熟年のカップルや、クラブのホステスが同伴出勤で使う雰囲気だ。

カスリの着物姿の女性店員が二人をカウンター席に案内する。

「生ビール二つお願いします。それからコースで」

鳴海は小林には確認せずに注文した。小林がまずビールから始めることを、二回の食事で学んだのだろう。

「マンション管理士の勉強は進んでいますか」

彼女はビールグラスについた口紅を細い指先でぬぐった。

「それを聞かれると辛いんだなあ。十ページで挫折しました。絶対に無理ですよ。小林さん、どうやって勉強したんですか」

「コツコツとやるしかないですよ。ぼくも二回落ちてるし……。とにかく諦めないことでしょうね。それにしてもおいしいなあ、この店は。焼き鳥っていうと大衆料理ってイメージだけど、ここではディナーって感じですね。この店にはよく来るんですか」

「まだ二回目です。一度ですっかり気に入ってしまって。芋焼酎がね、すごくおいす」

「ぜんぜん。女の人ですから。でもすごく素敵な人。私の人生を変えてくれた人で
「こりゃ失礼なことを聞いちゃったかな」

　鳴海は口ごもった。

「それは……、一緒に来た人のご意見ですか」

しいって」


　小林はビールを呑み干した。

「じゃあ、その芋焼酎をボトルでもらおうかな。お湯割りでお願いします。でも試験にはまだ一年ありますから頑張ってみてはどうですか」

　いつもは人の目を見て話す彼女がグラスに目を落としたままで呟いた。

「その話はやめましょう。せっかくの時間なんだから」

　そう言われても、何を話していいのかわからなかった。

　鳴海のスカート姿は初めてだった。短めのタイトなスカートで、高い椅子に座ると太ももが気になる。小林の好みよりは細い脚だが、刺激を受けるには充分だった。

「ね、ここの芋焼酎はおいしいでしょ。私もいただこうかな」

　三週間ほど前に銀座で食事をしたときも、小林はマンション管理士の話ばかりし

ていた。なんて野暮な男なのだろうと自責する。

「何を話題にすればいいのかな……。ごめんね。面白味のない男で」

鳴海の前だと見栄を張らずに素直になれそうな気がする。

「うーん……、じゃ、結婚とかは？」

小林は思ったほどギクリとしない自分に驚いた。鳴海の前にいると自分が独身になったように思えるのだ。今日、彼女と会ってから妻子の顔は一度もチラつかない。

「結婚したらどんな家庭を作りたい？　具体的な場面を聞きたいなあ」

小林は書店で鳴海と再会したときに立ち読みしていたムックを思い出した。

「小坂明子の『あなた』っていう歌を知ってますか」

「小坂明子……。ああ、『恋におちて』っていう不倫の歌を歌ってた人……」

「それは小林明子です」

「そうでしたっけ。理想の家庭が不倫なわけないですよね。あはは……。小坂明子ねえ……。知らないなあ」

鳴海は自分の発言にウケたようで、しばらく恥ずかしそうに笑っていた。

「小坂明子の『あなた』って曲は一九七四年に二百万枚も売れた大ヒット曲です」

「へえー、私はまだ生まれてない」

「ぼくもリアルタイムでは知りませんけどね。でも昭和歌謡史に残る名曲ですよ。歌詞が恥ずかしいほどにストレートなんです」

「そうなんですか。興味あるなあ……」

「恋人と別れた、いや、単なる片想いとも受け取れるんですが、こんな家で暮らしたかったと夢を語る内容です」

　鳴海は、小林が続きを話しだすのを待っているようだ。

「郊外に建てた家。小さな家なんだけど、大きな窓があって、部屋には古い暖炉があるんだ。庭には真っ赤なバラとパンジーが咲いていて、子供が仔犬とじゃれ合っている。そしてレースを編んでいる私の横にはあなたがいるって……」

「それが小林さんの理想の家庭でもあるわけね」

「この歌が好きだったんで、頭の中にイメージされてしまったのでしょうね。お恥ずかしい話です」

「でも、なんとなくわかるなあ。わたしも『大草原の小さな家』に憧れてたから。もうどんな物語だったかも、よく覚えていないんですけど」

　鳴海は小林の陶器グラスに芋焼酎を注いだ。

「小林さんには、そんな家庭を築きたいと思う相手はいるんですか」

　築きたいどころかもう手遅れなのだ。夢みた温かいマイホームは地獄へと変貌した。自分に責任があったのだろうか。それなら問う。おれはどうすればよかったのだ。彼女とこうして会い、少しくらいの幸せや心の温もりを味わって何が悪い。神が平等ならおれに罰は与えないはずだ。

仮におれの浮気が発覚したとき、夏美はどんな行動に出るだろうか。無反応なのではないか。すでに夏美にとって、おれはどうでもいい存在なのだ。性交どころか触れ合いさえない夫婦だ。三十三歳の男に死ぬまで女の肌にも触れずに生きていけというのか。おれのような男にとって結婚とはなんと残酷な形態なのだろう。

「何を考えてるの」

「いや……。そんな人がいたら、こうして鳴海さんと会っていません。鳴海さんこそどうなんですか」

「残念ながら私はフリーですよ。でも恋の相手って自分にとってどんな存在なんでしょうね。明日、もっと好きな人に出会ったら、その人は消えてしまう。だから好きな人がいても相手に深く気持ちを入れられない。臆病なんですね」

「確かに明日のことなんてわからない」

「でも、だから今を大切にしたいって気持ちもある……」

鳴海の視線が小林をとらえた。小林は鳴海を失いたくないと思った。彼女と結ばれたわけではないのだから「失う」という表現は適切ではないが、とにかく目の前から消えないでほしいと願った。こうして月に一度、食事をするだけでも自分は救われる。

　小林の気持ちはめまぐるしく揺れている。一貫した考えなど持てるはずもなかった。

　芋焼酎のボトルは半分になった。

　両脚をピタリと閉じていた鳴海だったが、少し酔ったのか緩んできたようだ。小林はもう一年以上も女の身体に触れたことがない。心の中に欲望が芽生えたとしても不思議ではない状況だ。

「小林さん、今日のデートは私の仕切りですから、この後も私の行きたいところに付き合ってくれますよね」

「もちろん、どこへでもお伴しますよ」

　小林は「お伴」という言葉を使って後悔した。サラリーマンの日常用語ではないか。十年間で染み付いた習慣は簡単には消えない。

　今までの二回は食事だけで別れていた。彼女のメールの最後に《ゆっくりできる……》とあったので、今夜はバーにでも行くのだろう。それよりも気になったのは、彼女が「デート」という表現を使ったことだ。深い意味はなく、自分に都合のよい妄想を招くだけなのだが。

鳴海は伝票を持って立ち上がる。小林はそれを制しようとした。

「今日は私が誘ったんですから。そういう約束でしたよね」

ここで揉めるのも野暮だと判断し、小林は引き下がった。それに「今度はぼくがご馳走します」という口実も使える。

「まだ少しグラスに焼酎が残ってますよ。ちょっと失礼しますね」

鳴海は会計を済ませるとトイレに消えた。


「ところで、佐々木って奴はどうしてるんだ？」

貴子と小林が「鳥花」に入ってから、すでに二時間が経過している。

「さあ……。あの文書事件以来、理事会に出席しなくなりました」

「こっちは針のムシロで耐えてるっちゅうに。逃げたみたいやな」

「そういうタイプには見えなかったけどなあ。もっと内に秘めた芯が一本通っている男だと思ったのに」

「まあ、人ってえのはわからないもんだからな」

俊介のメール着信音が鳴った。

「き、来ましたで」

俊介は内容を確認すると、携帯電話をパタンと閉じた。

「今から『鳥花』を出るそうだ」

「鳥花」からホテルまで五分と予想していた。三人は決められている配置にスタンバイする。麻丘は車内の右側座席に移動し、カーテンの隙間から望遠レンズを外に出した。南はビデオカメラを手に取り車外に出ると、支払機の裏に隠れた。俊介は車内から双眼鏡で曲がり角の方向を確認している。

「双眼鏡は必要ないでっしゃろ。ここからは肉眼で充分やないですか」

「だって、おれだけ何も持っていないのは悔しいじゃないか」

「子供か、あんたは」

「おっ、来た。来たぞ。スタートだ」

麻丘の人差し指がシャッターにかかった。

「と、思ったら違った。ハゲおやじとフィリピン人だった」

「それ、ウケ狙いだったら怒りまっせ」

車の外から囁くような南の声が聞こえてくる。

「ほらほら、遊んでないで。もういつ来てもおかしくないですよ」

小林は鳴海に寄り添うように歩いた。どこに向かっているのかはわからない。駅とは反対方向で、街はだんだん寂しくなってくる。

大通りを右に曲がると、左手にはラブホテルが並んでいた。右側には飲食店もあるようだが、肉体関係のない男女が歩くには不釣り合いな通りだ。

「どこに行くんですか?」

「もう少し先ですから……」

鳴海は無表情で歩いていく。小林はそれに従うしかない。あたりは完全にラブホテル街になっていた。鳴海が小林の腕をつかんだ。

「ここです」

彼女は「キャビン」というラブホテルの前で立ち止まる。

小林の頭の中は真っ白になった。期待していたのと現実とでは重みがまるで違う。

「ここって……」

鳴海はつかんでいた小林の腕を引っ張り、自分の胸に抱き寄せた。

「今を大切にしたいって言ったでしょう。臆病な自分にさよならしたいの」

おれだってこのひとときを大切にしたい。いや、今より大切なひとときなんてないのだ。不思議なほど性欲はわいてこなかった。ただ彼女を抱きしめたいと思った。

「ぼくだって同じ気持ちです」

二人はホテルの玄関に吸い込まれた。

三人は再び車内に集合した。撮影した画像をチェックするためだ。まずは麻丘のデジタルカメラから見た。

「これは遠くてよくわからないな」

再生ボタンを押すと、二人の姿が少しずつ近づいてくる。

「さすがはオートフォーカスやな。よう撮れとる」

三人は顔を寄せ合って画像を覗きこんでいたが、その一枚を見て歓声をあげた。

「おおー。これがベストショットやな。ホテルの玄関も二人の顔もバッチリや」

「でも、少し暗くないか」

「そんなもん、パソコンでいくらでも調整できまっせ」

しばらくの間、三人はその写真に見入っていた。南が腕組みをして大きく頷いた。

「しかし、貴子さんは完璧な隊員ですね。玄関前で立ち止まり、手を引いて自分と小林の顔がこっちを向くようにしている。そしてこの腕の組み方です。素人にはできませんよ」

「まあ、ある意味、素人やないからなあ」

「これを見せられたら言い逃れはできないでしょうね」

俊介も貴子の仕事ぶりには心の中で舌を巻いた。ただ、小林を見つめる瞳にはとても演技とは思えない深みがあった。

「小林の表情がいいよな。驚きと期待が入り混じってグチャグチャになってやがる。でもこれが奴の素の顔なんだ。かわいいじゃないか」

「だれだってそうなりまっせ。しかし自分だったらと思うとゾッとしまんな。首つりもんでっせ」

次の写真は、二人が玄関に入っていくところだった。

「この写真もいいですね。横からで顔は写っていませんが、前の写真とセットにすれば効果は抜群です。それに顔が見えない方が臨場感がありますね」

続いて、南が撮影したビデオの画像をチェックする。

まず「キャビン」という卑猥なネオンの看板が映し出され、画面が下へと移動していくと、二人がよそよそしく歩いてくる。

「おお、ええなあ。なんちゅう凝った演出や。世界のクロサワ並みや。ようこんな余裕があったなあ」

「ここがラブホテル街だという印象を強くするためです。ネオンの向こうに満月が出ていれば完全無欠だったんですが……」

二人が立ち止まると画面がズームアップされ、表情がはっきりと読み取れる。俊介はその映像を凝視した。どうやら貴子は門前でいきなり小林をホテルに誘ったようだ。二人は「鳥花」でどんな会話を積み重ねたのだろう。その延長線上にラブホテルがあることは間違いないのだから。

画面の二人は腕を組んだままホテルの中へと消えた。

「完璧だな」

俊介の一言で車内には安堵感が漂った。

「ホテルから出てくる場面は必要ですかね。もう目的は達成したと思いますが……」

南の発言に麻丘も同調する。

「そやな。おれもそう思うわ」

当初の予定では、ホテルに入る画像をチェックし、物足りないときには出てくるところも撮影することになっていた。ホテルを出る五分前に貴子からメールが入る段取りだ。南と麻丘の意見は貴子を気遣ってのものだった。

「ねえ先生、貴子さんに撮影は成功したとメールしてください。まだホテルに入ってから十分たらずです。適当に理由をつけて逃げ出せるでしょ」

「おれもその方がええと思います。貴子はんにそこまで重荷を背負わせる必要はないと思いまっせ」

「そうだな。そうしよう」

俊介は貴子に作戦の成功を告げるメールを送った。

「それじゃ、おれたちは撤退するか」

俊介の言葉に二人は驚きの表情を見せた。

「ちょっと待ってください。貴子さんはどうするんですか。四人で祝杯をあげましょうよ」

「そうでっせ。それに彼女に何かあったらまずいでっしゃろ」

俊介は二人の優しさが嬉しかったが、優先順位は貴子の気持ちだ。

「小林のことは貴子に任せたんだ。彼女のことだ。心配はない」

「でも……」

「今回のターゲットは高倉だ。言ってみりゃ小林も被害者の一人かもしれない。貴子だって小林を騙（だま）すことには心を痛めている。貴子なりの筋の通し方があるんだろう。これは彼女の希望でもあるんだ。好きにさせてやってくれ」

「先生と貴子さんはどんな関係なんですか」

「淳ちゃん、野暮なこと聞いたらあかんで」

「でも……」

「あはは。気にするな。お前さんたちが気に病む関係じゃないよ。言ってみれば師弟関係ってやつかな」

貴子はバスタブにお湯を落とすとベッドルームに戻った。小林は小さなソファーに腰を下ろして固まっていた。ホテルに入ってから、まだ会話はない。

貴子はベッドの隅に座った。

「小林さん、駆け引きとかは必要ないのよ。無理をする必要もない。素直なあなたでいてくれればいいの」

小林は黙っていた。バスルームからは、お湯が湯船に落ちる音が聞こえている。

「でも、ぼくにはどうすればいいのかわからない。ムード作りもできないし、あなたを強引に抱くこともできない。情けない男です」

「だからそのままでいてくれればいいの。ねえ、とりあえずお湯に浸かって温まったら。お酒の後に歩いたから身体が冷えたでしょ。さあ……」

貴子はバスタオルと備え付けのバスローブを差し出した。小林は病人のように立ち上がりスーツを脱ぎだした。男が裸になる姿を見慣れている貴子にとっては日常的な風景だ。

打ち合わせ通りに携帯をチェックする。

《作戦は成功した。おれたちは引き上げる。あとはよろしく！》

貴子の心に筋書きはなかった。自分でも予想ができない。自分はこの男を陥れようとしているのか、救おうとしているのか。

心の中に一人の客の顔が浮かんだ。半月ほど前に来た中年の男だ。私を好む客のほとんどは心が病んでいる。あの男と小林からは同じ空気を感じるのだ。病むに至った原因が似ているのだろう。ただ、原因が同じでも、そのうっ憤を外に出す方法は性格によって異なる。

その中年男は、私に見栄と虚勢を張ることで必死にバランスを保とうとしていた。

「毎晩、接待されるのも辛いものだ」

「もちろんここだって接待だ。どうしてもって言うもんでね」

「きみはどうしてこんなところで働いているんだ」

断片的な会話が蘇る。店長から「支払済み」のカードを渡されたので、確かに接待なのだろう。だが吉原で接待を受けるような敏腕ぶりはみじんも感じられない男だ。

吉原での虚勢は無意味だ。化けの皮はすぐに剝がれる。中年男はその典型だった。貴子の「ソープの心は母心作戦」によって虚勢はもろくも崩れ去る。貴子の客にはよくあることだが、この客も性交はしなかった。赤子のように貴子の身体にしがみつき、乳首を吸っていた。そしてそのまま眠りだしたのだ。その寝顔は安住の居場所にめぐり合えたような顔だった。それだけで時間は終了した。

「知らないうちに眠ってしまったようだ。私の激務ぶりがわかるだろう」

思った通り、その中年男は二週間後にも「松竹梅」を訪れ貴子を指名した。三日前のことだ。

「私はね、女を抱くために来ている男じゃないんだよ。永井荷風の世界だな。娼婦との出会いは文学ということだ。単に女を抱くなどは知性のかけらもない行為だ」

赤ちゃんプレーを望んでいるだけだ。貴子にとっては、赤子の手をひねるようにお手軽な客だ。そして常連の仲間入りとなる。

原因は似ていても、小林は別のタイプだ。もちろんソープと恋愛とでは土俵が違うので比べるのは難しい。彼の心の中では糸の切れた凧が浮遊している。出口のない迷宮だ。

小林がバスルームから出てきた。貴子もすでにバスローブに着替えている。

「私もシャワーを浴びてきます。ビールでも呑んでいてください」

貴子はテーブルにビールとグラスを二つ用意しておいた。私がシャワーから戻ったら、小林はどんな行動を起こすのだろうか。おそらく自分からは何もできないと思う。それなら私は何をするべきなのか。

十分後、やはり小林はそのままの体勢で座っていた。グラスのビールは半分しか減っていない。背中が丸くなっている小林はずいぶんと小さく見えた。貴子は部屋にカラオケが装備されていることに気づいた。

「ねえ、小坂明子だったっけ。『あなた』っていう歌を歌って。ねえ、お願い。聴いてみたいの」

テレビの画面はベッドの横にある。貴子はベッドの隅に座ってカラオケのリモコンを操作する。

「あったわよ。どうしても聴きたいの。小林さんが歌う『あなた』が。ヘタでもいいのよ。ねっ、こっちに来て私の隣に座って……」

小林は肯定も否定もせず、貴子の横にやってきてゆっくりと腰を下ろした。

「入れるわよ」

送信ボタンを押して小林にマイクを握らせた。オーケストラが演奏するイントロは想像していたよりも大仰なものだった。

《もしも私が家を建てたなら　小さな家を建てたでしょう》

か細い歌声だった。画面では小坂明子と思われる人物がピアノの弾き語りをしていた。

《部屋には古い暖炉があるのよ》

小林は歌に入り込んでいる。初めて聴いたのに名曲だと思える調べだ。

《家の外では坊やが遊び　坊やの横にはあなたあなた　あなたがいてほしい》

小林の横顔を見ると頬(ほお)には涙が伝っていた。たぶん小林は、自分が泣いていることに気づいていない。貴子の母性本能は高ぶった。

歌が終わると、貴子は小林を優しくベッドに押し倒した。小林のバスローブのヒモをほどくと、自分も裸になる。

「私の胸で癒されて。何も考えなくていいのよ」

小林の方を向くと、彼は貴子の胸に飛び込んできた。貴子にしがみつき頬を乳房にこすりつけている。貴子は小林の背中や後頭部を乳飲み子(ちのみご)のように撫(な)でた。やはり小林は勃起(ぼっき)しなかった。人間の身体は正直だ。勃起しないのは小林の心に性欲よりも強く求めているものがあるからだ。

「どうしたい?」

小林はしばらく黙っていた。

「温かい……」

「えっ、何が?」

「鳴海さんの胸って温かい……。ずっとこうしていたい。時間が許す限りずっと」

小林は頬を乳房に戻した。髭がこすれて少し痛い。でも小林の心はもっと痛い何かに耐えている。それはおそらく家庭での疎外感だろう。あの涙がそれを物語っている。でもそれを小林に尋ねることはできない。私たちに騙されている上に、妻帯者であることを告白させるのは酷というものだ。

葉山俊介と知り合って、自分の仕事は人を救うことだと悟った。私のやり方は根本的な解決方法ではない。その場だけの救いでもいいと思う。彼らは心のバランスが乱れている。傾いたバランスを少しだけ直してあげるのだ。

小林は家庭に大きな不満を持っている。彼にはその家庭を自分の理想通りに変える力はない。力がないのにその不満と向き合ってしまった。だったら向き合わなければいい。他の何かに目を向けてバランスをとるしかないのだ。人間なんてそうやって生きていくしかない。自分の思い通りになることなんてほとんどないのだから。

俊介たちがそれを実証している。マンションの理事長から受けた威圧に屈したわけではない。だが正面から向き合うことはしない。斜に構えて楽しんでいる。遊びの精神がバランスを保っているのだ。

一度、胸に抱いたくらいで小林が救われるとは思わない。ただ何かに向き合うきっかけにはなるはずだ。さらに、もっと苦しい状況に陥(おちい)れば、今の苦しさは和(やわ)らぐかもしれない。

一時間以上も二人はそのままでいた。貴子は起き上がった。ソープ嬢として小林を性交可能にする自信はあったが、彼もそれを望んではいないだろう。

「小林さん、いいこと教えてあげようか。人生はゲームなのよ。だからどっちかが勝って、どっちかが負ける。五分五分なのよ。だから負けることも始めから想定しておかなくちゃ。負けてもゲームを楽しんでいれば悔しくないでしょ」

小林は横になったままで貴子に背を向けた。

「それじゃ、ぼくと鳴海さんの関係もゲームなんですか」

「そうね……。男と女の延長線上には何があると思う？　結婚、幸福、忍耐、破滅……。結果がどうあれ、そこに至るまではゲームよね。だから私は今を大切にしてゲームを楽しむだけ」

貴子は背中に手を回しブラジャーをつけた。

「鳴海さん、また会うことはできますか」

貴子は鏡に向かってイヤリングをつけながら答えた。

「さあ……。会いたければ会う。それだけ。今夜は先に失礼します。あの歌、とてもよかった。魂がこもってたもの。さようなら」

外に出ると夜風が一層冷たく感じる。一人で呑みたい気分だった。貴子は俊介と行ったバーを思い出した。今夜の私には、あのジャズピアノがお似合いだ。

扉を開けるとピアノの調べが耳に入る。二度目だというのに落ち着く店だ。貴子はカウンターに腰かけ、隣の男に声をかけた。

「これは何ていう曲？」

「さあ、初めて聴く曲だ」

「この前の曲が聴きたかったのに……。私がここに来るってわかってたの」

俊介はバーボンの入ったロックグラスを静かに置いた。

「もしかしたら、だけどな。おれも一人で呑みたかっただけさ」

「葉山さんて不思議だな。真面目なのか不真面目なのか、紳士なのか阿修羅（あしゅら）なのかわからなくなる。でもね、信じられる人ってことは間違いない。漫画原作者の前は何をしてたの。なんだか想像を絶するような人生を送ってきたような気がするの」

「何にもしてないよ。変わった趣味はあったけどな」

「変わった趣味……」

「ああ。人を見ることだ」

「人を見る……」

「人間は難しい。特に正面から見るとな。でもな、斜めから、そして下から観察すると本性が見えてくる。人は真正面から見ちゃだめなんだよ」

貴子が数分前に感じたことを俊介が肯定した。貴子はそれが嬉しかった。

バーテンダーがCDをオスカー・ピーターソンに替えた。貴子はバーテンダーに何かを言おうとしたが、俊介に止められた。

「ここで礼を言っちまったら、彼の粋な行為が台無しだ。まだまだお前も子供だな」

貴子はハイボールを口に含んで顔をしかめた。

「ホント子供ですよ。筋書きのないドラマは大失敗に終わりました」

「小林のことか」

「ええ……」

「こんなもんに成功も失敗もないだろう」

「私が小林さんとセックスしたか聞かないんですか」

「やってたらここには来てないだろ」

「まあね。でもどうしようかなあ。小林さんのこと……」

「とりあえず、秘密結社の作戦は成功したんだ。あとは、お前個人の問題だ。おれたちは関知しない」

貴子はただ空間を見つめていた。

7　帰巣（きそう）

夕食後に風呂から上がると共同玄関のチャイムが鳴った。麻丘元春は応対している妻、ゆかりの口調を聞いて様子がおかしいことに気づいた。

「はい。主人はおりますけど……。はい。七〇八号室です。はい……」

髪の毛を拭きながら麻丘が近づくと、ゆかりは受話器を持ったまま振り返った。

「警察だって。あなたに聞きたいことがあるそうよ。ねえ、なんなの？」

「知らんがな。なんやろうな」

麻丘は思いもよらぬ珍客に困惑の表情を浮かべた。上半身は裸だったのでジャージに着替える。中庭を抜けてエレベーターに乗ると、七階まではしばらく時間がかかる。玄関から出てエレベーターの方を見ると、二人の男がこちらに向かって歩いてくるところだった。

「あの、警察の方ですか」

白髪頭で背の低い年配の男が玄関の部屋番号を確認している。

「麻丘さんですね。実はですね、少々お尋ねしたいことがありまして……」

肩幅が広く、目つきの鋭い男が歯切れの悪い喋り方で切り出した。

「はあ……。まあ、寒いですからどうぞ中に」

「いえ、われわれはここで結構です」

「あなた方が平気でも、こっちが寒いんですわ。風呂上がりなもんで」

二人の男は顔を見合わせた。家に上がるのをためらっているようだ。

「なんや知りまへんけど、年の瀬だっちゅうのに面倒臭そうな話みたいでんなあ……。このマンションを出た右側に『マロン』ちゅう喫茶店があるんですわ。そこで話しましょうか。すぐに行きますから。あっ、そこのマスター、指定暴力団の構成員みたいな顔してまっけど、趣味はガーデニングっちゅう正真正銘のカタギですからご容赦を」

二人はまた顔を見合わせた。警察官というのは目線で会話が成立するのだろう。年配の男は温和そうな声で答えた。

「そうしていただけると助かります。それでは、われわれは先に行っておりますので」

家に戻った麻丘はドライヤーで髪の毛を乾かしながら、警察が来た理由をあれこれと考えた。思い当たる節はない。

「ねえ、どうしたの。警察は何て言ってきたの。ねえ」

麻丘はブルゾンを羽織りながらニヤけて見せた。

「さあ……。ちょこっと『マロン』に行ってくるわ。逮捕されたときの差し入れは、たこ焼きにしてや。ほな行ってくるで」

表通りに面した「マロン」のガラス越しに覗くと、二人は奥の四人掛けのテーブルに並んで座っている。麻丘が店に入ると、二人は号令をかけたように同時に立ち上がった。

「葛飾署の丸山と申します」

「同じく、浜口です」

年配の男に続いて若い男も名刺を差し出した。刑事ドラマでは警察手帳を提示するのにと、麻丘はがっかりした。

「麻丘です」

麻丘は二人に席を勧めると、ホットコーヒーを注文し席についた。

「ねっ、とてもカタギには見えませんやろ。さてと、なんや、わくわくしてきましたなあ。どんなご用件でしょうか」

二人は苦笑いをする。年配の丸山が若い浜口に目配せをした。「君から話せ」という合図なのだろう。浜口はその合図に従って話しだした。

「実は五日ほど前に、おたくのマンションでちょっとした事故、いや事件が発生しましてね」

「五日前というと……、先週の水曜日ですか」

「そうです」

「痴漢系の事件やったら二〇五号の葉山俊介という人が怪しいと思いますが。先日もウチの洗濯機から嫁はんの下着を盗もうとしました。頭からかぶっていたので、すぐに発見することができましたが」

　二人に笑う気はないらしい。

「管理組合の理事長さんをご存知ですか」

「ええ、高倉、いや、高倉さんでしょ。ま、まさか、スパでのことを今ごろになってゴチャゴチャ言うてきたんでっか」

　浜口は両手を胸の前で振った。

「いやいや、そうではありません。その話もお聞きしてはおりますがね」

　丸山は二人のやりとりを優しい顔つきで見守っているだけだ。

「マンション内だけやなく、警察にまで広がりましたか。なんとも光栄やなあ。ちゅうことは高倉さんが包茎だってことも知ってるわけでんな」

浜口は笑いもせずに声のトーンを落とした。

「先週の水曜日、午後八時四十五分ごろのことです。高倉さんが帰宅し駐輪場に自転車を入れようとしていると、上からレンガが落ちてきましてねえ」

「下からは落ちてきまへんからなあ」

「そのレンガが高倉さんの自転車のハンドルを直撃し、自転車は大破しました。もう三十センチずれていたら重大な事態になっていた可能性が高いと思われます」

話は読めた。あの高倉のことだ。警察で「麻丘という男が犯人だ」と騒ぎ立てたのだろう。

「なるほど。それで私が怪しいとなったわけでっか……」

「いや、そんなことはありませんが……」

丸山が、麻丘を落ち着かせようとして必要以上の笑顔を作った。もちろんその必要はなく、麻丘は落ち着いている。

「気遣いは無用です。話が混乱するだけやから。それで、そのレンガが高倉さんを故意に狙ったものやという証拠はあるんでっか」

浜口は初めてコーヒーに口をつけた。

「おいしいコーヒーですね……。明確に高倉さんを狙ったという証拠はありませんが、偶然に発生したものとは考えにくいのです」

「ほう。そのこころは？」

「レンガは近くの建設現場から盗まれたものと判明しています。ハンドルに当たった衝撃から判断すると、レンガはかなり上層階から落ちてきたと思われます。上層階のベランダに放置してあったレンガが、風などで落ちてきた場合は、植え込みか駐輪場の屋根に当たるはずなのです。マンションの外壁から二メートル以上も離れたところにいた高倉さんの自転車を直撃したということは人為的に投げられたとしか考えられないのです」

麻丘は運ばれてきたコーヒーをすすった。

「なるほど……。さすがは日本の警察やなあ。すべてが理にかなってまんな。ほんなら今度は私の推理を聞いてくれまっか」

丸山は「どうぞ」と右手を出した。

「話の全貌（ぜんぼう）が見えてきました。事件発生後に高倉が……、すんません、心情的に敬称は略させてもらいますで。高倉が警察に駆け込み、私は命を狙われている、などと騒ぎ立てます。さらに犯人はわかっている。七〇八号の麻丘だ。間違いない。あいつは私のことを殺そうとしているんだ。警察は善良な市民を見殺しにするのか。この税金ドロボーが……。と、ここまではどうでっか」

「『善良な市民』ではなく、確か『善良な納税者』でしたよね……、丸さん」

「浜口くん、そんなことはどうでもいいんだよ」

「図星でっしゃろ。しかしあなた方も証拠なしには動けへん。高倉は翌日も警察にやってきます。そんで、早く麻丘を逮捕しろと無理難題を押し付けます。尻込みするあなたたちに、せめて麻丘のアリバイだけでも調べてこいと迫ります。でないと裏金作って忘年会やってたことを告発する……。と、ここまではどうでっか」

「丸さん、忘年会ではなく、署長の送別会でしたよね」

丸山は浜口の言葉を無視した。

「それから、第二の容疑者として南という男の名前も出まへんでしたか」

「まあ、ねえ……。こりゃまいりましたなあ」

丸山は後頭部を軽く叩いた。

「先週の水曜日の夜は、新小岩駅のガード下から北に一分ほど歩いたところにある『おたこ』という酒場にいましたで。幸いなことに南さんと、二〇五号の葉山さんも一緒です」

浜口はメモ帳を広げ、内ポケットからボールペンを取り出した。

「詳しい時間を教えてくれませんか」

「私と南さんは七時から。先生、いや、葉山さんが来たのは七時十五分くらいやったかな。十時近くまで呑んでましたなあ」

「その間、一度も店を出ませんでしたか」

「出てまへん。私らは店の常連やさかい、大将に聞いてくれれば確認できると思いますわ」

「ご協力ありがとうございます」

丸山は深々と頭を下げた。浜口はまだメモをとっている。

「しかし、冷静になって考えてみると、シャレでは済まない話でんなあ」

「まったくです。一歩間違えば殺人事件に発展する可能性もありますからね。ですが、麻丘さんがこの件に無関係であることはよくわかりました」

「その言葉、信じてもええんやろか」

「あと二年で定年ですよ。犯人を捕まえるのは苦手でしたが、犯人でない人はわかるものです」

三人はひと仕事終えた雰囲気でコーヒーを飲んだ。

「狂言ってことは考えられまへんか。あのオッサンのことやからなあ」

「それはないと思いますが、われわれは全ての可能性を視野に調べておりますので……」

若いだけあって浜口の会話には余裕がない。麻丘は、早くこの話を俊介と南にしたくて身震(みぶる)いした。

そのころ高倉は「松竹梅」の待合室にいた。家庭では奴隷のように扱われ、命まで狙われている男の逃げ場はここしかない。だが事実はそんなに単純なものではなかった。高倉は神山の味を知ってしまったのだ。小林に接待された日から神山のことが忘れられなくなった。今日で「松竹梅」を訪れるのは三度目だ。二十日余りで三度というのは非常識な回数だが、高倉にとっては我慢を重ねての三度目だった。

店長は馴染みとなった高倉に愛想を振りまいた。

「お酒もご用意できますが……」

一刻も早く神山に会いたい高倉にとっては迷惑な話だった。

「酒は結構だ。お茶にしてください」

あの日、高倉は桃源郷を浮遊した。なんという安らぎなのだろう。温かい愛に包まれてゆりかごの中で眠っているようだった。それは胎児のとき以来の感触かもしれない。

高倉は現実の自分を思い出したくなかった。二度目はなんとかへソクリでやり繰りできたが、今日はついに家の金に手をつけてしまった。高倉家の預金はすべて妻名義になっている。それらは高倉が勤務する信用組合に預金されていた。その中の一つ、百三十万円の定期預金が先週、満期になった。書き換えに際し、高倉は十万円を現金化し、百二十万円と利子分で改めて定期預金を作った。鬼の妻は肝心なことには無頓着で、確認などしていないと判断したからだ。発覚したときのことを思うと死刑になるより恐ろしい。だが、天秤ばかりの片方に載った神山の存在は死刑よりも重かった。

　今日は神山に対して素直になろう。おもいっきり甘えよう。命がけで来たのに見栄を張るなんて意味がない。

　高倉は毎夜、エアコンのない凍えるような部屋の布団の中で、神山とのラブストーリーを想像していた。

「高倉さん、私と一緒に遠いところで暮らしませんか。あなた一人くらい私が食べさせてあげる」

　二人は片田舎の町で身を寄せ合って生きていくのだ。それが現実となったらどんなに幸せだろう。寿命はあと十年延びるはずだ。

「それでは、ご案内させていただきます」

　部屋から出ると、右側の階段の下には神山が立っている。いつもの光景なのだが、高倉には彼女が天使のように見えた。

　小林は会社で残業をしていた。担当しているマンションの総会が近づくと、総会の議案書を作らなければならない。時間はすでに九時を回っている。

鳴海とラブホテルに行ってから四日がすぎた。彼女から連絡はない。あの日で二人は終わってしまったのか。彼女は「会いたいと思えば会う」と言った。自分から連絡をするべきなのか。

なぜ、あの夜、彼女を抱くことができなかったのか。女がラブホテルに誘ったのだからセックスをするつもりだったはずだ。その雰囲気をおれがブチ壊したのだ。彼女は傷ついたかもしれない。さぞ情けない男に映ったことだろう。

鳴海に会いたいと思った。すぐにでも抱きしめたいと思った。もう会社に残っているのは小林一人。余計に孤独感が襲ってくる。

鳴海と出会ってから自分は変わったと思う。家の中での疎外感は以前と同じだ。だが寂しさはずいぶんと和らいだ。理由は簡単だ。鳴海のことを考えていて他のことを考える余裕がないからだ。人間なんてそんなものだ。

鳴海とはこれで終わった方がよいのだ。最大のあやまちは、独身だと嘘をついたことだ。彼女との関係が続いたとしても、いずれは発覚し、軽蔑(けいべつ)される。それは避けたかった。絶対に避けなければならない。でも会いたかった。

「あの、すまんがね……」

中年男は通称「スケベイス」と呼ばれるイスに座り、貴子に身体を洗ってもらっていた。彼女はスポンジなどを使わず、自分の手で客の身体を洗う。直接、肌に触れることはスキンシップの基本だ。

「はい、なんでしょうか」

中年男はうつむいたまま声を小さくする。顔は赤面している。

「あの……、ママって呼んでもいい……？」

ついにこの男が心を開いた。語尾はすでに赤ちゃん言葉に近くなっている。

「ボクのお名前はなんていうの？」

「ヒロシでちゅ」

「ヒロタンっていうんだ。それじゃ、ママがヒロタンのカラダをキレイキレイしてあげまちゅからね」

貴子の客の中に「赤ちゃんプレー愛好者」が一人いた。その客は本格的でカバンの中に「オムツ」「おしゃぶり」「ベビーパウダー」「ガラガラ」などの用具一式を持参してくる。この手の客は性交を求めないので貴子にとってはありがたい。時間内に三回もの性交を求める客が続くと下半身が悲鳴を上げる。赤ちゃんプレーには体力的な消耗がほとんどない。だからこのような客を常連にすることはソープ嬢にとって大切なのだ。それはソープ嬢生命を長くすることにも通じる。

貴子はそのときのために小道具を用意していた。今日はそのチャンスだと思っていたのだ。

ベッドにバスタオルを敷いて、そこに男を寝かせた。

「はい、ヒロタン、フキフキしましょうね」

男は両手両足をバタバタさせた。貴子はタオルで軽く叩くようにして水分を拭き取る。脚を開かせ、包茎の男根を持ち上げて睾丸の周辺を拭くと、男は「バブバブ」という声を上げて喜びを表した。

「あらら。ごめんなさい。おしゃぶりをわすれてたわ。いけないママでちゅねえ。いま出してあげまちゅからね」

おしゃぶりを口に入れると、音を立てて吸う。この演出は気に入ってくれたようだ。ベビーローションを塗ると、瞳をクルクルさせて反応する。下腹部にローションを塗っても勃起しないのは赤ちゃんになり切っている証拠だろう。

「さあ、じゃあ、オムツをちまちょうね」

貴子は成人用の紙オムツを取り出すと、男の脚を広げ、その間に入った。足首をつかんで持ち上げる。常連の愛好者が言うには、このときが興奮するらしい。恥ずかしさと、身をゆだねる気持ちが交錯するのだ。

オムツを開いてお尻の下に入れる。男はお尻を器用に振って「イヤイヤ」をした。

「あらら。いやなんでちゅか。もうちゅぐ終わりまちゅから。言うことを聞かないとオチリペンペンでちゅよ」

男はさらにお尻を振ってオムツをつけさせないようにする。貴子が毛の生えた汚い尻を叩くと男はおしゃぶりを吐きだして、泣き始めた。オムツをつけ終わっても男は泣いている。今度はガラガラで機嫌をとるのだ。このあたりのプレーは意思の疎通（そつう）が難しい。

「ほーら、ガラガラでちゅよ。ガラガラ、ガラガラ……」

ガラガラを振りながら、指先で頬を突っつくと、男は満足そうに全身を揺らした。

「パイパイ。パイパイ」

男は両手の五指を開閉しながら乳房を要求してきた。

「はいはい。おっぱいでちゅね」

貴子は隣に添い寝をして、男を自分の方に向かせた。男は芋虫のように身体をくねらせて近づいてくると乳首にむしゃぶりついた。片手でもう一方の乳房を手もみする。性欲として乳首を吸うのとはまるで違う。純粋に、ひたむきに、本能として乳首を吸うのだ。そして吸い疲れたら眠るのだ。

中年男は目を閉じ、唇だけを規則的に動かす。そのリズムがだんだん遅くなってきた。

貴子は男の背中を軽く叩きながら、かすれるような声で歌う。

「ゆりかごの歌を　カナリヤが歌うよ　ねんねこねんねこ　ねんねこよ」

男の鼻息が寝息に変わってきた。本当に眠っているのかもしれない。この男が無防備で眠れる場所はここだけなのだろう。

貴子は小林のことを思い出した。彼はあれからどうしているのだろうか。あの日以来、彼からのメールはない。お互いが相手を騙していたわけだから連絡しにくくなったのは当然だ。本来であれば、任務を完璧に遂行し、そそくさと手を切るはずだった。予定外だったのは、小林が自分の常連客と同じ匂いを持っていたことだ。情が移ったわけでもなければ、もちろん愛したわけでもない。それは使命感に近いものだった。

貴子には子供のころの記憶がない。思い出したくないことが多かったために自然と記憶がなくなったのだ。その原因のひとつに両親の不仲があった。不仲という表現は適切ではない。理不尽な母の言動に父が耐えていたのだ。父は小さな電器屋を経営し、身を粉にして働いたが生活は苦しかった。派手好きで見栄っ張りだった母はそんな生活が耐えられなかったのだろう。事あるごとに父を罵り馬鹿にした。その父は、貴子が十二歳のときに自殺をした。はっきりとした理由はわからないが、母と若い従業員との仲に気づいたからだと思う。いつだったか、姉がそんなことを洩らした。その三年後には母も病死した。家を売った金と、保険金で姉妹二人は小さなアパートを借りて慎ましく暮らし、貴子は短大まで卒業することができた。もちろん学費はバイトでも稼いだが。

　母の葬儀が済んだ数日後、父の兄が姉と貴子に会いに来た。伯父は二人の前に三百万の現金を差し出した。

「自殺する一か月くらい前だったかな。あいつが突然、私のところにやってきてね。もし自分に何かあったときには、これを二人の娘に渡してくれと言ったのだ」

　伯父はハンカチで目頭を押さえた。

「ただし、二人が成人するまで待って直接、渡してくれというのが条件だった。お前たちのために隠れて貯めた金を女房に使われちゃいけないと思ったんだろう。だが、もうその必要はなくなった」

　その札束を見つめていたら涙があふれてきた。父はどんな思いでこの金を貯め、どんな思いで死んでいったのだろうか。

「お前たちは知らなかったと思うが、あいつは末期の胃癌だったのだ。手術も先進の医療も拒否した。早く楽になりたかったんだろうよ。まさか自殺するとは思わなかったけどな。気が小さくて、小まめに動くせっかちな男だったからな。死ぬのが待ち切れなかったんだな」

その晩は、姉と二人でその札束を抱いて寝た。それが父の魂のように思えたからだ。

俊介とソープで出会ったとき、何かが貴子の琴線(きんせん)に触れた。父への恩返しのチャンスだと悟ったからかもしれない。

中年男はスヤスヤと眠っていた。この貧相な男は心にどんな重苦しい荷物を抱え込んでいるのだろう。

「お客さん、すいません。そろそろ時間です」

もう赤ちゃん言葉は使えない。現実に戻ってもらわなければならないからだ。

男は乳首から口を放すと、右手の甲でよだれを拭いた。

「う、うう……。もうそんな時間か……」

「お風呂には入られますか」

「いや、いい」

冷たく絞(しぼ)ったタオルを渡すと、男は顔や耳の後ろを大げさにこすった。そして無言で服を着だす。ここで話しかけてはいけない。夢の時間が終わったときが一番むなしいのだ。黙って送り出すのがソープ嬢としての仁義なのだ。

階段の下で深々とお辞儀をして中年男を送り出す。男は振り向きもせずに現実の世界へと戻っていった。

「か、神山さん」

花園通りを歩いていると後ろから声をかけられた。振り返ると店長が小走りに近づいてくる。

「歩くのが速いなあ。追いかけてるのにますます遠くなる」

意味がわからないので、呆然と立ち尽くすしかない。

店長の口からは、白い息がゴジラのように吐き出されている。臭そうなので貴子は少し後ずさりした。

「あの、なんでしょうか」

「いやー、深い意味はないんだけど、たまには神山さんと一杯やろうかなと思って……」

現在の時刻は午前一時すぎ。世間の常識ではこれから呑もうという時間帯ではない。だがこの業界ではよくあることだった。ソープ関係者の仕事がハネるのは午前零時すぎ。吉原ではそんな連中を目当てに朝方まで営業している呑み屋が何軒かある。来るのは金払いのよい上客だ。

「たまにはって、店長から誘われたのは初めてですけど」

「まあ、そう言いなさんな」

店長は時おり、店の女の子と二人で呑みに行くようだ。口説くなんてことができる男ではない。店の内部の情報を収集するためだ。事実としてこの情報収集はそれなりに役立っている。店の経営に関わりの深いことが多いからだ。

まずはソープ嬢の私生活だ。ソープ嬢は同年代のOLたちが、逆立ちしても稼げない収入を得ることができる。収入の目的は仕事の態度に表れる。借金の返済でも、自分の夢のためでも、目的がはっきりしているソープ嬢は必死に、ひたむきに仕事をする。だが、ホストに入れ上げたり、ギャンブルに夢中になったソープ嬢は私生活も乱れ、仕事も雑になり、接客態度も悪くなる。ひいては店の評判を落とすことになる。

ソープ嬢と男性従業員の関係もそうだ。店内での恋愛はご法度だが、水面下でソープ嬢とボーイがデキてしまうことは多い。ソープ嬢は身体を張る稼業だ。身近に情が通じている男がいては、心のこもったサービスができるはずもない。

このような情報を入手するには二人きりの方が都合がよいのだ。ソープ嬢同士は仲がよさそうに見えても、裏では嫉妬心が渦巻く世界で、少し突っつけば口を滑らす。とはいえ貴子から入手できる情報などないはずだ。私生活を知るほどの人物は店内にいない。

それでも特に誘いを断る理由のなかった貴子は店長の誘いを承諾した。何か話があることは間違いない。それが何なのか興味もあったからだ。

五十がらみの夫婦が切り盛りする小料理屋に入った。店長の馴染みの店のようだ。カウンターの奥に一つテーブルがあり、二人はそこに座った。

「生ビールでいいかい」

「ええ。真冬でも仕事の後は、やっぱりビールですよね。生き返りますから」

店長は生ビールの他に二、三品の料理を注文した。

「ソープもすっかり右肩下がりな稼業になっちまったなあ……」

店長は独り言のように呟いた。それは貴子も肌で感じていた。

「ひと昔前までは、都心で本番ができる風俗っていうのはソープだけだったんだよ。だからこそソープは王道っていわれたんだ」

「やっぱり景気ですか」

「それもある……」

生ビールが運ばれてきたので、ジョッキを軽く合わせた。仕事の後にビールを呑むのは至福のときだ。

「かなりの客が鶯谷あたりのデリヘルに流れた。もちろん本番アリの店だ。場所も近いから、こいつは痛いよなあ……」

ソープ嬢の控室で「昨日も店長のグチを聞かされたよ」という会話をよく耳にした。貴子は自分もやっとこの店のソープ嬢の仲間入りができた気がした。

「向こうにあって、こっちにないものって何だかわかるかい？」

「さあ……」

疲れているので本気になって考える気力がなかった。

「ラブホテルだよ。この前、鶯谷のデリヘルに行ってみたんだ。それでわかったんだ。ソープというのは元の遊郭だ。女が店にいて男が上がり込むというスタイルは今でも変わっちゃいない。考えてみると、ソープの部屋っていうのは殺風景だよな。温かみがない。ただヤルだけの部屋だ。実際そうなんだけどな」

確かにそうだ。むき出しのベッドに敷いたバスタオル。飾りだけの蒸し風呂。タイルの壁に立てかけてあるマット……。なんと殺伐とした景色だろう。

「不倫願望にしろ、恋愛願望にしろ、ラブホテルの存在はリアル感が大いに増す。今の客が求めているのは洗練されたプロの技術じゃない。雰囲気なんだよ。ムードなんだよ。実際にラブホテルに入る前に、女の子と、お茶や食事ができる店もある。擬似餌に飛びつく魚みたいなもんだと思うけどな」

「デリヘル嬢はどんな感じでしたか」

「素人っぽいね。私についた娘は女子大生だった。プロの仕事とはいえないけど、女子高時代からヤリまくってたわけだろ。大胆なことも平気でできる。まさにそこいら辺にいる女の子がだ。それがいいんだろうな」

景気が悪くなると風俗で働く女が増える。吉原のソープには銀座あたりの元ホステスが流れ込んできていた。力のあるホステスは店から雇われてはおらず、自分の客が落とした金の何割という契約をし、独立採算制で契約している。好景気のときは月に百万円以上は楽に稼げるが、不景気になったときが怖い。彼女たちは自分の客の掛け（ツケ）に責任を持たなくてはならない。会社の倒産や、踏み倒し、蒸発などは日常茶飯事（さはんじ）となり、負債は莫大なものとなる。その合計が百万円単位になると、とてもまともな手段では返せない。銀座のホステスは、すでに見た目が素人ではない。これに対して、学生や人妻は気軽に勤められるデリヘルに行く傾向が強く、かくして「ソープ＝玄人」「デリヘル＝素人」という構図ができあがってしまう。昨今は素人の方が優勢なわけだ。

店長はこんな話をするために私を誘ったのではないはずだ。今日は三人の客を相手にして疲れている。こちらから振ってみることにした。

「ところで、私になにか話があるんですか」

店長は椅子を引き直した。

「神山さんには感謝してるよ。最近は裏を返す客もついて、店にも貢献してくれている。今夜はそのお礼ですよ」

この店長の性格からしてそんなことはない。本音を語るまではもう少し酒が必要ってことか。面倒くさい男だ。

「あはは……。この時間に、それだけの理由ですか。店長って面白い人ですね」

彼は熱燗(あつかん)の日本酒を吸いこむように呑んで、照れ臭そうに笑った。

「神山さん、あなた変わったよね。数か月前までは、そのうち辞めると思ってたけどね。私の記憶が正しければ、確か……、夏ごろだったかな……。三人連れのお客さんが来てね、最後の一人が、あなたを指名したんだ。初めての客だったけど、酔狂な人だったからよく覚えてるよ。あの客を見送るときの神山さんの表情……、別人になってたんだよな。あなたが変わったのはあれからだと思う」

「さあ、そんなことがあったかしら」

この男もだてに店長をしてはいなかったってことか。

「絶対に何かがあったはずなんだけどなあ。皆は私のことを昼行灯(ひるあんどん)みたいに言うけど、見るところは見てますからね」

「店長の勘違いじゃないんですか。思うところがあって、少し明るくなっただけのことですよ」

「気になるなあ。まあ、あまりしつこく聞くと嫌われるからね」

「あはは……。そうです。嫌われます」

「とにかく性格が明るくなって、お客もついたんだからいいか」

「そう。いいんです。あはは」

彼も微笑んだが、目が笑っていない。

「それじゃ、これは店長として聞くんだが」

貴子は少し身構えた。

「今日の客についてだ。九時から予約で指名が入った……」

貴子の脳裏には、貧相な中年男の顔が浮かんだ。

「あのお客さんがどうかしたんですか」

「調べたら、三週間で三回も来ている。ちょっと飛ばしすぎだな。どうやってあの男の心をつかんだんだ。よかったら教えてほしい」

「店長、それは企業秘密ですよ。それを他の娘たちに教えられちゃったら、こっちは商売になりません」

「なるほど……。だったらどんな男かだけでも教えてほしい」

「ソープ嬢にも守秘義務はあるでしょう。まず、どうしてあのお客さんのことを尋ねるのか、先に話してくれるのが筋じゃないんですか」

「もっともな意見だな。昔ね、こんなことがあったんだ。定年間際の男がソープ嬢に入れ込んでね。この男、三日にあげず店に通って、高価なプレゼントまで持参するようになった。会社の金に手をつけちまったんだよ。もちろん会社からも刑事告発された」

「『松竹梅』での話ですか」

「いや、前に勤めていた店での話だ。当然、事実確認のため店にも警察が来た。こっちだってある意味では、まっとうな商売じゃないからね。いろいろと面倒なんだよ。まして警察が来たことが客に知れると、客足は遠のくし」

「店長は、あのお客さんもそうだと言うんですか」

「ああ。すごく雰囲気が似ている。ちょっと心配になったんだ」

貴子は中年男のことを思い返してみた。店長の目はあながち節穴ではないのかもしれない。

「だからといって断ることもできませんよね」

「その通りだ。だから注意深く観察してほしい。そして気になることがあったら報告してほしいんだ」

「わかりました。できるだけのことはします。ところで、あの人は振りの客ではないんですよね。確か初めてのとき接待とか言ってたけど」

「ああ。うちを使ってくれる会社の接待客だ。今後の展開によっては、そこにも耳に入れといた方がいいかもしれんな。確か、総合管理サービスさん、だったな」

「えっ、なんていう会社ですか」

「総合管理サービス、だよ」

胸騒ぎがした。

「つまり、その総合管理サービスの人が、あの中年男を連れてきたわけですよね」

「そうだよ」

「その人の名前はわかりますか」

「ああ、知ってるよ。課長代理の小林さんだ」

8　西郷竜馬からの手紙

小林は机の引き出しを開いて、Ｂ５サイズの茶封筒を直視した。表には住所と会社名に小林の名前、裏には差出人として「西郷竜馬」という名前がある。封筒を見ていると胸の鼓動が大きくなってきた。

西郷と名乗る男から会社に電話があったのは二日前のことだ。

「マンション管理部課長代理の小林敦さんですか」

「そうですけど……。どちら様でしょうか」

「西郷と申します。明日、小林さんにあるプレゼントが入った封筒を郵送させていただきます。人前で開封したり、ご自宅に持ち帰ったりはしないように。あなたのためになりませんから。そうですねえ、開封するのは残業で誰もいないオフィスなんかが最適かもしれません。それでは……」

「ちょっと待ってください。あなたはだれなんですか」

「さあ、だれでしょうねえ。プレゼントをお楽しみに。では……」

電話は一方的に切れた。そして今日、その西郷からの封筒が届いたのだ。中にはCDが何枚か入っているようだ。

小林はその封筒を机にしまい込み、夜になるのを待った。まだ正月気分が抜け切れていない時期で、残業する者はいない。八時になるとオフィスは小林一人になった。封筒の中には短い手紙とDVD―Rが三枚入っていた。DVD―Rにはそれぞれ「写真」「映像」「音声」と表記してある。手紙はA4用紙にパソコンで書かれていた。

※　※

先程は電話で失礼しました。謎の男、西郷竜馬です。

DVD―Rを三枚送ります。パソコンでご覧になってください。

近日中に電話いたします。

小林さんが不利になるようなことをするつもりはありませんのでご安心ください。

※　※

小林は悩んだ。例えば妻の夏美が自分と知り合う前に、アダルトビデオに出演していたとしよう。これがそれを暴くDVDだ。もしそうだとしたら、これを見たことを後悔するのではないか。無視していた方が楽なのではないか。だがディスクの中身をずっと気にして生きていかなければならない。それに西郷という人物がどのような行動を起こしてくるのかも謎だ。結局は確かめるしかないのだ。もしかしたらタチの悪いイタズラかもしれない。

まず「写真」と書かれたディスクをパソコンに入れた。異常なほどに喉の渇きを覚えた。データを開くと、画面には五枚の写真が二列になって登場する。小林の呼吸が止まった。そこには自分と鳴海が並んで歩く姿が写っていた。一枚を拡大してみる。錦糸町で鳴海とラブホテルに入ったときの写真だ。首筋から背中にかけて冷たいものを感じた。次の写真をクリックしてみる。

二人がラブホテルの前で立ち止まり、鳴海は自分と腕を組んでいる。この一枚の写真から深いドラマを感じるような表情だ。

次の写真は二人がラブホテルに入るところ。自分の顔は写っていないが流れは明らかだ。そして人物は写っていないホテルの全容。二人が入ったラブホテルを明確化させるためだろう。最後の写真を見た小林の腕には鳥肌が立った。そこには小林の自宅の玄関と、表札が写し出されていた。

小林はもう一度、始めから写真を確認した。何度見ても自分と鳴海だ。写真の自分は黄色いネクタイをしている。昨年の誕生日に義母がプレゼントしてくれたものだ。このネクタイによって、これが昨年の九月以降に撮影されたことが証明される。昔のことだという無茶な言い訳は通用しない。

西郷の恐ろしさを実感したのは自宅の写真だった。住所を知っているどころか、実際に玄関まで来ているのだ。「妻や子供のことまですべて調査済みだ」と暗示している。

軽いめまいを覚えた小林はコーヒーを淹れた。気持ちが落ち着くまで何も考えないことにした。窓辺に立つと十二階のオフィスからは街が宝石箱のように見える。ちょうど山手線がホームに滑り込んでいくところだった。小林は、自分が駅にたどり着けない電車になったような気がした。

机に戻ってもう一度パソコンを開いた。心臓の動きも平常になり、ある重大なことに気づいた。それは鳴海の存在だ。今回のターゲットは自分一人なのか。鳴海も同時にターゲットにされているのだろうか。さらに……、考えたくはないが、鳴海もグルだという可能性もある。

次に「映像」と書かれたDVD−Rをパソコンに入れ、再生ボタンを押す。映像が映し出されるまでは、まるで時間が止まったようだ。

ラブホテルの看板がアップで映り、画面は下へと移動する。歩いてくる男女。もちろん自分と鳴海だ。二人は入口の前で立ち止まり、短い問答の末にホテルに入った。写真ほど鮮明ではないが、セットにされたら事実は明白だ。

相手は複数である。カメラとビデオを同時に撮影することは不可能だ。なぜこんな手のこんだことをするのだろう。いずれにせよ、相手に主導権を握られたことは間違いない。

三枚目の「音声」をパソコンに入れた。画面には何も映らない。しばらくすると街の雑踏(ざっとう)の音が流れだした。

「楽しい時間をぼくにくれたお礼です」

再び街の雑踏。

「小林さんは独身なんですか」

「えっ、はい。そうですけど……」

これは初めて鳴海と上野で呑んだとき、別れ際に本屋の前で交わした会話だ。自分が独身だと偽った証となる最悪の音声だ。そしてこの音声によって鳴海も共犯だったことが証明された。鳴海の協力なしにこの会話を録音することはできない。そう断定すればラブホテル前の写真も合点がいく。立ち止まって腕を組んだ位置などはあまりにもできすぎているではないか。

考えてみれば、あの日の行動はすべて鳴海のしきりだった。錦糸町の鳥料理屋を指定したのも、ホテルに誘ったのも鳴海だ。自分が盲目になっていたことは否定しないが、だれだってこんな結果は予測できないはずだ。

鳴海を恨む気にはならなかった。鳴海がこの件に関わっていることは間違いない。何らかの理由があって自分を陥れる協力をしたのだろうが、「鳥花」やホテルでの言葉や行為は嘘ではないと思う。あれが嘘だとしたらあまりに悲しすぎるではないか。

鳴海にメールをしようとしたが思いとどまった。何を書けばよいのかわからなかったからだ。小林は鳴海のメールアドレスしか知らなかった。どこに住んでいるのかも知らない。おそらく「神山鳴海」という名前も偽名だろう。

西郷と名乗る相手の目的は何なのだろう。どうせ自分はまな板の鯉だ。相手の出方がわからない以上、じたばたするのは無意味だ。

「小林はちゃんと見たんやろうか」

麻丘は串カツを咀嚼しながら言った。

「汚いなあ。口に食べ物を入れたまま喋らないでくださいよ」

南は顔をそむけた。

「すまん。育ちが悪いもんやから堪忍してや」

「だから喋らないでくださいよ。ところで先生、電話での感触はどうでしたか」

俊介は残り少なくなったハイボールを一気にあおった。

「さあ……。たいして話してないからなあ。とにかく奴が例の物をすべて見たという前提で話を進めるしかない。これから先は行き当たりばったりだな。もちろんどんな状況にも対処できるように引き出しは用意しておくけどな」

作戦はいよいよ佳境に入っていた。本丸となる通常総会は一か月半後に迫っている。

「しかし、小林の奴、焦っただろうな。気の毒に、飯も喉を通らんやろ」

「早く楽にしてやらなきゃかわいそうですよね」

「あと一か月ちょっとの辛抱だ」

南は運ばれてきたやきとんを串からはずして七味をかけている。みんなで食べやすくするためだ。

「二人ともよく頑張ったよな。ここまではすべて予定通りに進んでいる。これからはおれの仕事だ」

「どうやって小林と交渉するんでっか」

「こっちの正体を知られないためには電話を使うしかないだろ。あとはわからん。相手は生ものだからな」

「まあ、先生に任せておけば間違いないやろ。なあ、淳ちゃん」

「ええ、まあ……」

南は口を濁（にご）した。

「どうしたんや、淳ちゃん」

「貴子さんはどうしてるんですか」

俊介もラブホテルの一件以来、貴子とは一度も話していない。

「さあな……。彼女のミッションは終了したわけだから。ほっとしてるんじゃないのか」

「だといいんですが……。なんだか自分たちの私怨に貴子さんを巻き込んでしまったような気がして」

「そうやな……」

「気にするな。それより元ちゃん、レンガ事件はその後どうなったんだ」

「そういえば、そんなことがありましたなあ」

「自首するなら嫁さんの面倒はみるぞ」

「ええ、よろしくお願いします……って、ちゃうちゃう。やってへんって」

麻丘は顔の前で右手を大きく振った。関西人特有のリアクションだ。

「警察からは何の連絡もないんですか」

「あらへんなあ。どないなったんやろ」


二日後の夜、俊介は錦糸町では一番高級なシティホテルにいた。

今日の午前十時に公衆電話から小林に電話をした。目的はゆっくり電話ができる時間を指定させるためだった。

「それでは、今日の午後八時に電話をいただけますか」

意外にも小林は冷静だった。腹を据えたのかもしれない。

ホテルの一階の奥には公衆電話があり、椅子付きの個室になっている。俊介はここが一番落ち着ける場所だと考えたのだ。腕時計を見ると八時を回ったところだった。椅子の前は小さなカウンターになっていてメモを取ることができる。俊介はそこにノートを開いた。交渉する内容を走り書きしてある。

電話をかけるとすぐに小林の声がした。

「どうも。西郷竜馬です。もちろん偽名ですよ。幕末マニアなものでこんな名前にしてみました。すいませんね。お時間をとらせてしまって……。お送りしたものは見ていただけましたか」

「ええ……」

小林は自分から話す気はないようだ。こちらの出方をうかがっているのだろう。

「なかなか乙な内容だったでしょう。アナログ人間なので編集するのが大変でしたよ。三日間も徹夜しました」

しばらく沈黙が続いた。

「目的をはっきりと言ってください。金ですか。金なら用意できるのは三十万円が限度です」

俊介はこの言葉によって、小林がこの事実を隠したいことと、内容によっては取引条件を呑んでもよい意思があることを確認した。

「お金などはいりません。小林さんにお願いしたいことがあるだけです。協力していただければ例のものは処分し、今後一切、小林さんに接触することはないと誓います。インディアン嘘つかない」

「もし断ったら……」

「残念ですが、小林さんの会社、ご家族、ご近所などに例のものを送ったり、写真をばら撒くしかありません。会社での立場はなくなりますし、奥さんは半狂乱になるでしょう。そして近所の手前、引っ越すことになりますね。あっ、その前に離婚ですかね……」

　小林は黙っている。

「あのね、小林さん。こうなったら腹を割って話をしませんか。それがお互いのためです」

　俊介は小林が話しだすのを待つことにした。考える時間を与えることも大切だからだ。

「何を協力すればよいのですか」

　この言葉を本人から引き出すのが効果的なのだ。

「小林さん、あなた、『ルネッサＧＬ』というマンションを担当していますね」

「ええ……」

「管理組合の理事長は高倉宏志という人ですよね」

「もしかするとルネッサ関係の方ですか」

「小林さん、あなたがこちらに尋ねる立場じゃないことはわかってますよね。一歩間違えば人生を棒に振るかもしれないんですよ。もう一度聞きます。理事長は高倉宏志さんですよね」

「そ、そうですが……」

「その調子です。さて、あなたの会社は高倉理事長に商品券を贈っていますよね。中元や歳暮としてです。どうですか」

また続く空白。小林にしてみても軽はずみな発言はできないはずだ。その小林の心の扉を開かせ真実を語らせなければならない。

「率直に話してくれませんか。あなたにあれこれ考える余裕はないと思いますよ。いいですか、たとえ高倉理事長に商品券を贈っていたとしても、あなたの会社的には何ら問題はないわけですよ。相手は政治家じゃないんですから。あなたの会社としては彼に商品券を贈る必要性があった。それだけのことです。しかもそれはあなたの責任じゃない。だから深刻に考える必要はないのです。商品券を贈っていますね」

「ええ……」

俊介は気づかれぬように、安堵のため息をついた。これを否定されてしまうと元の木阿弥だ。

「ありがとうございます。『ルネッサGL』で高倉氏が理事長になってほぼ四年になります。小林さんもスタートからこのマンションを担当されてますよね。高倉氏にはいつから商品券を贈っていますか。時間を無駄にしたくありません。端的に答えてください」

「管理組合が設立された年の夏からです」

「つまり、四年間の盆暮れですから、合計八回ということになりますね」

「そうです」

「一回あたりの商品券の金額はいくらですか」

「三万円です」

小林は観念したのか、素直に答えるようになった。

「合計で二十四万円ですか……」

「そういうことになりますね」

俊介はメモを確認した。そこには「まずは証言で揺さぶり」と書いてある。

「来月、『ルネッサＧＬ』の総会がありますよね。その総会の席で、高倉氏に商品券を贈っていた事実を証言してほしい、と言ったらどうします？」

小林の声のトーンが上がった。

「それはできません。いや、勘弁してください。そんなことを証言したら会社で大問題になります。ヘタしたらクビです。管理組合を混乱させるような発言ですから。手紙には、私が不利になるようなことはしないと書いてあるじゃないですか」

「その通りです。証言しろとは言ってませんよ。どうしますと聞いただけです。そこで私も考えました。内部資料がほしいんですよ。あなたの会社だって一応は企業なわけですから、商品券を贈るリストや伝票があるはずです。それのコピーで結構ですから。もちろんあなたから入手したことは絶対に公表しません。これだけは守ります。でもね、そんな資料などはないと言うなら、小林さんに総会で証言してもらうしかありません。どちらを選択しますか」

「内部資料といっても……」

「あなたの会社が管理しているマンションで、理事長に商品券を贈っているのは『ルネッサＧＬ』だけじゃないでしょう。ならば絶対にその一覧表があるはずですよ。上司や役員だって、どこのマンションのだれにいくらの商品券を贈っているか確認するでしょう。ありますよね」

「ですが、他のマンションまで公開することはできません」

「ほら、あるじゃないですか。他のマンションの名前と理事長名はマジックインキで塗（ぬ）り潰（つぶ）していただいて結構です。その方がリアル感も増しますしね。それと百貨店から郵送している場合は、申込書または依頼書の控えがあるはずです。それもお願いします」

「それは経理部で保管しているので持ち出したり、コピーをするのは無理です」

「小林さんも考えましょうよ、その方法を。まさかその程度の書類を金庫に保管するはずもないでしょう。あなたの会社の内部事情は知りません。不可能だというなら総会で証言してもらうしかありませんね。わたしはそれでもよいのですよ。ただ小林さんが不利にならないように配慮しているんです」

小林は考えているようだ。

「それでは今の状況を整理してみましょう。小林さんの選択肢は三つです。まずは内部資料を手に入れてこちらに渡す。われわれはあなたから入手したことは決して言わないし、あなたも知らないと言い張れば証拠はない。次が総会で証言する。当然、管理組合で問題にされるでしょうから、そんな証言をしたあなたは会社から何らかの処分を受けるのは免れないでしょうね。最後はわれわれの要求を拒否する。その結果がどうなるかはおわかりでしょう。あなたは大きなものを失うことになります」

「時間をください……」

「それは返答をするのに時間がほしいということですか。それとも内部資料を手に入れるのに時間がほしいということですか」

「なんとしても内部資料を入手します。約束は守っていただけますね。一週間ほど時間をください」

予定通りに進んでいる。小林の口ぶりからすると資料を手に入れるのはそれほど難しくはないようだ。ここからは天運、首尾よく質問に食いついてくればラッキーだ。

「ありがとうございます。では一週間待ちましょう。約束は必ず守ります。小林さんがこの件には関わっていないことを証明する方法も考えてありますから安心してください。それからですね……、商品券だけではないですよね。高倉氏を接待しているでしょう。料理屋、クラブなどです。教えてくれませんか。ここまできたら隠すことは無意味でしょう」

「年に一、二度ですが会食をしています」

「ほう。その支払伝票や、領収書のコピーもお願いします。クラブなどもありますか」

「ええ、数回ですけど」

「それもお願いします。他にはありませんね。後で別のものが発覚したときは小林さんの裏切り行為だと判断しますよ。もう一度聞きます。他にはありませんね」

「先日、一回だけですが……、吉原で接待しました」

「なるほど。吉原というと、ソープですね」

「そうです」

　思わぬ収穫に俊介の口元は緩(ゆる)んだ。ある意味、商品券などより大きなダメージを与えられる。そういえば以前、麻丘たちと「高倉がソープで接待されてるかも」など冗談を言ったような気がする。冗談から出たまことか……。

「素晴らしい。その伝票と領収書は絶対に手に入れたいので、よろしくお願いします。それでは一週間後、来週の水曜日、今日と同じ午後八時に電話させていただきます。健闘を祈っていますよ。それでは……」

「ちょっと待ってください。あなたは何をしようとしているのですか」

「小林さん、私があなたの質問に答えると思いますか」

「高倉さんに恨みでもあるんですか」

「さあ」

「最後にもうひとつだけ」

「何でしょうか」

「彼女は……、偽名だとは思いますが、神山鳴海さんは、あなたの仲間なんですか」

今度は俊介が黙った。

「それもお答えできません。ただ……」

「ただ、どうしたんですか」

「彼女は、あなたを騙してはいません。私が言えるのはそれだけです」

電話を切ると、広いオフィスには静寂が漂う。小林は不思議な安堵感を覚えた。脅迫されているのに安心するとはおかしな話だ。原因は西郷と名乗る男にある。嫌(けん)悪感(おかん)のない男なのだ。おそらく西郷は裏切らないだろうと思う。自分を騙して陥れた男を信頼している自分に笑えた。

小林はさっそく動いた。会社にはだれもいない。西郷に依頼された書類をそろえるメドはついていた。幸いなことに経理部は小林が所属するマンション管理部の隣にある。オフィス用の衝立(ついたて)で仕切られているだけなので、なんとなく勝手はわかっている。

各マンションの理事長に贈っている商品券の一覧表は誰でも見ることができる。一覧表はA4用紙に横書きで、左から、マンション名、住所、理事長名、商品券の金額、贈っている期間、管理組合のランクとなっている。小林は該当する一覧表をコピーして、元の位置に戻した。

支払伝票は、一か月が経過すると会計事務所に送られるようだ。まだ十二月の処理は済んでいないようで、料理屋とソープランドの伝票は保管されていた。伝票の右上には担当である小林と、経理課長の印が捺印されている。

領収書を探すのには多少手間取ったが、これも発見しコピーをした。小林にできるのはここまでだった。過去の接待などについては、総勘定元帳(そうかんじょうもとちょう)から科目別に調べなければならず、これを手に入れることは不可能だ。これで西郷が納得してくれるかはわからないが、真実を述べるしかないだろう。

小林はコピーした書類をカバンの中にしまい、コーヒーを淹れた。落ち着いて西郷の目的を考えるためだ。いつもはミルクと砂糖をたっぷりと入れるのだが、今夜はブラックにした。今の自分にはコーヒー程度の苦味は感じないはずだ。

西郷の目的は見えてきた。少なくとも自分を脅迫することではない。ターゲットは高倉理事長のようだから、できる限りの協力をすれば約束は守ってくれる気がする。そう思わなければ気持ちが折れてしまうだろう。

西郷は何らかの方法によって（あるいは偶然かもしれないが）、管理会社が高倉に商品券を贈っていることを知った。郵送の途中で発覚したのか。やはり料理屋などで直接、手渡しするべきだった。今さらそんなことを悔やんでも仕方ないが……。また、高倉の性格から想像すると、酒の勢いで気が大きくなり吹聴（ふいちょう）したことも考えられる。

西郷が商品券や接待の証拠文書を要求したのは、賄賂性（わいろせい）を実証し高倉の権威を失墜（しっつい）させるのが目的だと考えるのが普通だ。西郷はどんな位置にいる男なのだろうか。

小林は、高倉が信用組合に勤めていることを思い出した。金融機関は社員の犯罪などについては過敏に反応する。痴漢や少額の賭博であっても解雇というのが常識だ。今回の高倉の状況が収賄と判断されるのか、社会通念の範囲内の行為なのかはわからない。だがマンション管理組合の理事長として、四年間で二十四万円の商品券やソープランドでの接待が発覚すれば問題にされ、解雇は免れても、降格や左遷は間違いないはずだ。すると西郷は、高倉が勤務する信用組合内部の人間なのか。高倉の失脚を願う者が信用組合にいるとすれば、うってつけの材料となるだろう。

だが疑問も浮かぶ。自分が高倉に目を付けたのは、高倉がうだつの上がらない会社員だと判断したからだ。この四年間、高倉は小林の判断を肯定し続けた。あんな男を蹴落とす必要があるのだろうか。自分もサラリーマンのはしくれだ。高倉のような男が組織の中でねたまれるとは思えない。そういえば西郷は「総会で証言……」と何度も口にした。総会で証言するということは、「ルネッサＧＬ」の中で高倉を失脚させるということだ。つまり西郷は「ルネッサＧＬ」の内部におり、高倉に恨みを持つ人物ということになる……。

小林の脳裏には、すぐに三人の顔が浮かんだ。七〇八号の麻丘と、四〇五号の南、そして一〇七号の佐々木だ。マンション内で高倉に恨みを持つとしたら、あの三人以外には考えられない。小林は高倉をそそのかして文書を配布したことを後悔した。結果的に自分の首を絞めることになったからだ。それにしても、あの程度のことが原因で、ここまで手のこんだ真似をするだろうか。まだ、あの三人がこの一件に絡んでいると決めつけることはできない。それに西郷の声には聞き覚えがなかった。

マンション内に起こった新しい集団の可能性もある。今までに理事を務めた人物の中に、このマンションの行く末を危惧する者がいたとしても不思議ではない。彼らは高倉が管理会社に操られていることを察知し、現行の体制を崩壊させようと決起したのだ。その第一歩が高倉の失脚なのだろう。

小林は二杯目のコーヒーを淹れた。やたらと喉が渇く。いずれにせよ、こっちは俎上の魚だ。今は西郷に従うしかないだろう。それよりも気になったのは神山鳴海のことだ。

「彼女は、あなたを騙してはいません」

西郷の声が蘇る。このセリフは何を意味しているのだろうか。彼女も何らかの理由で西郷に脅されて、自分を騙したのかもしれない。彼女の素振りから、悲壮感などは感じられなかったが……。鳴海と話がしたい。もちろん責める気などは毛頭ない。ただ真実が知りたかった。

俊介は、一週間後の同じ時間に同じ場所から電話をかけた。待ち構えていたかのように小林の声が聞こえた。

「マンション管理部の小林です」

「寒いですね。さっき小雪がちらついていましたよ。こんな夜はやっぱり鍋に限りますねえ。あっ、どうも、西郷です」

　しばらくの沈黙の後に小林が話しだした。

「できうる限りの書類は揃えました」

　一週間という時間が人間を変えてしまうこともある。「やっぱり、あなたに協力することはできません」と言われても不思議ではない。その場合は、また一から説得工作を行わなければならないのだ。書類を揃えたということは、俊介を信用したのだろう。

「簡単に、揃えた書類の明細を説明してもらえますか」

「まず、各マンションの理事長に対する商品券の内訳表。これはA4用紙で、マンション名、理事長名、商品券の金額、贈っている期間などが記されています。申し訳ありませんが、他のマンションのところはマジックインキで消しました。それから先月、高倉理事長を接待した料理屋の支払伝票と領収書のコピー。同じくソープランドでの支払伝票と領収書のコピー。支払伝票には担当者である私と経理課長の認印、また『ルネッサGL・理事長、高倉宏志』と記入してあるので、当社が高倉理事長を接待したことは明白です。経理の集計が終わると、伝票や領収書は会計事務所に持ち込まれてしまうために、私が用意できるのはここまででした。申し訳ありません」

もっともインパクトがあるのは、商品券とソープランドなのだから、その二点セットが手に入れば上出来だ。

「ご苦労さまでした。それで結構です。それでは受け渡しの方法を説明します。書類を封筒に入れて封印し、これから言う宛先に速達で送ってください。差出人の名前は小林敦でお願いします」

俊介は大手出版社の編集部の住所と人物の名前を告げた。俊介とは旧知の編集者である。小林は俊介の存在を知らないわけだから、西郷がだれなのか発覚する可能性はない。まあ、いずれにしても、総会の当日にはすべてが明らかになるわけで、たいした意味はない。秘密結社的な方法を提案した南の顔を立てただけのことである。

「私のことを詮索(せんさく)するとか、余計なことはしないでくださいね。そんな苦労をしなくても、いずれわかる日が来るでしょうから」

「私のＤＶＤなどはどうなるのでしょうか……」

「もちろん処分しますよ。あなたに返却したところで、こちらにコピーがあれば同じことですからね。信用してもらうしかありません。真摯に対応してくれたあなたに敬意を表して必ず約束は守ります。ただし我々の目的が達成されるまでは質として預からせていただきます。ほんの一か月ほどですから。それに、用意してくれた書類があなたによる偽造ってことも考えられますからね」

「そんなことは決してありません」

「わかってます。あくまで可能性ってことですよ。証拠品を処分したときには必ず連絡しますから。その方が小林さんも安心でしょう」

俊介はペットボトルのお茶を喉に流し込んだ。予定通りに進んでいるのでひと息つきたい気分になったのだ。

「それからね、小林さん。これからあなたにとって大切な話をします。この書類を私に渡したのはあなたではないのです。すべて忘れてください。あなた以外のだれかがこの書類を私に渡したのです。ですからこの書類が公になったとき、あなたは毅然とした態度で臨んでください。もし、ある場所で私が書類を公表したとします。すいません。私といってもわかりませんよね。ある人物が書類を公表したとします。そのとき小林さんはどう対応しますか」

「どうと言われても……」

「しっかりしてください。ご自分のためですよ。あなたはその人物に対して『この書類はどうやって手に入れたのか』と鬼の形相で迫ってください。あなたが関わりなかったらそうするでしょう。この書類が公表されることは、あなたやあなたの会社にとっては好ましいことではないはずです。堂々としていれば、小林さんが疑われることはありませんよ」

「わ、わかりました……」

小林もそれがもっとも得策だと理解したのだろう。

「速達は明日、最寄りの郵便局から送ってください。よろしくお願いします」

俊介は受話器を置くと、大きく息を吐き出した。

駅前開発された錦糸町駅北口の通りには、葉を落として貧相な姿になった街路樹が並んでいる。俊介は片手で襟を合わせながら駅に向かって歩いた。新小岩の「おたこ」で、麻丘と南が待っているからだ。

「今日はハイボールより、熱燗かな……」

冷たいビル風が俊介の頬を突きさした。

9 落ち武者

二月二十六日。「ルネッサGL第四期通常総会」の朝がきた。澄み渡った低い青空から冷たい北風が吹きつけてくる。中庭の隅には先日降った雪が黒く変色して積まれていた。

マンション内は静まり返っている。あと数時間で起こるはずの茶番劇のことはだれも知らないのだ。

俊介は玄関前の通路に出て、高い空を眺めていた。

秘密結社が結成されてから半年近くが過ぎた。楽しむという過程が大切だったとはいえ、今日が目的であったことは間違いない。段取りは完璧なはずだ。どのような事態になっても冷静さを失ってはならない。最後まで楽しむのだ。

二週間ほど前に「通常総会のご案内」が全戸に配布された。この中には総会で決議される議案が記載されている。今回は特にモメそうな議案はなく、総会はスムーズに進むはずだ。昨年の総会では「駐車場料金の改定」という議案で白熱した討議が展開されたと聞く。

しかし、このような議案も最後はあっけなく可決されてしまうのだ。過去三年の実績だと、全百五十戸の中で総会に出席するのは四十戸程度。残りの百十戸は事前に委任状を提出することになる。委任状を提出する多くの人たちは議案の内容を詳しく確認せず、賛成に○印をつけてしまうのが現状なのだ。つまり総会の場において四十名の管理組合員がいくら熱のこもった議論をしても、委任状によって過半数の賛成を得て、議案は可決されてしまうわけだ。

俊介は通路の腰壁(こしかべ)に肘を載せて、もう一度、「通常総会のご案内」に記載されている議題を確認した。

第1号議案　第4期事業報告　決算報告並びに監査報告の件
第2号議案　管理委託契約締結の件
第3号議案　第5期事業計画　予算案承認の件
第4号議案　第5期管理組合役員選任の件

モメそうな議案はないので「シャンシャン総会」になることは間違いないだろ

う。俊介たちが攻撃を仕掛けるのは、第4号議案の管理組合役員選任の件であるが、それまでの議案の中でもいくつかの前フリを行う必要があった。

総会は町内にあるコミュニティ会館で開かれる。午前十時から十二時までの予定であるが、幸いなことに午後に会館を使用する予定はないようで、多少の延長は許されるそうだ。これからというときに、時間で打ち切られてしまうような事態だけは避けたかった。

俊介が会館に到着したのは九時五十分。会場の入口では「ルネッサＧＬ」の管理人が部屋番号と名前をチェックする。決議は挙手で行われるので、委任状との重複がないかも確認する。出席人数によっては総会自体が成立しなくなる可能性もあるからだ。

会場の奥では九名の理事が一般席を向いて座り、出席する組合員と対峙(たいじ)する形になっている。理事席の隣では、席を横に向けて管理会社の小林が座っている。俊介は生で小林を見るのは初めてだった。小林は背中を丸めて書類の確認をしていた。この総会で何かが起こることは想定しているはずだ。小林が圧倒的に不利なのは、西郷竜馬がだれなのか、どのような騒ぎを起こすのか、まったく予想できないことだ。

俊介は後方の席に陣取ると、理事席に座っている麻丘と南に視線を送った。俊介と二人がつるんでいることはだれも知らないはずだ。

管理人が出席者の人数を何度もチェックして小林に報告している。俊介の携帯が震えた。当然のことながらマナーモードに設定してある。メールの送り主は麻丘だった。

《業務連絡。ただいまメールのテスト中》

総会の最中に問題が発生した場合にはメールでやりとりすることになっている。理事席に座っている二人には技術が必要になる。麻丘は机の下でメールを打って送信したようだ。俊介はOKサインを麻丘に送った。

俊介がマンション内で付き合っているのは麻丘と南ばかりではない。俊介は親しい知人に総会への出席を呼びかけた。

「実は、今回の総会ではちょいとした余興があってね。内容は当日のお楽しみなんだけど、その件で頼みがあるんだ。騒ぎが起こったらオーバーに騒いでほしい。始まればわかるから。それと席はできるだけバラバラに座ってちょうだい。固まってるとつるんでると思われるからさ」

俊介が会場を見回すと、そんな連中が五人ほどいる。十時を回り、出席者の集計も済んだようだ。小林が用紙を高倉に手渡し、自分の席に戻る。高倉は軽く咳払いをすると正面を向いた。

「ただ今から、『ルネッサGL第四期通常総会』を開催いたします。皆さまより異論がなければ、議長は私、第四期理事長である高倉が務めさせていただきます」

　俊介は第二期の総会には出席したが、前回は欠席している。それは出席する意味がないと判断したからにすぎない。高倉は総会を取り仕切るのも四度目となり、なかなか堂に入ったものだ。経験が人間を成長させるのだろう。

「本組合は、議決権が百五十、組合員総数百五十です。本日出席された組合員が五十一、委任状が九十二、合わせて百四十三であり、議決権総数の半分以上が出席となり、本総会は成立いたしました」

　南に調べてもらったところ、昨年の総会出席者は三十八名だったそうで、今年はギャラリーが増えたことになる。

「では、第1号議案『第4期事業報告　決算報告並びに監査報告の件』について説明させていただきます」

　高倉は理事会の活動などについて簡単に述べた後、決算報告については管理会社の小林に説明を求めた。

「総合管理サービスの小林でございます。それでは四ページの『第4期収支報告書』をご覧ください。まず、一般会計の収入の部ですが……」

　小林はどんな気持ちで報告をしているのだろう。その心境はお化け屋敷を歩いているに等しいはずだ。いつどこから何が現れるかわからないのだ。小林の説明は十分ほど続き、監査担当の理事が、会計報告を行った。ここで議長の高倉に戻る。

「それでは質疑応答に移ります。ご質問、ご意見のある方は挙手の上、部屋番号とお名前をおっしゃってください」

中年の男が手を挙げた。小林は怯えるような視線をその男に送った。

「三一二の山内ですが……。こ、この、負債剰余金の中にある預り金の十六万円ってなんですか」

「わかりました。では、小林さんの方から説明してもらいましょう」

高倉は、いかにも「自分でも説明できるが……」という余裕の表情を見せた。

「それでは私から説明させていただきます。この十六万円は管理組合の皆さまから毎月、徴収している町会費でございまして……。ですが実際に町会に振り込むのは八月でありまして、この報告書を締めている十一月末日とは三か月の差が発生します。そこで徴収した三か月分の町会費、十六万円は預り金として計上しております。よろしいでしょうか」

質問した男は納得したようで小さく頷いた。

「他にはありませんか」

俊介が静かに手を挙げた。

「二〇五の葉山と申します」

　小林の背筋が伸びた。俊介の声に反応したのだ。西郷竜馬だと気づいたのかもしれない。

「支出の部にスパの給水管修理として約百万円が計上されてますよね。この内容を教えてください」

　高倉は小林を見た。お前が答えろという合図なのだろう。小林はそれに従った。

「ユースフルという業者にバルブの交換費用として九十八万円支払っております。他は他社に依頼した備品です」

「そのユースフルという業者に発注した経緯を教えてください」

「理事会で検討した結果です。半数以上の賛成がありました」

　小林の視線は真っ直ぐだった。俊介を西郷竜馬だと確信してすっきりしたのだろう。

「結果を聞いているのではありません。経緯を聞いているのです。理事の方に同じ質問をします。だれか答えてください。担当は修繕理事の方ですか」

　修繕の理事は麻丘と南である。麻丘はわざとらしく動揺したような態度を見せた。

「えーと、確か、管理会社から二社の見積りが提示されまして、以前から当マンシヨンの修繕に実績があり、金額も安かったユースフルに発注することになりました」

「なるほど。それはおかしいなあ……。ネットなどで無作為に探した数社の見積りを比べるならわかりますが、管理会社からの提出で、片方が安くて実績もある……。ならば当然のことながらそっちに決まりますよね」

高倉は小林に視線を送る。だが、その小林は俊介を直視していた。高倉は俊介と麻丘の会話に割り込んだ。

「その件については、理事長の私から説明しましょう」

「すいませんが、あなたに聞いているのではありません。修繕の理事の方に尋ねているのです。どうなんですか」

麻丘は自信のなさそうな態度を続けている。

「ええ……。おっしゃる通りです。理事の中からも、もう一つの東部エンジニアって会社は、発注をユースフルにするためのダミーではないかという意見が出ました。なあ、そうやったよなあ」

麻丘は隣に座っている南に振った。

「そうです。そしてその東部エンジニアって会社は、実際にはこのマンションに下見に来ておらず、現場も見ないで見積書を提出していたことも判明しました」

俊介は右手で後頭部を掻いた。

「それって完全にダミーじゃないか」

「ひでえなあ。管理会社とグルなんだよ」

会場の席から小さな声が聞こえた。俊介が後頭部を掻くと仲間が騒ぐことになっているのだ。

「理事会でもそのような意見が出たのに、どうしてユースフルに決定してしまったのですか」

「それは、その、理事長が……。そやったよな」

「ええ。管理会社が管理組合の意向に従って、好意的に二社から見積りを取ってくれたのだからと」

「ほー、そんなことがあったわけですか。修繕担当の理事としては怠慢ですよね。本来なら発注業者の選択は管理会社だけに頼らず、理事会でも検討するべきですよね。今はネットで簡単に業者を検索できるんですから」

「ほんまにその通りです。修繕の担当理事として反省しております」

　南も麻丘に続いた。

「申し訳ありませんでした」

「以上で質問を終えます。ありがとうございました」

俊介はこのやりとりの中では理事長の責任を追及しなかった。しかし逆に理事長の印象を悪くしたのは間違いない。前フリは成功だ。

もちろん高倉も、この状況に危機感を抱いていた。

「理事長としてひと言だけ説明させていただきます。業者の選択につきましては様々な考え方があると思います。しかし、ネットなどで管理組合員の個人が業者を探して発注した場合のリスクを考えてほしいと思います。その業者の仕事内容に問題があったり、作業中に倒産したりしたら、探してきた個人は責任を感じてしまうでしょう。管理会社の紹介であれば管理会社に文句を言えるし、責任を追及することも可能です。私はそこまで考えて管理会社が紹介してくれる業者に発注する方が好ましいと申したまでです」

高倉は勝ち誇ったように腕を組んだ。自分の発言に酔っているのだろう。これも想定内だ。効果的に落とすためには高く持ち上げておくのが鉄則だ。

そのとき、会場の空気が一変した。俊介には理由がわからなかった。まず気づいたのは麻丘と南の視線。それから小林の視線も同じ方向に動いた。俊介がゆっくり振り返ると、なんと貴子が歩いてくるではないか。よりによって彼女は最前列中央の席に腰を下ろした。

目の前には高倉が座っている。その高倉の様子もおかしい。明らかに動揺している。

「まさかとは思ったが、やっぱり、貴子と高倉は……」

俊介は心の中で呟いた。小林から送られてきたソープの領収書を見たときにイヤな予感がしたのだ。その店が「松竹梅」だったこと。恐妻家の高倉が貴子の術中にはまったとしても不思議ではないこと。そして高倉の表情が、それが事実であることを物語っていた。

俊介には貴子の背中しか見えないが、彼女はどんな表情をしているのだろう。

彼女の登場は、当事者以外の者にとって何てことのない光景だ。貴子もこのマンションの管理組合の一員なのだから、当然のごとく総会に出席する権利がある。高倉と貴子の関係は想像の域を出ないが、小林が貴子と顔を合わせるのは、錦糸町のラブホテル以来だと思う。小林は平静を装ってはいるが、頭の中はグチャグチャになっているはずだ。

「た、高倉理事長、他にご意見がなければ次の議案に……」

高倉は書類に向けた視線を動かさない。心なしかペンを持つ右手が震えているようだ。

「高倉理事長……」

高倉は小林からの催促にやっと気づいた。

「そ、それでは次に、第1号議案『第4期事業報告　決算報告並びに……』」

「理事長、それは今、終わりました。次は第2号議案です」

「あっ、そ、そうでした。で、では、第2号議案『管理委託契約締結の件』に移ります。そ、それでは管理会社の佐藤さんから説明していただきます。えっ、ああ、すいません。小林さんでしたね。小林さんです。小林さん……」

　自分でも何を言っているのかわからなくなっているのだろう。もはや高倉と貴子の関係は疑う余地がない。しかし貴子も思い切った行動に出たものだ。高倉理事長のソープ接待を暴露する場に、その相手をしたソープ嬢が正面に座っているとは。貴子は自分の客がこのマンションの理事長だと知って総会に出席してきたのだろうか。俊介にもその意図は理解できなかったが、総会が面白くなったことに感謝しなくてはならない。

　小林は必死に自分と闘っているようだった。

「昨年、国土交通省より公布されました、マンション管理の適正化の推進に関する法律施行規則の一部を改正する省令が……」

　簡単に言うと、小林は「来期も自分の管理会社と契約をしてほしい」という趣旨の説明をしていた。この場で否決される可能性はゼロに近いが、管理会社としてはもっとも重要な議案である。俊介にこの議案を潰す気など毛頭なかった。遊び心の狙いは高倉理事長ただ一人だ。小林は説明を終えて着席した。

「り、理事長、私の説明は終わりましたが……」

「そ、それでは、第2号議案につきまして、ご質問、ご意見のある方は……」

高倉は斜めを向きながら、ぎこちなく話している。そりゃそうだろう。正面を向けばすぐ前には貴子が座っているのだから。

再び、俊介が動いた。

「二〇五の葉山ですが、理事長にお尋ねします。管理会社に対して管理委託料の交渉、つまり値引きの交渉などはしなかったのでしょうか。景気が低迷して、デフレスパイラルの世の中です。管理会社に対して値引きの交渉をするのは管理組合として当然の行為だと思いますが……」

「総合管理サービスはよくやってくれています。値引きをしたら業務内容の質が低下する危険性もあるわけですから」

「理事長さん、身体の具合でも悪いんですか。真っ直ぐ前を向いてください。他の理事の方にも同じ質問をします。どうですか」

麻丘が困ったような顔をして答える。

「あのですねえ、まあ、なんというか……。総合管理サービスのことを悪く言うと、高倉理事長のご機嫌が悪くなるんですよ」

「そ、そんなことはありません……」

狼狽える高倉に南も追い討ちをかける。

「とにかく、理事長さんは総合管理サービスが大好きみたいですから」

高倉の顔面は紅潮した。

「失礼な言い方は慎んでください。私が理事長を務めた四年間の経験から、管理会社との信頼関係が大切だと実感しているだけです。理事長や理事の経験のない方には理解できないかもしれませんがね」

次の瞬間、俊介は息を止めた。貴子が手を挙げたのだ。

「六〇二号の吉本と申します。私は理事長さんの考えを支持します。だって管理組合のために四年間も、しかもボランティアで理事長を務めてこられたんでしょ。ご苦労やストレスだってたくさんあったと思いますよ。ねえ、ヒロタ……」

語尾はよく聞き取れなかったが、貴子の趣旨は理解できた。俊介たちとは別の立場で高倉を追い込むつもりなのだろう。高倉は何も言葉を返すことができない。アゴが震えているように見える。

俊介の携帯が震えた。麻丘からのメールだ。

《業務連絡。貴子さんが来ることを知ってたんですか?》

俊介は麻丘を見て顔を小さく横に振った。麻丘はノートに何かを書いて南に見せている。結果を報告しているのだろう。

ここで、俊介は小林の心理状態を考えてみた。小林は貴子の登場によって何を悟ったのだろうか。まず、貴子、まあ小林にしてみれば鳴海だが、彼女が自分の管理するマンションの住人だったこと。名刺を渡しているので小林の職業は知っており、その堂々とした態度からも、貴子はここに小林がいることを承知で総会に参加してきたことになる。西郷竜馬と貴子がグルなのかは半信半疑といったところか。小林はこの総会での出来事に過敏になっているはずだから、高倉の変化にも気づいているだろう。貴子が現れてからの高倉の様子は明らかに異常だ。その理由は見当もつかないだろうが……。

総会に出席している管理組合員は、ほとんどが毎年必ず参加している真面目な人物と思われる。彼らも昨年までの総会との違和感を覚えているだろう。俊介の発言により会場の空気はどんよりと重くなっている。

再び麻丘からのメールが届いた。

《業務連絡。高倉はかなり動揺しています。貧乏揺すりの振動が伝わってきますから》

議案は、第3号議案『第5期事業計画　予算案承認の件』に移っていた。小林は天井付近の空間を見つめ、来期の設備管理、清掃、植栽などの予定について説明している。視界に貴子が入らないようにしているのだろう。今は十時四十五分。十二時まで時間はたっぷりある。俊介は臨戦態勢に入った。

　第3号議案は無事に可決され、いよいよ最後の議案『第5期管理組合役員選任の件』となった。例年であればもっとも簡単に決議される議案である。輪番で決定される理事に文句のつけようもないからだ。小林は来期の理事候補十名の名前を述べた。内訳は輪番制の九名と、立候補をした高倉である。

「以上、十名の方が来期の役員候補の方々です。役職につきましては来月に開かれる第一回目の理事会で決定される予定です。ご意見、ご質問があれば挙手を……」

「ちょっと待った」

　俊介の強い口調に小林は固まった。

「何度もすいませんね。二〇五の葉山です。今期の理事長、および理事会の方々にお尋ねしたいことが何点かあります。総会に出席されている管理組合の皆さんにもぜひ聞いてもらいたいと思います。損はさせませんから……」

　俊介と小林の視線が合った。俊介は自分の視線に「これから始める。うろたえるな。凛(りん)としていろ」という気持ちをこめた。俊介にはそれが小林に通じたと思えた。

「まず、理事長にお尋ねします。昨年の夏ごろでしょうか、理事長名で『快適なマンション生活のために』という文書が配布されましたが、この問題はその後どうなったのでしょうか」

　高倉は小林に助けを求めようとして顔を向けたが、小林は下を向いたままだった。

「どうなったかと、聞かれましても……。その後は理事会の運営も円滑になり、大きな問題は発生しておりません」

「ほう……。この文書には、理事の佐々木氏、南氏、麻丘氏が理事会の議事進行を妨害し、管理会社に対して根拠のない中傷をした、とありますが、事実なら大変な問題ですよね。具体的にはどのような妨害や中傷をしたのでしょうか」

「さ、佐藤さん、あなたから答えていただけますか。あなたもあの三人には困っていたでしょう。ねえ、佐藤さん」

「私は小林ですが……」

　俊介は攻勢をかける。

「この文書は理事長さんが書いたんでしょ。あなたが答えるのが筋でしょう。それならこの文書に書かれた理事の方はどうですか。今日、出席しているのは、南さんと、麻丘さんですか」

　麻丘が迷惑そうに答える。

「議事進行の妨害っていわれてもねえ。さっき給水管修理の件で、東部エンジニアって業者の話が出ましたよね。現場の下見もしないで見積書を提出してきた会社です。だからユースフルに発注するために、管理会社が用意したダミー会社じゃないかという意見を述べただけです」

「それは、理事としてのまっとうな意見ですよね」

俊介が後頭部を掻いた。

「当たり前の意見じゃないか」

「そうだよな」

少し会場内がざわついた後に、南が続けた。

「まあ、理事長さんは、ご自分の意見が通らないと妨害だと判断されるようですから」

高倉のこめかみには血管が浮かんだ。

「失礼な言い方はやめてください。私はこのマンションのことを考えて一生懸命にやってきたんですよ」

ここで貴子が参戦してきた。

「そうですよ。理事長さんってボランティアでしょ。誰もがやりたがらない役職なんですよ。それを四期も務めてくださったのですから感謝するべきです。ねえ、ヒロタン……」

またしても語尾が聞き取れなかったが、高倉は横を向いてしまった。

他の出席者たちも成り行きを静観している。意見を述べて関わりになることを避けたいのだ。ただ客観的に今の状況を判断してみると、理事長が正しいと思う人が多いのではないか。俊介がこの総会を意図して混乱させようとしていることは明らかだ。日本人は、たとえそれが正論であっても、和を乱す人物を嫌うからだ。

「さらにこの文書には、『他の出席理事の方々からは〝恐怖を感じて理事会に出席できない〟との声も寄せられております』とありますが、これは具体的にだれがおっしゃったのでしょうか。本日の総会に欠席をされている理事は佐々木さんだけですよね。その他の理事の方は全員出席されていると思いますが、だれがこのようなことを理事長にお話ししたのでしょうか。本当にこういう発言があったのであれば、名指しされた三名の理事の方々も反省する必要があると思いますが……。どうですか、理事長さん」

高倉のアゴはさらに大きく震えだした。どうしたらよいのかわからないのだろう。

「理事の方々はどうですか。恐怖を感じたと理事長さんに言った方はいらっしゃいますか。いらっしゃれば遠慮なく申し出てください。そのような方が大勢いるのなら、理事長さんのおっしゃったことは事実かもしれませんから」

　俊介はしばらく時間をおいた。

「理事長さん、誰もいないみたいですよ。自分を正当化するため嘘を書いたようですねえ……。次に、麻丘さんがスパで住人に暴言を吐き、暴行したとありますが、この被害に遭われた住人とは誰ですか」

「それは、その、理事会としても守秘義務がありまして……」

「なにが守秘義務ですか。それって理事長さん、あなたでしょ。現場にいた人から聞きましたけど、先に麻丘さんの肩を押したのは理事長さんだったそうですよ。それにあなたのお子さんのマナーの悪さは有名な話です」

　俊介の手が後頭部に動いた。

「そうだよ、ちゃんと教育してんのかよ」

「みんな迷惑してんだよ」

　高倉の表情は完全に自信を失っていた。会社ではこんな様子なのだろう。

「南さんの粗大ゴミの件も、管理人同士の連絡の不備であったことがわかりました。理事長さん、これって明らかに職権濫用ですよ。ここで確認したいことがあります。管理会社の……、小林さんでしたよね。このような文書を理事長の独断で全戸配布することに問題はないんですか」

小林は機械的に答える。

「正式には理事会の承認を得て配布するべきだと思います」

「ほー。なら当然、理事会の承認は得ているんですよね」

理事である麻丘と南が首を横に振った。今度は俊介が後頭部を掻く前にあちこちから非難めいた感嘆詞が聞こえた。

高倉は禿げあがった前頭部を収穫期のトマトのようにして怒鳴った。

「小林君、だいたいあの文書は君が書いたものじゃないか」

俊介は、高倉が墓穴を掘ることを期待していたが、それは意外に早くやってきた。

「なんだって。この文書は理事長が書いたものじゃないんですか。つまり管理会社もデタラメな文書配布の片棒をかついでたってことかよ」

小林は冷静に俊介を見据えた。

「確かに書きましたが、それは理事長に依頼され、理事長がおっしゃったことを文書にしたまでです。その文書は次回の理事会で承認を得てから配布するものだと思っていたのですが、そ、その……、理事長が勝手に、いや、理事長の判断で配布してしまったのです」

小林は高倉を見限った。小林は、この後に俊介が領収書を暴露すると予測しているだろう。そうなれば高倉をかばう理由はなくなる。むしろ暴露される前に見捨てた方が得策だと判断したのだ。

「ずいぶんと理事会を私物化されてきたようですね。なにか釈明なさいますか」

俊介が高倉に冷たく詰め寄ると、初老の男が手を挙げた。すでに総会を取り仕切る存在はいなくなり無政府状態になっている。男は席に座ったまま勝手に話しだした。

「葉山さんといいましたかね。あなたの意見は正しいと思います。ただ世の中というものはすべてが杓子定規に判断はできません。理事長さんが理事会に無断で文書を配布したのは確かに勇み足だったかもしれません。しかし、それも理事会を円滑に進めたかったからでしょう。業者の件でも葉山さんの意見は正しいと思いますよ。でもね、自分が理事長になったときのことを想定してみてください。ほとんどの人が冒険はしないと思います。面倒なことに巻き込まれるのは御免ですからね。高倉さんは、なり手のいない理事長を四期も務めてこられました。それをまるで悪人のように言うのはどうかと思いますけどね……」

初老の男は前から二番目の列に座っていた。したがって俊介からは表情が見えない。俊介は立ち上がると、通路を歩き会場の最前列に出た。貴子の顔に視線を送ると、彼女は瞳の奥で笑って返した。高倉は俊介の行動に反応せず、ただテーブルの上に置いた書類を見つめていた。

「貴重なご意見をありがとうございます。あなたの意見も正しいと思います。ただしそれは、輪番制で理事になった人の中から抽選で理事長になったような場合です。そのような理事長だったら、何事もなく、ただ任期が終了するのを待つでしょう。しかし高倉さんのように自ら立候補して長年にわたり理事長を務められている方は違うのです。高倉さんのような方が間違った権力を持ってしまうのは問題です。実際にこの配布された文書によって、名指しされた三名の方々やご家族はどのような思いをされたと思いますか」

麻丘はハンカチで目頭を押さえた。

「ウチなんか、この文書によって、そりゃもうエライことになりました。カミさんは『恥ずかしくてマンションの中を歩けないわ』言うて泣きだすし。家庭崩壊でっせ。う、うう……、すんません」

さすがに元落語家だけあって泣く芸は一流だ。

「う、うう……。南さんのとこなんか、この文書が原因で小遣いを一万円下げられて、毎日、便所掃除までやらされて……」

無茶振りをされた南は言葉を返すこともできずに、呆然と麻丘を見つめている。

会場は静けさを取り戻した。俊介は例の書類を暴露するタイミングを計っていた。

あまり引っ張りすぎるのはよくないだろう。

激しい音がした。高倉が両手で机を叩くと、椅子を後ろに飛ばして勢いよく立ちあがった。

「葉山とかいったな。偉そうなことを言うな。おまえがこの四年間で何をやった。このマンションのために何をやったんだ。言ってみろ。おれはなあ、四年間も働いてきたんだぞ。このマンションのためにな。おまえなんかにおれを非難する資格はない。おれを非難する資格のあるやつなんか、このマンションに一人としていないんだ。いないんだ、いないんだ、いないんだ……」

高倉は肩で息をしながら腰を下ろした。しかし椅子は後ろに飛ばされており、そこには何もない。

「とわ〜」

高倉は後頭部からでんぐり返った。

両脇に座っていた理事が、高倉を助け起こすと、高倉は這いあがるようにして席についた。一・九分けにしていた薄い髪の毛はざんばらになり、落ち武者のようになっている。

俊介は姿勢を正した。

「私はいたずらにこの総会を混乱させようとしているわけではありません。根拠があってのことです。これからその根拠をお見せしたいと思いますが、いかがですか。総会で一管理組合員が文書を配布することにどのような規約があるのかわかりませんが、みなさんも確認する必要があると思いますよ。どうですか」

俊介は先に意見を述べた初老の男に視線を送った。男は大きく頷いた。

「理事長も異存はないですよね。ご自分は独断で文書を配布しておきながら、他人には認めないっていうのは通用しませんからね」

すでに高倉はまともに返事ができる状態ではない。俊介は足早に席に戻ると、紙袋から書類を取り出した。その書類を小林、理事席、出席している組合員の最前列に手際よく渡し、配布を依頼した。

書類はA4用紙三枚がホッチキスでまとめられワンセットとなっている。一枚目が中元、歳暮を贈っているマンション名、理事長名、商品券の金額、贈っている期間などが掲載されているリスト。ほとんどがマジックで塗り潰されており、一見すると真っ黒に見える。二枚目が料理屋とソープランドの支払伝票。勘定科目は交際費。摘要には「ルネッサGL・理事長高倉」とあり、係印には小林の判子、承認印には佐川という判子が押されていた。三枚目には領収書。「鈴川」という料理屋が二万一千円。「松竹梅」が四万五千円。宛名はいずれも「総合管理サービス株式会社」となっている。初めて見る人には理解するまでに少しの時間が必要だろう。だが、いち早く反応したのはもちろん小林だった。

「あ、あなた、こ、この書類を……、ど、どこで手に入れたんですか。すいません、すぐにこの書類を回収します。みなさん、すぐに私に返してください。お願いします」

「もう無理ですよ。それよりこの書類について小林さんから説明してくれませんか。あなたがもっとも適任だと思いますから……」

小林は勢いよく立ちあがった。なかなか堂に入った演技で俊介は安心した。

「どこで手に入れたと聞いているのです」

「それは言えません。それに、どこで手に入れたかより、現実にこういう書類があることの方が問題なのではありませんか」

書類は全ての出席者にいき渡ったようだ。

「これは私が入手した総合管理サービスの内部資料です。まず一枚目から説明しましょうか。このリストによりますと、総合管理サービスは管理するマンションの理事長に商品券を贈っていたようですね。差し障りがあるので他のマンションのところは塗り潰してありますが……。真ん中のあたりですが『ルネッサGL理事長／高倉宏志・中元歳暮各三万円』とありますね。これによると高倉理事長は毎年の中元と歳暮で、四期合計二十四万円の商品券を受け取ったことになります」

俊介は横目で高倉を見た。彼は書類に見入っていたが、その両手は震えている。

「二枚目と三枚目はセットになっています。領収書の日付はいずれも十二月五日ですね。『鈴川』というのは上野にある割烹料理屋。そして『松竹梅』という店のものです。支払伝票から判断すると総合管理サービスが高倉理事長を接待したものと思われます。小林さん、この判子はあなたのものですよね。ちなみに『松竹梅』というのは吉原にあるソープランドです」

会場は静まり返っている。俊介がサクラとして仕込んだ連中でさえも、どう対処すればよいのかわからないのであろう。

「小林さん、この書類はあなたの会社のものですよね。違うというなら反論してくださって結構ですよ。どうですか」

小林は黙っている。

「あなたの会社を責めるつもりはありません。企業であれば得意先の人物を接待するのは当然のことですから。管理会社にとってはそれが管理するマンションの理事長だったってだけですよ。まあ、どこにでもある営業活動の範囲ってことでしょう。まず、これがあなたの会社の書類だってことを認めてくださいよ。違うというなら、私がデマカセの書類を提示したことになってしまいますから……」

小林は力なく頷いた。

「当社の書類です……」

「ありがとうございます。さきほど私が説明した内容に間違いはありますか」

「ありません」

「領収書は昨年の十二月だけでしたが、その以前にも飲食店などで高倉理事長を接待していたわけですね」

「ええ。年に一、二度ですが……。しかし、ソープランドで接待したのは今回が初めてです」

「なるほど……。素直に認めてくださって感謝します。あなたには何の罪もありません。問題なのは受け取る側です。管理組合の理事長として、このように商品券を受け取ったり、接待を受けたりすることが、社会通念上の範囲内であるかは、それぞれの管理組合員が判断すればよいことで、私の意見は差し控えます。ただそれによって、理事長が管理会社に有利な状況を作り出そうというなら問題だと思いますよ。今日の総会で、そんな理事長の思いが見えたと思うのは私だけでしょうか。私が言いたいのはそれだけです。私の発言によって理事会を混乱させてしまったとしたら申し訳ありませんでした。以上です」

俊介が席にもどろうと歩きだしたところで、貴子の声がした。

「理事長さんは本当にソープランドに行かれたんですか。ソープランドっていうのは、具体的にどのようなことをちゅるんでちゅか」

大きな音がしたので、その方を振り返ったが、高倉の姿が見えない。泡を吹いて引っくり返ったのだ。ざんばら髪のまま両脇を抱えられ会場を後にする高倉は、まるで刑場に引きずられていく落ち武者のようだった。

10 二人の決着

四人は開店と同時に「おたこ」に集まった。久々に貴子も参加したのだ。

「作戦のオチは大成功やったなあ。松鶴師匠（しょかくししょう）の『らくだ』みたいやった」

麻丘は乾杯後の生ビールを一気に半分ほど減らした。四人は笑顔だったが、どこか無理をしているようにも見える。それぞれが自分なりに後味の悪さを感じているのだろう。

「どういうたとえだかよくわかりませんが、とにかく九回裏の逆転サヨナラ満塁ホームランですよ。これで完全に高倉は終わりましたね。まあ、自業自得ってやつですけど……」

南も微妙な雰囲気に気づいており、方向修正に努力していた。

「うまい。この時期はあんこう鍋やね。あんこう鍋が有名な茨城や福島じゃ味噌仕立てが多いようやけど、やっぱポン酢や。ポン酢を舐（な）めてるだけでつまみになるやんか」

「汚いなあ。指を入れるのはやめてくださいよ。だけど、貴子さんが登場したときは驚いたなあ」

南は俊介に視線を送った。俊介は貴子が登場することを知っていたのではないかと思っているようだ。

「おれも驚いたよ。しかも一番前に座るとはな。たいした度胸だ」

貴子は豆腐を口に入れている。

「だって、アツッ、アフアフ……。結末を見届けないのは逃げるようでいやだったから。やっぱり特等席じゃないとね。アフッ」

自分の小鉢にあんこうを取りながら麻丘が呟いた。

「高倉はこれからどうなるんやろうか」

「なんだ、仏心が芽生えたのか」

「いや、そんなんやおまへんけど……」

高倉がかつぎ出された後に、第4号議案『第5期管理組合役員選任の件』は可決された。もともと委任状によって総会前に可決は決定されていたわけだが。これによって高倉は輪番制理事に加えて来期も理事として承認されたことになる。

「あれじゃ理事は続けられないよな。高倉は辞任することになるだろう。身体的な理由とでも言えば認められるんじゃないか」

「来期も理事長になって復讐の鬼と化すってことは考えられませんかね」

「ありえないな。あの運ばれていく姿を見たか。ヤツはすでに死んでいる」

総会での出来事はどのようなスピードでマンション内に広がっていくのか。出席者は家族や付き合いのある人々に尾ひれをつけて、面白おかしく話すに違いない。だがマンション内での付き合いを積極的に行っていない住人が多いのも事実だ。さらに高倉の鬼嫁に事実を伝える人物がいるとは思えない。住人の誰しもが知るほどの大事件には発展しないかもしれない。高倉にしてみれば冷静に判断できる余裕はないだろうが……。

「元ちゃんと淳ちゃんは、高倉に恥をかかされたけど、自分たちの力でその恥辱をそそいだ」

「先生と貴子はんの協力なしには不可能でしたが……」

「まあ、半分以上は遊びだったわけだからな。結局、高倉は自分でなんとかするしかないんだよ。てめえのケツはてめえで拭けってことだ」

酒がすすむにつれて、総会での様々な場面が話題に出る。

「しかし高倉のヤツ、予想以上の根性なしでしたね。先生の追及にはかなり踏ん張ってましたけど、貴子さんの発言に対しては、いきなりしどろもどろになりましたからね」

「ほんまや。横から見とったら膝が震えとったでえ。床がカタカタいうてたからなあ。地震かと思ったわ」

麻丘と南は、貴子と高倉の関係に気づいているのだろうか。暴露されたソープランドの領収書は「松竹梅」のものだ。当然、貴子が相手をした可能性が浮上する。貴子の登場による高倉の変化には感じるものがあったに違いない。しかし貴子が自ら語らないのならば触れることはできない。麻丘と南にとって、さらに触れられない話題は小林のことだろう。彼らは、貴子と小林がホテルに入ってからのことを知らない。二人が驚いた貴子の登場とは、総会への出席ではなく、小林の前に出現したことに他ならない。

その思いは俊介にしても同じだった。貴子は小林に会いに来たのではないのか。何らかの形で小林と決着をつけようとして来たのではないのか。俊介は、貴子が総会の会場に入ってきたときからそのことを考えていた。

「高倉はともかくとして、小林をなんとかしてやらないとな。ヤツを利用してしまったことについてはおれも反省している。目的は達成したわけだし、小林の不安を取り除いてやらなきゃな」

俊介の言葉に誰も返事をしなかった。

「そんなわけで、六時に小林を呼んだ」

麻丘は生ビールの泡をあんこう鍋の中に飛ばした。

「よ、呼んだって、ここへですか」

「そうだ」

「そりゃまた、ムチャクチャなことしよりまんなあ」

「それで小林は承諾したんですか」

「さあ、わからん。ただ、おれは来ると思う」

貴子は黙ってあんこう鍋を突っついている。

「迷惑だったか」

貴子は顔を上げずに答えた。

「いえ。望むところです」

「六時までにはまだ一時間以上ある。さあ呑むぞ」

俊介は店員にハイボールを注文した。南は指を二本立てて麻丘の分も一緒に追加した。

「悪いけど、元ちゃんと淳ちゃんは、十五分前になったら席を外してくれるか」

「そりゃまあ、構いまへんけど……」

「小林は、お前さんたち二人がおれの仲間だとは知らない。まあ、知ったところでどうってことはないが、今後の理事会活動のことを考えたら、さざ波は立てない方が無難だろう。どこかで呑んでてくれよ。おれも自分の用事が済んだら合流するから」

麻丘と南はころ合いを見計らって出ていった。

「小林さんには何て言ったんですか」

俊介はハイボールを注文すると、煙草に火を点けた。

「総会が終わって会場の机や椅子を片付けてただろ。そのときに声をかけた。ヤツが夕方に用事がないことを確認して、六時にこの店に来いと……」

「本当に来るかしら」

「来るさ」

「その根拠は？」

「保身だよ。小林は誰だかわからない相手にヤバイ証拠を握られた。今日までその恐怖に震えて眠れぬ夜をすごしていた。それが今日、その相手と目的がはっきりしたわけだ。これからの話し合いによっては、その恐怖とはオサラバできる」

「なるほど。怒らないかしら。私のことも含めて……」

「それはないだろう。ヤツの心の中では怒りよりも安堵の方が勝るはずだ」

「彼は今日、解放されるわけね」

「まあ、ヤツに対するおれたちの落としまえってわけさ」

貴子は顔の前に流れてきた煙草の煙を吹き飛ばした。

「私はどうすればいいのかしら」

「さあ、それはお前が考えることだ。おれの話が終わったら、小林と二人きりにしてやるよ」

「うーん、どうしようかなあ……。遊びで始まったこのミッションだけど、最後は辛いのね」

「祭りの後の寂しさってやつさ」


小林は六時ちょうどにやってきた。貴子も一緒だとは言っていなかったので驚いたようだが、平静を装っている。俊介は貴子の隣に移り、小林を座敷の奥に座らせ、了解も得ずに生ビールを注文した。

「今さらかもしれませんが、自己紹介でもしますか。『ルネッサＧＬ』の二〇五に住んでいる葉山俊介です。小林さんにとっては西郷竜馬の方が、馴染みがありますかね」

小林は無表情で礼儀正しく頭を下げた。

「総合管理サービスの小林です」

目の前に置かれた生ビールを勧めると、小林は軽く口をつけた。

「私たち……、やはりここでは私としておきましょう。私の目的は高倉理事長の失脚、簡単にいうと恥をかかせることで、それ以外の目的はありません。ちょいと私怨がありましてね。小林さんには申し訳なく思っています。しかし、小林さんが高倉を操り、このマンションを食い物にしようとしたのも事実だと思いますよ。お仕置きがキツすぎたってことは認めますが……」

　小林は黙って俊介の話を聞いている。軽々しく言葉をはさむ気はないようだ。

「おかげ様で私の目的は達成されました。送ったＤＶＤはご自身で処分してください。私の方は、元データを完全に削除することを約束します。ただし、しばらくの間だけ、元データを保存させていただきます。その可能性は低いと思いますが、高倉が何らかの反撃に出ることも考えられます。そのときに小林さんとタッグを組んで『あの書類や伝票は偽造されたもので本物ではない』なんて開き直られても困るので。少し様子を見て、高倉の件が完全に終わったと判断したときに裁断します。そのときは小林さんにも連絡しますので、どうか私を信じてください」

　小林はジョッキを引き寄せると、半分ほど呑み干した。

「なんだか腹が減ってきました。何か頼んでもよろしいですか」

「どうぞ。この店のもつ焼きは絶品ですよ。私がお薦めのセットを注文しましょう」

小林は正座を崩した。

「西郷……、いや、葉山さんのことは信頼しています。最初に電話で話したときから、なぜだかそんな気がしていました」

「信頼される人間がする行為ではありませんがね」

少し小林の口元が緩んだのを、貴子は見逃さなかった。

「勉強になりました」

しばらくの間をおいて小林はもう一度続けた。

「勉強になりました。今回のことは……。葉山さんのことは恨んでいませんから」

貴子は、自分が初めて俊介に会ったときのことや、店長が俊介のことを語ったときの様子を思い出していた。俊介には初対面の人を引きつけ、安心させる何かがある。それは知恵や経験からではなく、持って生まれた天性のものなのだろう。

「小林さんの社内での立場も守るように努力します。今回の総合管理サービスの行為は、一般的な管理会社の営業行為であり、節操がなかったのは高倉の方なのです。実際に総会でもそんな流れになっていたでしょう。理事会でも管理会社側に責任はないという意見を出すように手はずは調えています。小林さんだってこのマンションの管理組合を三無主義の集団だと判断したわけでしょう。ゴシップ的な関心は高倉に集中するだけで管理会社には及ばないと思いますよ」

貴子は小林の表情や仕種を見て「怒りより安堵が勝る」と断言した俊介の言葉を思い出した。小林の心の中には「最悪の状態からは脱した」という思いが満ちているのだろう。だがその安堵感は、証拠品の流出や社内的立場のことだ。自分に対する小林の感情については計りしれない。貴子の脳裏に「葉山さんのことは恨んでいませんから」と言った小林の声が反響した。

俊介は煙草を揉み消し、残ったハイボールを呑み干した。

「それじゃ、おれはこのへんで失礼する。あとは若い二人で……って、お見合いじゃなかったな」

俊介が立ち上がると、小林は膝を正した。

「常識のあるオヤジならテーブルの上にさり気なく万札を置いて消えるところだが、おれは常識がないもんで……。ここは小林さんにおごってもらえ。元々、三十万円は出す気だったらしいからな。安いもんだろ」

高倉はすっかり暗くなった街を彷徨っていた。

総会でぶっ倒れたあと、管理人に抱えられ自宅に戻ったのは正午前だった。

「奥様ですか。理事長さんが総会の最中に気分が悪くなられたようで……」

鬼嫁は、子供がババ抜きでジョーカーを引いたときのような顔をすると機械的に礼を述べて玄関を閉めた。

「人間並みに具合が悪くなっただと。しばらく寝てりゃ治るんだろ」

高倉は北側通路に面した自室に入った。そこは牢獄のように冷たい。氷のような布団に潜り込んで目を閉じると、総会での出来事が順不同で蘇る。

「青天の霹靂」とはまさに今日のことだ。高倉は何度も寝返りを打ち、両手で残り少なくなった頭髪を掻きむしった。

「冷静になれ。冷静になるんだ」

高倉は何度も自分に言い聞かせた。混乱があまりにも激しかったので、頭の中を整理することが必要だ。

青天の霹靂となった要素は三点あった。

一点目は、あの葉山という男によって自分と管理会社の関係が白日の下にさらされてしまったこと。葉山の論述は的確であり、言い逃れることは不可能に近い。

葉山の目的は何なのだ。私を奈落の底に突き落とすために陰で動いていたのは確かだ。私があの男から恨みを買う何かをしたのだろうか。それにあの書類はどうやって手に入れたのだろう。総合管理サービスの中に協力者がいなければ不可能なはずだ。小林はシロだ。あの慌てようは演技でできるものではない。それに小林にとっても大きな痛手となるのだから。自分のまったく知らないところで、得体の知れない意思や力が動いていたことに底知れぬ恐怖を感じていた。

　二点目は、自分に対する小林の態度だった。小林は私をかばおうとはしなかった。これは同じサラリーマンとして理解できる。サラリーマンとは利益を追求する集団の中に存在する個体だ。企業は利益や保身のために容赦なく個体を切り捨てるものだし、個体にしても裏切りや無節操などは日常茶飯事なのだから。考えてみれば小林の判断はサラリーマンとして正解だった。私をかばったところで彼のためになるものは何もない。

　三点目は、高倉にとってもっとも大きくて深い謎となった。それは神山の登場である。総会に出席したということは、このマンションの区分所有者ということだ。

　あのソープランドに私を連れていったのは小林、それを暴いたのが葉山という男。そして神山の登場。これらの事実をどう結びつければよいのか、考えれば考えるほど混乱するばかりだった。さらに今後は「赤ちゃんプレー」についても暴露される可能性がある。

　今日の出来事はいずれ妻の耳に入る。いっそ離婚してくれたらどれだけ楽だろう。だが彼女はそんな甘い女ではない。すべての怒りや屈辱を私に向けてくるはずだ。これからその地獄の生活に耐え続けろというのか。

「終わった……」

何に対して何が終わったのか自分でも理解できなかったが、口から出てきたのはその言葉だった。自分が戦争後のＡ級戦犯になったような気がした。あとは処刑を待つだけだ。

どれくらいの時間が過ぎただろう。高倉が出した結論は「死」だった。彼は布団から起き上がるとタンスの奥から六万円を取り出した。定期預金をくすね、「松竹梅」で使用した残金である。自殺する方法も場所も決めていないのだから金は必要だ。それに、たとえ少額であったとしてもあんな妻に金を残したくはない。高倉はブルゾンを羽織ると、内ポケットに現金をねじ込んだ。

いつもの癖で掛け布団を整えてしまう。そんな自分がみじめに思えて布団を蹴散らした。

「自分はまだここに帰ってくるつもりでいるのか……。本当に死ぬ気があるのか……」

高倉は、ここで強い決意をする必要があると思った。絶対にここには戻れないという行動をとらなければならない。滅茶苦茶になった布団に唾を吐きかけると、股間から包茎の男根を取り出した。ここに小便をブチ撒けるのだ。尿意はあったが小便はなかなか出ない。深呼吸をして少しずつ力んでいくと、尿道に軽い快感を覚える。垂れるように流れ出た小便は勢いを増し、布団に染み込んでいった。アンモニアの臭気（しゅうき）が鼻腔（びこう）を刺激する。だれも見てはいないのに高倉は勝ち誇ったような顔をした。

午後四時を過ぎて、外は薄暗くなってきた。あてもなく歩いていた高倉は、もうさっきの行為を後悔していた。自分に帰る場所はない。そう思っただけで堪（たま）らなく寂しい気分になる。自分はなんと情けない男なのだろう。結局はあの鬼嫁に奴隷のように使われるのがお似合いなのだ。自殺をするにも度胸はいるのだから。

電柱の脇にゴミの集積場があり、ゴミ汁の中を一匹の大きなゴキブリが泳ぐように歩いていた。高倉は季節はずれのゴキブリを踏み殺そうと片足を上げたが思い留（とど）まった。ゴキブリは暗く汚いところが好きなのだ。そんなところでなければ生きていけないのだ。自分も同じだと思った。どれほどの侮辱（ぶじょく）を受けようとも、あの家で暮らしていく以外にないのだ。そんな生活がお似合いなのだ。高倉はゴキブリが羨（うらや）ましく思えた。たとえどんな場所だろうと自分の居場所があるのだから。

いざ死のうと決意しても、実際にどうすればよいのかわからなかった。ビルの階段を上り屋上から飛び降りればそれまでなのだが、そんな勇気もない。

自分の死は現実からの逃避のみでよいのか。妻や小林や、葉山という男、そして自分を馬鹿にした会社の連中に対する復讐も含めなければ意味がないはずだ。

高倉は北に向かって歩いた。あてなどは何もない。失恋した女性は日本海に行くというが、自殺にふさわしいのは北だと直感したのか。だがどうやって死ぬかは決められそうもなかった。この期に及んで楽な死に方を考えている。これが自分という人間なのだろう。

睡眠薬を大量に服用し、意識がもうろうとしたところで川に飛び込むのはどうか。この季節だ。すぐに心臓マヒを起こして楽に死ねる可能性は高い。

ところで睡眠薬というのは、薬局で誰にでも売ってくれるのだろうか。処方箋は必要ないのか。代用として頭痛薬を大量に服用しても同じ効果があるのか。そうだ、酒でもよいのだ。日本酒やウィスキーをラッパ飲みすれば意識などすぐになくなる。そのときに荒川にでも飛び込めばよい。だが……。高倉は自分の人生を振り返ってみた。

自分は今日までずっとこうやって生きてきたのだ。問題や苦難を真正面から受け止めようとせず、常に逃げてきた。土俵には上がらず不戦敗を続けてきた。

中学でイジメられていたときは泣き笑いをしながら土下座し、高校で不良にからまれたときには、自らポケットの小銭を差し出した。会社では馬鹿にされながら、だれにでもできる雑用を淡々とこなし、家庭では奴隷のような夫になった。終幕くらいは真正面から男として死にたい。これが私に残された最後のチャンスではないのか。男になりたい。高倉は拳を強く握りしめた。だが、自分がそんな人間ではないことも知り尽くしていた。最後まで死を恐れ、痛みを恐れ、ちっぽけな人生に未練を残し、後ろ髪を引かれながら女々しく死んでいく。もっとも後ろ髪を引いてくれる者など一人もいないのだが……。

前方から踏切の警報音が聞こえた。赤いランプが点滅し、遮断機が下りてくるのが確認できる。おそらく京成線の踏切だろう。線路上で仁王立ちになり、荒々しく走りくる電車を迎え撃つことができるのか。

高倉は戦前に「拳聖」と称された伝説的なボクサー、ピストン堀口のことを思い出した。実際に見たこともなければ顔も知らない。ボクシングが好きだった父親は酔うとピストン堀口の話をした。デビューから引き分けをはさんで四十七連勝という驚異的な記録を残したが、戦争の混乱の中、世界チャンピオンになる夢は果たせなかった。引退後に、列車にはねられて死んだのは有名で、泥酔していたという話だが、父は「ピストンは列車に戦いを挑んだのだ」と信じていた。自分も最後に伝説を残してヤツらを見返してやりたい。

自分が死んだ後、電車の運転士はこう証言する。

「その男は線路の上で両手を広げ、まるで電車を受け止めるかのように立っていました。私は彼の鋭い視線を感じました。少しも死を恐れてはいない荒鷲のような目でした」

それを聞いたヤツらは、多少なりとも自分を見直すだろうか。踏切に着くと電車はとうに通り過ぎ、再び静かな宵（よい）を迎えていた。高倉は踏切内の線路を眺めていた。

次の警報機が鳴ったら線路に立つのだと自分を促（うなが）した。大丈夫だ。ただ目をつぶって立っていればよいのだ。絶対に即死する。痛さを感じるなんてほんの一秒だ。そう思いながらも心の底では警報機が鳴らないことを願っていた。

高倉は数分後の自分の姿を想像する。車輪によって切断された首や手足。散乱する脳ミソや内臓。遺体の残骸はだれが片付けるのだろうか。きっと会社の中で自分のような存在の男に押しつけられるのだ。その男には申し訳ないと思う。

妻は私の自殺によって被（こうむ）った損害を請求されるのか。その額はどれほどになるのだろう。ざまあみろ。罰（ばち）が当たったのだ。請求書を手にしたとき、あの女はどんな顔をするのか。成仏（じょうぶつ）する前にその表情だけは見ておきたい。

この踏切は心霊スポットになるのだ。運転士は夜な夜な（よなよな）線路の上に立つ亡霊に悩まされ、この時間に踏切を渡るとむせび泣く声が聞こえ、遮断機は何度も謎の故障をする。

高倉の頭には支離滅裂（しりめつれつ）な思いが四コマ漫画のように駆（か）け巡（めぐ）っていた。

警報機が鳴った。

高倉はその音に驚いて半歩後ろに下がった。踏切の間近で聞く警報音はけたたましく、赤い警報灯の点滅は、目を開けていられないほどの強烈な光を放った。高倉は必死に何かを考えようとした。今、線路上に立たなくてもよくなる何かを……。

そ、そうだ。遺書は書かなくてもよいのか。自分がどれほどの苦痛や屈辱の果てに死を選択したのか、世間の人々に知らしめる必要があるはずだ。遺書に実名を挙げれば、それは少なからず復讐になる。仮にも一人の人間が命を絶つのだ。その精神的なダメージは計りしれない。心の傷は一生消えないだろう。せいぜい苦しむがいい……。

だが本当にそうだろうか。負け犬と冷笑され、死さえも侮辱されるかもしれない。そうだ。そうに違いない。世間の連中にとって自分の死など何の意味もないのだ。

右手から轟音（ごうおん）が聞こえてきた。地面が振動し、電車が迫ってくる。高倉は恐ろしくて電車を見ることができずに目を閉じた。轟音は近づき、全身に強い風を感じた。電車までの距離は三メートルほどで、鼓膜（こまく）には車輪が通過する音と、警報音が入り混じって反響し、赤い点滅は瞼（まぶた）を通して視覚を刺激する。薄目を開くと、線路の上を車輪が荒波のように走り抜けていた。自分はこの凄（すさ）まじい勢いの電車によって粉々にされるのだ。背中には冷たい汗が流れ、膝は震えだした。

電車が通り過ぎ遮断機が上がると、再び静寂の世界を迎える。とにかくこの場から逃げ去りたい。踏切など二度と見たくない。しかし震える高倉の足はまったく動かなかった。

どれくらいの時間が経っただろうか。右足を前にずらしてみた。そして左足も。高倉はペンギンのようにゆっくりと踏切を渡った。そして線路上で立ち止まる。先程、電車が通過していった方を見ると、線路は緩やかにカーブしていた。次はこちらから電車が来るはずだ。高倉の脳裏には数分前の視覚や聴覚が蘇る。また脚が震えだし、高倉は線路の上にへたり込んだ。そのとき、警報機が鳴った。高倉は絶叫し、這(は)うようにして踏切内から逃げ出した。

「当然、怒ってますよね。私に……」

貴子は視線を落として言った。小林には、正面から見つめられるよりも真摯な言葉に思えた。

「ごめんなさい。本当に」

「鳴海さんって呼んでもいいですか。ぼくにとって、あなたはやっぱり鳴海さんなんで」

貴子はいたずらっぽく首をかしげた。

「嬉しかったです。ぼくは幸せでした」

以前と何も変わっていない。なぜだか安心して素直な気持ちで話すことができる。自分と相性がよいのか、持って生まれた彼女の本質なのだろうか。この店の引き戸を開け、貴子に会うまで抱えていた不安は完全に消えていた。もちろんそれは葉山と話し、これ以上脅されることはないと確信できたことと無関係ではない。

「写真を撮られて高倉理事長の失脚に協力したことと、鳴海さんのことはまったく別の問題です。さっきも言いましたけど、葉山さんにはいい勉強をさせてもらったと感謝してるんですよ。世の中には落とし穴がたくさんあるって教えてくれましたから。知っていたからって防げるもんじゃないけど、経験したってことは大きいです。まあ、こうやって相手も判明し、もう脅される可能性が低くなったから言えることですけどね」

「それは安心してください。私が保証します。葉山さんを信じてください。目的のために小林さんを利用したのは事実です。葉山さんは、小林さんの社内での立場や、精神的なフォローのことをいつも口にしていました。あの証拠品は間違いなく処分されます。もしだれかの手に渡るようなことがあったら、葉山さんを殺して私も死にます。って、ちょっとオーバーですけど……」

小林は笑った。それは安堵感から生じたものなのか、こうして貴子と同じ空間で時を過ごしていることから生じたものなのか、自分でもわからなかった。

「ずいぶん信頼しているんですね、葉山さんのこと。葉山さんとは……、答えたくなければいいですが、葉山さんとはどんな関係なんですか。お二人とも『ルネッサGL』に住んでおられるようですが。確か、二階と六階でしたよね」

貴子は空になった小皿を重ねてテーブルの隅に置き、おしぼりでテーブルの上を拭いた。

「うーん、どんな関係と言われてもねえ……。言ってみれば私の主治医なのかなあ。精神科の……」

「えっ、葉山さんは医者なんですか」

貴子は吹き出しそうになり、左手で口元をおさえた。

「まさかー。あんなふざけたお医者さんがいるわけないでしょ。でも本物の医者よりも治療効果はあるかもね……。私と葉山さんは男女の仲じゃありません。相手にされなかったと言ったほうが正しいかもしれないけど」

「そういう意味で聞いたのではありません。まあ、そういう意味もありましたけど。今回の目的は高倉理事長の失脚だったかもしれませんが、なぜ葉山さんが……。それにどうして鳴海さんが協力していたのか見当もつきません」

「もう済んだことですから。私が知りたいのは小林さんのこと。さっき、嬉しかった、幸せだったたって言ったでしょう。あれはどういう意味ですか」

「それは、ドキドキ、ワクワク、ソワソワってことです」

「何それ。なんだか連想ゲームみたい」

「会社に入って今年でちょうど十年です。いつのころからかなあ、ドキドキ、ワクワク、ソワソワしなくなったのは……。陳腐な表現ですけど、満員電車に揺られ、会社では業務と時間に追われる日々、家庭に安らぎでもあればいいのですが、それさえありません。まるで自分が機械になったようです。毎日同じ電車に乗り、与えられた仕事をこなし、指定された日に給料が振り込まれる。たまに酒を呑んだり、ちょっとした趣味があるなんていうのはグリースを注すようなものです。機械としてのメンテナンスをしたり、性能を維持するだけで、機械であることに変わりはないんです。まあ、十年も経つとそんなことさえ考えなくなってしまうわけですが……」

貴子は瞳を動かさずに黙って聞いている。

「青春って言葉が、どうして美しく、懐かしく、清らかに感じるのかがよく理解できました。ドキドキ、ワクワク、ソワソワの連発だったからです。ぼくは鳴海さんと初めて会った書店であなたを待っていました。書店に入ったときからずっとドキ

ドキしていました。あんな気持ちになったのは本当に久しぶりのことです。そして
あなたに会う前のワクワク感。もちろん私は、まんまとあなた方の術中にはまった
わけですから馬鹿な男ですけど。それでもいいんです。錦糸町のホテルに行った
後、あなたに会いたくて会いたくて仕方なかった。毎日、胸を掻きむしって耐えま
した。怒りでも、欲望でも、未練でもない。切なさってやつです。そのときに思い
ました。おれは機械じゃないんだ、人間なんだってね……。そんな自分を実感でき
たことが嬉しかったんです。あなたのおかげです」

丸めたおしぼりを握りしめていた貴子は、それを広げて畳みだした。なんとなく
手持無沙汰なのだろう。

「わかるなあ……。私なんか機械以下だったから……。実はね、私も葉山さんに救
われたの」

「へえー、興味あるなあ……。どんなふうに救われたのかな」

「うーん……」

貴子の頭の中で何かが目まぐるしく動いているようだ。

「やっぱり秘密。話したらご利益が減ってしまいそうだから。私って欲張りなの。
せっかく心の中に秘めた宝物をだれかに分けたら損でしょ。独り占めしたいの」

彼女は今、そのときのことを思い出している。小林の胸には小さな嫉妬心が芽生

えた。やっぱり彼女は葉山に惚れているのかもしれない。

ところで、自分はここで彼女と何をしているのだろうか。世間話をしている場合ではないはずだ。錦糸町のホテル以後、宙ぶらりんになった二人の関係をどうやってまとめればよいのだ。「お元気で、お幸せに……」などと陳腐なセリフを残して別れればよいのか。

店の中は忙しく騒がしかったが、二人の間だけに時が止まったような静寂が続いた。

「ねえ、葉山さんはどうして小林さんを呼んだのかしらね」

「それは、脅されていたぼくを気遣ってくれて……」

「そうじゃなくて……。どうして私と小林さんを二人にしたかってことよ」

小林は言葉に詰まった。貴子を好きな気持ちに偽りはなかった。だが自分の素姓も知れた今、何を話せばよいのか混乱するばかりだった。

「ちゃんと決着をつけろってことだと思うの。私に対しても、あなたに対しても……。私が小林さんを騙したのは事実だわ。でも、ホテルで小林さんに抱かれるつもりだったのも事実。あんな結果になっちゃったけど」

「鳴海さんはぼくを騙すのが目的だったんでしょう。なのにどうして……」

「最初は悪ノリだったの。高倉理事長と小林さんはすっかり敵役になってたし」

貴子はグラスに少し残っていたハイボールを呑み干した。

「ねえ、行きましょうよ」

「行くって、どこへ？」

「あのホテルへ」

「えっ……」

小林は息を止めた。

「ずっと私なりの決着のつけ方を考えていたんだけど、この方法しかないの。私は今夜、小林さんに抱かれる。それで二人の関係はおしまい。さっぱりしてるでしょ」

貴子は小林の返事を待たずに席を立った。

11　一命落とし　一分が立つ

「いにしえの……、いにしえの……、いにしえの……」

高倉はトボトボと歩きながら辞世の句を考えていた。コンビニで買ったメモ帳にはすでに二つの句が書かれている。

「死にたいが　死ぬに死ねない　私です　死ぬより怖い　踏切の音」

「覚えてろ　おれが死んだら　化けて出る　後悔しても　許さないから」

読んだ人を爆笑させるための作品ではない。高倉は辞世の句作りに没頭していた。実際に自殺することを忘れるためには、他のことを考えるしかないのだ。

「いにしえの……」は言葉の響きがよいと気に入ったが、意味が定かではない。おそらく「過ぎ去った」という意味だろう。問題は「いにしえの……」からどうやって辞世の句を成立させるかだ。辞世の句は重要だ。センスと教養を問われることになる。手帳に書かれた句では、教養どころか知能さえ問われかねないが、まともな判断ができる状態ではなかった。

高倉が知っている辞世の句は二つしかなかった。一つは日本でもっとも有名な浅野長矩の「風さそふ　花よりもなほ　我はまた　春の名残を　いかにとやせん」。一番好きな辞世の句は石川五右衛門の「石川や　浜の真砂は　つきるとも　世に盗人の　種はつきまじ」だった。五右衛門の粋狂ぶりと意地が伝わってくる名句ではないか。高倉は駄作二句のページを引きちぎり、それを乱暴に丸めると後方に投げ捨てた。

恐怖の踏切から三十分は歩いただろうか。高倉は小さな公園のベンチに腰を下ろした。

「高倉や……、高倉や……」

石川五右衛門の句を盗むことにした。大盗賊から盗むのだから罪にはならないだろう。手帳に様々な言葉を書き込んでいたが、やがて力強い文字で一つの句を書き込んだ。

「高倉や　御殿屋敷は　建てねども　一命落とし　一分が立つ」

財を成すこともない小市民的な人生だったが、最後は潔く命を絶って面目が立つという気持ちをこめたのだ。高倉はこの辞世の句を何度も読み返した。

「一命落とし　一分が立つ……」

句の最後を口にしていると、気持ちが落ち着いてきた。やはり面目を保つためには死ぬしかないだろう。生き恥をさらすくらいなら死ぬべきなのだ。高倉は再び歩きだした。

「一命落とし　一分が立つ」

繰り返し呟きながら歩いた。腹が据わってきたような気がする。道は荒川の土手にぶつかった。階段を上るとすぐ下には綾瀬川が流れている。その向こうには草野球のグラウンドが広がり、さらにその向こうには荒川が雄大な姿を見せていた。

右手には橋が架かっており、鉄柱には平仮名で「きねがわばし」と書かれている。荒川にこんな橋があったとは知らなかった。車はそれなりに通行していたが、狭い歩道に人の姿はまったくない。高倉は橋を歩き、荒川の真ん中に立つと、欄干から顔を出して下を覗いた。思ったより水量が多く、流れも速い。水面が波立ってところどころが白く見える。先日降った雪の雪解け水が流れ込んでいるからだろう。川下を見ると、左側には川と並行して首都高速が走っている。川面には橋の電灯が反射してキラキラしており、高速道路の電灯は遠くなるにつれて直線になり美しい。

人生最後になるかもしれないこの景色を、無心で眺めていたが、思い立ったように手帳を取り出した。

「荒川の　藻屑と消えし　我なれど　大海に出で　この身晴れるぞ」

ゆっくりと記して手帳を閉じた。ここから飛び込めば亡骸は東京湾へと流れ出る。太平洋まで達することはないだろうが、こんなみみっちい世界とはおさらばして大海原を悠然と気ままに漂うのだ。

高倉は子供のころから水泳が苦手で、五メートル泳ぐのがやっとだった。水を飲み息絶えるのは苦しいだろうが、これからの人生の苦しみと比べれば楽なものだ。このチャンスを逃してはいけないと思った。自分は今、人生で最大の決意をしようとしている。思考の周期性によってはまたおじけづくはずだ。靴を脱ぐと右足には手帳をねじ込み、左足には眼鏡を入れた。財布は持っていくことにしよう。三途の川の渡し賃が必要だ。地獄の沙汰も金次第とはこのことだと苦笑いした。

両手で橋の欄干をつかむと、氷のように冷たい。左足でつま先立ちになり、右足のかかとを欄干にかけた。もう何も考えまい。ただ川に落ちるだけだ。両腕と右足に力を入れると左足も宙に浮いた。このまま上半身に体重をかければよい。さらば、おれのちっぽけな人生……。高倉は目を閉じた。

「やめろー」

だれかが高倉の下半身にタックルをして、二人の男は歩道に転がった。

「イテテ……、だ、だれだ、お前は」

電灯の青白い光が横顔に反射している。その男はゆっくりとこちらを向いた。

「あ、あんたは……」

男は理事の佐々木だった。


貴子と小林は錦糸町のラブホテル、「キャビン」に入った。貴子は同じ部屋を選んだ。ベッドに腰を下ろすとなぜか懐かしく感じる。たった二か月前のことなのに……。小林も同じことを感じたようだ。

「何も変わっていない。このベッドもソファーも。それに比べて人間ってやつは……」

「変わるから面白いんでしょ。明日の自分がわかったら生きている意味なんかないわ。たとえそれが幸せであっても、不幸であっても……。お風呂にお湯を入れてくるね」

貴子は浴室で、お湯がバスタブに落ちていくのを眺めていた。自分の選択は正しいのだろうか。ここで小林に抱かれれば自分の気持ちは収まるかもしれない。だが小林はどうだろう。新しいスタートが切れるのだろうか。葉山の顔が浮かんだ。

「やってみればわかるさ」

彼ならこう言うだろう。結論は予想や想像からは生まれない。実行から生まれるものなのだ。

さらに……。自分がソープ嬢であること、そして高倉理事長との関係、その高倉との橋渡しをしたのが小林だと告げるべきなのだろうか。弾(はじ)けるお湯の音は、低い深みのある音に変わっていた。

部屋に戻ると、小林は備え付けの部屋着に着替えていた。貴子はまたベッドに腰かけた。

「先にお風呂に入って」

立ち上がった小林は風呂へは向かわず、貴子をベッドに押し倒すと、荒々しく唇を重ねてきた。その濃厚なキスを受け入れた貴子だが、息苦しくなり唇を離した。

「ど、どうしたの、いきなり」

小林は何も答えず、乱暴に服を剝ぎ取っていく。貴子は抵抗しなかった。小林は貴子を丸裸にすると、自らも全裸になり、覆いかぶさると乳房を揉みしだき、乳首を吸った。貴子は胸の上で小林の頭を両手で抱きしめた。

「好きなようにしていいのよ。あなたの好きなように……」

たぶん小林は自分の中に潜む何かと闘っている。それが何かはわからない。己の弱い心か。貴子に対する未練なのか。もしかしたら自分の存在自体かもしれない。闘う男は美しいと思えた。ソープ嬢としては体験したことのない快感が貴子の全身を支配しだしていた。それは小林が貴子の中に入ってきたときに証明された。脳天を突き抜けるような電流が走ったのだ。

「すごい。すごいよ、小林さん。あなたは強い男になれる。絶対になれる……」

貴子は小林の背中にしがみついた。

高倉と佐々木はうらぶれた居酒屋にいた。二人の他に客はいない。無愛想な初老の店主はカウンターの中でテレビを見ている。まるで客が来るのを拒んでいるような店の奥は、今の二人にお似合いだ。高倉の冷えた身体の中に流しこまれた熱い日本酒は、どんな暖房よりも効果があった。こんなに酒がうまいと思ったことはない。もしあそこで死んでいたなら、この酒を味わうことはできなかったのだ。

　あの後、高倉は佐々木に連行されるようにして橋を渡った。少し歩いたところに赤ちょうちんの灯が見えた。

「どういうことだ。説明してくれ」

　佐々木は高倉と視線を合わせようとせず、猪口（ちょこ）を口に運んでいた。

「なぜ、あそこにいた。どうして私を助けた。私だとわかっていて助けたのか」

　佐々木はゆっくりと視線を上げた。

「おれはあんたを殺そうとしていた」

「な、なんだと」

「そんなに驚くことはない。どうせ死ぬつもりだったんだろう？」

　確かにこの男の言う通りだ。自分にはもう驚くことなどないはずだ。

「理由を言え、理由を。人を殺そうと思うにはそれなりの理由があるだろ」

　佐々木の唇の端（はし）が少し歪（ゆが）んだ。

「気に入らなかったからだよ」

「全戸に配布した文書が原因か」

「違うよ。目だよ、あんたの目。殺したくなる目だ」

　淡々とした口調で語る佐々木という男に恐ろしさを感じた。まるで心の中が読めない。

「狂ってる。君は狂ってるよ」

佐々木はニワトリのような甲高い声で笑った。それがまた不気味だ。

「カッカッカッ。そうかもな。狂ってるよな」

一時間前までの自分だったら、この男とどのように接していただろうか。逃げだしたのか。命乞いをしたのか。だが今の自分は違う。なぜかこの男に対する興味がわいてきた。

「まさか、自分の手で殺すために、私を助けたというのか。そりゃご苦労なこった」

佐々木は日本酒をすするように呑んだ。

「何か月か前、上からレンガが落ちてこなかったか」

「えっ、あれは、君の仕業だったのか」

「そうだよ。惜しかったなあ。あと三十センチで命中したのになあ……」

高倉は唖然として佐々木を見つめていたが、腹の底から笑いがこみ上げてきた。

「フッフッフ、アッハッハ。君だったのか……。そりゃ本当に残念だったなあ。当たっていればこんな苦労をせずに済んだものを。アッハッハ。こりゃ傑作だ。ハッハッハ」

高倉は涙をぬぐって腹を押さえた。

「あんたを殺そうと思ってね、何度かつけ狙ったんだよ。でもなかなか機会がなくてねえ。今日、あんたがマンションを出ていくのを見て、つけてたんだよ。踏切はチャンスだったのになあ……。でも何か様子が違った。まさか自殺しようとしてたとはねえ」

高倉は店主に日本酒を追加した。

「実に面白い話だ。生きていればこそだな」

「踏切であんたが這(は)いつくばったとき、赤い灯に照らされたあんたの目を見た。あの目じゃなかったんだよなあ、これが……。それであんたに対する殺意は消えた。それからなんとなくあんたの後をつけた。助けるつもりなんてなかったんだけどなあ。まあ、自然に身体が動いたってことだ」

高倉はこの男に親しみを感じだしていた。自分を殺そうとしていた男に助けられた。今の高倉にとっては「殺される」ことは助けとなり、「助けられる」ことは邪魔されたことになる。極めて複雑な関係だ。

「面倒だな。君のせいで、また死ななければならない……。まあ、呑んでくれ。ここは私の奢(おご)りだ」

佐々木は猪口を持ち上げて高倉の酒を受けた。

「どうする。おれを訴えるか。立派な殺人未遂だからな」

　高倉は余裕の笑いを見せた。

「もうそんなことはどうでもいい。それより『目』の話をしてくれないか。冥土の土産話になりそうだ」

　佐々木は相手の「目」によって自分の意思や行動が制御できなくなることや、過去に起こした事件について語りだした。高倉はそれを黙って聞いた。なぜこの男は自分にこんな話を告白するのだろう。相手はもうすぐ自殺すると確信しているからか。

「ふーん……。その目ってやつは、君だけにわかる心の扉なんだろうな。確かに気に入らない奴はいるものだ。理由なんてない。そいつの声、仕種、臭い、指の動きまでもが虫唾が走るほど癇に障る。それを君は目で判断するわけか。なんとなくわかるよ。実際に私はそんな目をしてたんだろうよ」

「実はね……」

　佐々木は少し声のトーンを落とした。

「一昨日、人を殺した」

「ほー、やるじゃないか」

　自分の口から出た言葉に驚いた。腰を抜かすほど衝撃的な告白であるのに……。

「事の成り行きを聞かせてくれよ」

「成り行きってほどの話じゃない。電車に乗ってたら学生風の男が携帯電話で喋りだしてね。中年のオヤジがそいつに怒鳴ったわけ。そいつの目的は学生を注意することじゃない。自分の正義を世間に見せつけるためのものだった。酒が入っていたこともあるのだろうが、説教とはいえない罵倒(ばとう)は長く続いた。倒れて降参している相手を踏みつけるような光景だった」

「その中年男の目が……」

「そうだ。おれは自分の気持ちがコントロールできなくなった。拳(こぶし)に力が入り、そして震えだした。もうこうなると止められない」

佐々木はそのときの状況を思い出し興奮したのか、酒を一気にあおった。

「男は次の駅で降りた。肩で風切ってな。おれはその後をつけることにした。殺意が芽生えたからだ。ホームの防犯カメラをチェックし、リバーシブルのブルゾンを反対に着た。帽子を深くかぶり、うつむき加減に歩いた」

「ワクワクしてくるじゃないか。それからどうした」

高倉は少し身を前にのり出した。

「本降りの雨だったので、尾行するのは簡単だったな。傘で顔も隠せたし。そいつは駅前の繁華街を抜けると住宅街の方に向かった」

「ちょっと待て。時間は何時だ」

「午後十一時近かったかな。男は公園に入っていった。自宅への近道なんだろう。男の携帯電話が鳴った。口調から判断すると、あれは愛人か、クラブのママだな。歩きながら話していた男は長く急な階段の上で立ち止まった。込み入った話になったようだ。チャンスだと判断したおれは状況を確認した」

佐々木は喉の渇きを覚えたようで、日本酒を舐めた。高倉は食い入るように佐々木を見つめている。

「ヤツを階段から突き落とした場合。雨の公園に人影はない。地面は石畳みで足跡は残りづらい。おまけにこの雨だ。酔っていて、足を滑らせたと判断される可能性も高くなる。それに電話の相手だ。警察は携帯の通話記録からすぐ相手を割り出すはずだ。相手は『話している最中に突然、何かが起こったようで……』と証言するだろう。会話中にトラブルがあったと感じることはないはずだ。ま、運良くヤツが死んでくれればの話だけどな」

「死ななかったらどうする」

「さあな。そのときはそのときだ」

「恐ろしく度胸の据わった男だな。それに冷静だ」

「おれとヤツには何の接点もないし、殺す動機もない。おまけに物盗りでもない。

死ななかったとしても、おれにたどり着くことはできない」

「突き落とした後の男を確認しなかったのか」

「したよ。階段の下でうつ伏せになって動かなかったが、長居は無用だからな」

「ニュースや新聞で確認しなかったのか」

「ああ。結果はどうでもいい。おれの中では死んだことになっているからね」

「どんな気持ちがしたのか教えてくれ。その男を突き落としたときだよ」

「おれね……、そのとき射精してた。的確な表現なんてできないなあ。震えるような快感としか言えないよなあ。あの目をしている男がこの世から一人消えたんだからさ」


佐々木は恍惚（こうこつ）の表情を見せた。確かにこいつは狂っている。だが高倉にはこの男が羨ましいと思えたのだ。

「なぜ私にそんな話をしたんだ。私のことが嫌いだったんだろう。信用して打ち明けたとも思えんがね」

「あんたが死のうとしてたからだよ」

「死ぬのはやめるかもしれないぞ。警察にだって言うかもしれない」

「言いたければ言えばいいさ。それより、知りたいんだよなあ、あんたが死のうとした理由を。人の秘密を聞くには、まず自分の秘密を話すのが礼儀ってもんだろ。

どうして目が変化したのか知りたいんだよ」

「アッハッハ。君は目フェチだからな。話してもいいが、君の話ほど面白くはないぞ。聞くも無残、語るも悲惨な人情噺だ。ハッハッハ」

高倉は今日の総会で起こった悪夢や、家庭や会社での自分の存在などをしみじみと語った。神山との性癖については告白しなかった。あれは自殺の原因ではなく、生きる望みだったのだから。佐々木は話を聞き終えてからも、しばらくは黙って酒を呑んでいた。

「おい、何か言ったらどうなんだ。慰めてくれとは言わんがね」

佐々木は下から舐めるように視線を合わせた。

「負け犬だな、あんた」

「そう言われると思ったよ。反論はできんがね」

「その葉山って男と、あの二人の理事はグルじゃないのか。もしそうだとしたら立派じゃないか。見事に恨みを晴らしたんだから。しかし恐ろしく手の込んだことをやりやがったなあ。完全にあんたの負けだ。だがな、勝ち負けって、どの時点で決まるんだ？　あの文書を配布されたとき、彼らは負けたと思ったはずだ。しかし彼らは負け犬じゃなかった。おれも負け犬じゃないよ。あんたを殺そうとしてたんだからな」

「何が言いたい……」

「オツムの方も犬並みらしいな。闘いを諦めた瞬間に負け犬になるんだよ。あんたもやってやれよ。卑怯だろうが、法律に違反してようが、そんなの関係ねえんだよ。ギャフンと言わせてやれよ。その後に死ねばいいだろ。そのとき、あんたは負け犬じゃなくなる」

高倉は佐々木の話を頭の中で何度も反芻した。方法はともかくとして、復讐が達成できれば自分も射精するほどの快感を味わうことができるかもしれない。

「あんた、本当にこのまま死ぬ気があるのか」

高倉は全身が不完全燃焼になったような気がした。燃焼しきれない恨みや惨めさを抱えながら燃え尽きようとしている。自分が死んだ後、その思いは風の中を彷徨い続けるのだろうか。それで成仏できるのか。恨みを晴らさずに我慢して死ねば天国にでも行ける気でいるのか。死んでからの保身まで考えている自分に嫌気がさしてきた。

「その目をしたヤツに天誅を下すとき、君は何を考えているんだ。抑えきれぬ衝動か。天から与えられた使命感か」

「さあな……。おれは病気だからな。そいつらを処分しなければ、おれが生きていけないからさ。ヤツらが死ぬことがおれにとって最良の薬になる。おれのことはどうでもいいんだよ。あんたのことを聞いている。あんたが恨みを晴らしたいヤツはだれだ」

「あのブタ野郎だ。決まってるだろ、女房だよ。真っ先に殺してやりたいね。何度も思ったよ。八つ裂きにしてやりたいって。でも、あいつを殺したら子供はどうなる。私だって刑務所行きだ」

「そりゃ、あんたがその後も生きていく場合だろ。死んじまえばそんな心配することはない。それからもっと選択肢を広げろよ。復讐っていうのは、相手を殺すだけじゃない。精神的に大きなダメージを与えることも立派な復讐だ。ある意味、殺されることより辛いかもしれないぜ」

「君は前にも何人か殺そうとして、それを実行したと言ったな。リスクは考えないのか。捕まったときのことや家族のこと……。正常な人間だったらリスクを考えて思い留まるはずだ」

「おれにも女房はいるよ。彼女はおれの真の姿は知らない。ごく平凡な亭主だと思っているはずだ。おれの本当の姿を知ったら泣き叫ぶだろうな。夫が殺人犯だなんてな……。でも、だからどうだっていうんだ。そもそも人間には二面性ってもんがあるんだ。善人面(づら)して賄賂(わいろ)を無心する政治家。仕事一筋みたいな顔して裏では浮気をしてる亭主。風俗店で小遣い稼ぎをしてる主婦なんかそこいら中にいるだろう。

おれと同じじゃないか。罪が重いか軽いかだけのことで、相手を騙していることに変わりはない」

高倉は何も答えることができなかった。だが自分の中にある導火線に火が点いたような気がした。

「さっきリスクと言ったな。それがあんたの人生だったんだろう。これをやったらこうされる、これを言ったらこう思われる……。つまり何もできないんだよ。おれが考えるのは二つだけだ。自分の満足感と相手に与えるダメージ。それだけだ」

導火線を走る火は爆弾に向かってジリジリと燃え続けているようだった。

「あんた、本当に死ぬ気だったのか。橋の欄干（らんかん）に足をかけたのはポーズだったんじゃないのか」

高倉は薄汚れたテーブルを拳で叩いた。

「それは違う。私は本当に死ぬつもりだった。本当だ」

「その気持ちは今でも変わらないか」

「もちろんだ。だが君と話していて、少し風向きが変わってきた。私を馬鹿にしたヤツらに復讐したくなってきたよ。いや、復讐しなければならないんだ。私と同じダメージを受けるのが平等ってもんだろう」

「なのに何をためらっている」

「ためらっていない」

「ならばすぐにやれよ。脚本はおれが書いてやろうか」

　爆発はすぐそこまできていた。


　貴子は小林の腕枕の中にいた。荒かった息はだいぶ落ち着いてきた。何度も激しく小林に抱かれ、その度に絶頂に達した。今でも下腹部が周期的にピクリと痙攣する。貴子がセックスでオルガスムスに達したのは初めてのことで、肉体はその余韻に酔っていた。

　貴子は小林の腕に頬ずりしながら囁いた。

「ねえ、大丈夫？」

「大丈夫って、何が」

「これからのことよ。ちゃんと生きていけるわね」

　小林は鏡張りになっている天井を見つめていた。

「そのつもりです……」

　貴子は寝返りを打って小林に背を向けた。

「最初の目的はあなたを騙して写真を撮るだけだったの。ホテルの前から逃げ出すことも可能だったし……、あなたに深入りする必要はなかったのよね」

「しかし随分と手の込んだことをしたもんだ。あれじゃ、だれでも騙される」

「なんか楽しそうだったのよ。葉山さんたちが……。いい大人が公園で真面目に缶ケリとかやってるみたい。すごく羨ましくて仲間に入りたくなっちゃった……。いけない、あの人たちのことを話しちゃいけなかったのよね」

「いいんですよ、だいたいわかりますから。おそらく理事の麻丘さんと、南さんも仲間ですよね。まだ他にいるかもしれないけど……」

「その件に関してはノーコメントだから」

「今の鳴海さんの話を聞いて一つだけわかった。ぼくの担当している他のマンションでもクーデターは起こるんです。管理会社に対して、理事長に対して、それはいろいろだけど……。でもね、ほとんどが目的を達成されずに消滅する。マンションのような核家族の集合体が一枚岩になることは極めて難しい。団結なんてもんは上辺だけで、少しでも利害が絡んだり、人間関係がこじれればすぐに崩壊する。まあ、そこが管理会社の狙い目だったりするわけですが。でもわかりましたよ、葉山さんたちのパワーの源が。遊び心だったわけですね。楽しく遊んでたんじゃ崩壊しようがないもんな……」

　小林はまだ天井を見続けていた。

「なんで私があなたから逃げなかったかわかるかな。最初にこのホテルに入ったときだって抱かれるつもりだったのよ」

「ぼくを騙した罪悪感からですか」

「それも少しはあったけど……」

貴子は再び寝返りを打って小林の方を向いた。

「あなたが私に救いを求めていたからよ。あなたは何かから逃げようとしていた。私は不安で行き場のない気持ちから、私という媒介を使って逃れようとしていた。それに気づいたの」

小林の瞳は動かなかった。

「私って母性本能が強いのよね。母性本能って守るだけじゃないのよ。喧嘩で負けて帰ってきた子供に『情けないわね。尻尾を巻いて逃げてきたの。やり返してきなさい』って叱咤するのも母性本能でしょ。あなたには闘う男になってほしかった。もちろん私がどうにかできる問題じゃないけど……」

「ぼくは理想と現実の違いに対処できなかった。自分が求めていた理想の夫婦、家族のビジョン。それが叶わないと知ったとき逃げ道だけを探していた。それが仕事だったり、鳴海さんだったり……。それが何の解決にもならないってことは承知してたんだけど」

「あなたはその通りの顔をしていたわ」

「すべてお見通しだったわけか……」

「私も小林さんと同じだったから。ううん、何倍も酷かった」

「それを葉山さんが治療してくれたんだね」

「そう。でも親切丁寧なアドバイスなんて何もないの。彼はチャンスをくれただけ。どうするかは自分で決めなきゃ意味のないことだから」

「それに対応できる鳴海さんはすごいなあ」

「葉山さんだけには打ち明けたの。あなたに対する思いを……。写真を撮りにホテルに行ったとき、小林さんに抱かれるつもりだって」

「葉山さんの返答は？」

「お前の好きにすればいいさって」

「あの人らしいな。つまり葉山さんは君に対して、逃げずに自分で何とかしろって教えたわけか……」

「そういうこと。だから今度は私があなたに教えるの。今日、あなたは私から逃げなかった。すごかったわ。こんなに感じたのは初めて。小林さんて男なんだなあって、実感したもん」

小林は貴子の方に向き直った。

「この数か月の出来事は、ぼくにとって大きな意味を持つと思う。数年後には、あれがきっかけでおれは生まれ変わったたって思えるような気がするよ」

「どん底のときって、いろんな表現ができるよね。人生は地獄で、結婚は墓場、会社員なんて奴隷……。でもそれは、その苦しみに直面した人が悲壮感に酔って命名しただけなのよ。人生は遊園地、結婚はお化け屋敷、サラリーマンはピエロ……。遊んじゃえばいいのよ。葉山さんや私が住んでいるマンションだって立派な遊園地だわ。私たちは水しぶきが上がるジェットコースターに乗って楽しんでるの」

もし今日を限りに小林と会わないなら、貴子が話せるのはここまでだ。貴子の職業や高倉との関係を知れば、小林の心は折れるかもしれない。それは得策ではない。人間には知らない方が幸せなことが多い。

「遊園地か……。確かに人生はテーマパークなのかもしれないな。予期せぬ出来事が次々に起こる。それを真正面から受けて苦しむか、斜に構えて楽しむかはその人の度量だからな。それがよくわかりました」

小林はまた仰向けになって天井を見つめた。鏡には白い掛け布団から出た二つの頭が映っている。

「ねえ、あの歌がまた聞きたくなったわ」

「やめましょう、あんな女々しい歌は。それより……」

小林は一度言葉を呑み込んだ。

「それより、最後にもう一度抱いてもいいかな。鳴海さんとセックスをすると、自分が強い男になったような気がする。脳裏に焼き付けておきたいんだ。挫けそうになったときのお守りにするから……」

「いいわよ。私もそうするわ」

小林のカバンの中から携帯電話の振動音が聞こえた。

「ねえ、電話みたいよ。出なくていいの?」

「今、鳴海さんを抱くより大切なことなんかない」

小林は貴子を引き寄せると、さっきとは打って変わって優しく唇を重ねた。携帯電話の振動音はまだ続いている。貴子は小林の胸を押すようにして唇を離した。

「集中できないわ。電話に出たら」

小林はカバンから携帯電話を取り出すと、全裸のままソファーに腰かけた。

「会社からです。ちょっと失礼します」

電話を耳にあてた小林はしばらく黙っていた。

「な、なんですって。す、すぐ『ルネッサＧＬ』に向かいます」

12 殺られる前に殺れ

「何やろね、あのパトカーは……」

マンション前の道路には数台のパトカーが停車しており、赤色回転灯の光が周囲の建物をめまぐるしく照らしている。タクシーが近づくと、パトカーの向こうには消防車と救急車も停まっているではないか。マンションの玄関には人だかりができている。

俊介は、「おたこ」を出てから麻丘と南に合流して錦糸町で呑んだ。泥酔とまではいかないが、かなりよい気分でタクシーに乗ったのは十一時すぎのことだった。

「『西部警察』のオープニングみたいだな。気をつけろよ。大門軍団はすぐに発砲してくるからな」

「おまけに取調室では、こめかみに拳銃を突きつけられます」

「タマは一発、運が悪ければお前は死ぬ。って、あんなんされたらだれでも白状しまんがな」

タクシーでマンションに近づける状況ではないようだ。

「運転手さん、ここで結構です。お釣りはいりませんから」

「ちょっと先生、お釣りどころか二百円足りまへんで」

「悪いけど運ちゃん、立て替えといてくれ」

「運ちゃんに立て替えろって、そりゃ、まけろってことですか」

俊介の脳裏にはある出来事がよぎっていた。それは高倉の自殺である。だが高倉にそんな度胸はないと、すぐにその考えを打ち消した。三人は少し手前でタクシーから降りた。

「おい、ヤクザの出入りかもしれないぞ。ほら、そこに龍神会の幹部がいる」

「ちゃいまんがな。『マロン』のマスターでっしゃろ」

麻丘は、どう見ても素人には見えないマスターの袖口(そでぐち)を引っ張った。

「こんなところで突っ立ってると刺されまっせ、若頭(わかがしら)。ところで、何が起こったんかいな」

「ああ、麻丘さんか。何だかよく知らないけど、おたくのマンションの集会室にだれかが立て籠(こ)もったらしいよ。人質もいるらしい」

俊介は二人の間に割り込んだ。

「なに、立て籠もりだと。学校にも会社にも行かずに自分の部屋で……」

「そりゃ引き籠もりでっしゃろ。で、犯人はこのマンションの住人でっか？」

　マスターは指先でアゴを触りながら首を捻った。

「さあ……、よくわからないけど……。あんたたちこそこのマンションの住人なんだから、情報が入ったら教えてよ。喫茶店のマスターといえば情報の発信源。客に噂を流せないようじゃ面目が立たないからね」

「事件はどのくらい前に起こったのか知ってるか」

「さあ……。パトカーが到着したのが五分くらい前かなあ……」

「ルネッサＧＬ」には玄関が二つあり、道路に面しているのが東玄関で、駐車場側にあるのが北玄関である。俊介たちが入ろうとしているのは東玄関となる。その玄関には「立入禁止」の黄色いテープが張られている。三人がそのテープをまたごうとすると、ろう人形のように直立不動だった若い警官が素早く動いた。

「すいません。マンションの住人の方ですか。申し訳ありませんが、部屋番号と名前をお願いします」

　すでに管理人からの居住者リストは届いているようで、警官は三人の部屋番号と名前をチェックした。

「エレベーターは使用できません。こちらの階段からご自宅にお入りください。玄関の鍵をかけて絶対に外に出ないように。各階に数名の警察官を配置しておりますので、何かあった場合は警察官の指示に従ってください」

いかにも暗記したような言い回しだったが、事の重大さは伝わった。マスターの情報通りに事件が集会室で起こっているとすれば……。集会室は中庭をはさみ、居住用の建物とは別棟で隔離された環境にあるので近づかなければ危険はない。

「ねえ、何が起こったのか教えてよ」

若い警官は再び硬直した。

「自分は何も答えることはできません」

そのとき麻丘の肩を叩く者がいた。

「確か……、麻丘さんでしたな」

葛飾署の年配刑事、丸山だった。

「今日、このマンションの総会があったとお聞きしましたが、この中に出席された方はいますか」

「ええ、三人とも出席しましたけど、それがどないしました?」

麻丘の返答に、丸山は右手の拳でメモ帳を軽く叩いた。

「ほう。それは好都合だな。いやなに、ちょっと話を聞かせてもらえるとありがたいのですがね」

「そりゃまあ、ええですけど」

麻丘は俊介に視線を送り確認をとった。

「ほな、この前の喫茶店にでも行きましょうか」

「しかし、もうこんな時間ですよ」

「大丈夫です。さっき、ヤクザのマスターも外をウロウロしてたさかいに。開けさせまっせ。そのかわり若頭にも情報を提供してやってください」

四人は「マロン」の奥にあるテーブルに座った。暖房を入れたばかりなので全員がコートを着たままだ。麻丘は酒が醒めて寒さがこたえるのか両足で貧乏揺すりを続けた。

「とりあえず紹介しときますわ。こちら、レンガ事件のとき、私に容疑をかけた葛飾署の、確か……」

「丸山です」

「そうそう、丸山さんやった。こちらが葉山さんと南さん。私のアリバイ調べのときにも名前が出たでしょう」

「覚えていますよ。名前と顔を覚えるのは仕事ですから……」

「皆さん、コーヒーでよろしいでっか。おーい、若頭、コーヒー四つや」

俊介は煙草を取り出して口にくわえた。

「いいんですか、刑事さん、こんなとこでコーヒーなんか飲んでて。そこで人質を取って立て籠もってるんでしょ」

「寒いですからね。現場は血の気(け)の多い若いモンに任せておきましょう。私ら老いぼれの出る幕じゃありませんよ」

南は隣の席から流れてくる俊介の煙草の煙を右手で払いながら丸山に尋ねた。

「で、犯人はわかってるんですか」

「ええ……」

「このマンションの住人ですか」

「ええ。理事長の高倉さんですよ」

「えっ」

「なんやて」

「まさか」

三人の男が同時に別々の言葉を発した。

「人質はだれなんですか」

「高倉さんの奥さんのようです」

俊介は丸山に気づかれないように、細く長く溜息(ためいき)をついた。人質が貴子である可能性がよぎったからだ。高倉と貴子が「松竹梅」で関係を持ったことはまず間違いない。二人の間にどのような出来事があったかは想像の域を脱しないが、男と女だ。高倉の一方的な思いによって常軌を逸した行動に出ることだって考えられる。総会で貴子が一番前の席に陣取り、高倉に向かって茶々を入れたのも気になった。マンション内で高倉と貴子が偶然に出会い、流れでこのような結果になっても不思議ではない。とにかく最悪の事態は免れたようだ。

マスターがコーヒーを運んできた。明らかに「自分も仲間に入れてほしいオーラ」を強烈に発散させていたが、三人は無視を決め込んだ。

「ところで私たちに話とは……」

丸山の「総会」という言葉で、ある程度の察しはついていたが、俊介は他人事のように尋ねた。

「今日の午前中にこのマンションの総会があったそうですね。管理人さんから聞いたのですが、その総会でちょっとした事件があったようですな。ですから総会に出席されていた方を捜していたんですよ。そういえば以前に起こった高倉さんと麻丘さんのいさかいも、確かマンションの理事会が発端でしたよね……」

「ええ、まあ……」

丸山は「総会に出席されていた方」ではなく、麻丘を待っていたのかもしれない。

　俊介たちに責任があるかは別にして、総会での一件が事件を引き起こす一因になったことは間違いないだろう。何をどこまで喋るかは慎重に判断しなければならない。

　丸山の携帯電話が鳴った。着信音は『西部警察』のテーマ曲だった。彼は頭を軽く下げ、手刀を切ると表に出ていった。

「えらいことになりましたなあ、面白すぎまっせ」

「やってくれますよね。ぼくたちよりもゲームを楽しんでますよ」

「さてと……」

　麻丘と南は俊介の言葉を待った。

「逃げるか。コーヒー代の伝票は刑事の席に置いて、裏口からトンズラしよう」

　二人が笑うと、背後から声がした。

「もう少し情報を集めましょうよ。絶好のチャンスじゃないですか」

　気がつくと、後ろのテーブルとの境になっている植木の間からマスターが顔を出していた。

「な、なんや、あんたは。向こうに行きなはれ」

　マスターは肩を落としてカウンターの中に消えていった。

「総会での出来事については、他の出席者に聞けばすぐにわかることだ。隠す意味はないだろう。ただ、貴子を仲間に入れたことや、小林を脅迫(きようはく)したことは言えないな。こっちが面倒なことになる。大切なのは、あの刑事から情報を引き出すことだ。その内容によってこっちの動きも決まってくる」

麻丘と南は頷いた。丸山がコートの襟を立てて戻ってきた。

「何か進展はありましたか」

丸山は冷めかけたコーヒーに少し口をつけた。

「この事件が起こった動機や経緯はわかりませんが、高倉は突発的に行動したようではありませんなあ」

「と、言いますと」

「この手の立て籠もり事件の多くは成り行きで発生します。別れ話のもつれとか、逃走中に無計画で入りこんだとか……。ですから犯人は後先のことを考えてはいません。最初は興奮していますが、根気よく説得すれば時間が解決してくれるケースがほとんどです。ですが今回は……」

刑事は口に水を含ませた。喉が渇くのだろう。

「まず、自宅ではなく、集会室に立て籠もったこと。人質が奥さんなのに集会室に立て籠もったりしますか」

「確か高倉には子供が二人います。巻き添えにしたくなかったとか」

南の意見にも一理あると思えた。

「ですから、普通はそんなことを考える余裕はないんですよ。それに集会室の間取りです。集会室には出入口が一つしかありません。外壁と廊下側に窓がありますが、いずれもサッシには格子が取り付けられています。格子を外さない限りサッシは開けられませんから、突入できる場所は出入口の扉しかありません。集会室には会議用の長テーブルや椅子があるそうですね。管理人さんの話によると」

丸山は手帳を開いた。

「えー、広さが約七十平方メートルで、テーブルが十二台、椅子が三十六脚あるそうです。高倉は集会室の奥にテーブルや椅子でバリケードを築き、その奥に人質と隠れています。窓にはカーテンがあるので、内部の様子を把握することはできません。実に厄介ですな」

俊介は背中に冷たいものを感じた。自分が知る高倉とは別人のような気がしたからだ。

「その男は本当に高倉なのかな。あの男にできる犯罪といったらセコイ収賄か痴漢くらいのもんだろ」

「間違いなく高倉です。高倉は二十二時に管理人から集会室の鍵を借りています。

何か調べたいことがあると言ったそうです。勤務時間を終え帰宅するところだった管理人は高倉に鍵を貸した。相手は理事長ですからね。そのとき高倉は大きなスーツケースを引きずるように持っていたそうです」

「それは管理人の職務規定違反やな」

「この際、そんなことはどうでもいいじゃないですか」

　俊介は手を広げて二人の会話を制した。

「その荷物は何でしょうね」

「その荷物ですが……。高倉はその荷物を集会室に入れてから自宅に戻り、奥さんを連れ出して監禁したようです。二十二時十五分ごろに、中庭で、奥さんに怒鳴られながら歩く高倉を見たという証言があります。おそらく奥さんはこんなことになるとは知らずに集会室に入ったのでしょう。この時点で、すでにバリケードなどはセットされていたはずです」

「警察への通報はだれが……」

「あの、断っておきますが、これはオフレコですよ。私たちも情報がほしいからお話ししているわけで……、来年、定年を迎えるのに退職金がパーになります」

「そのへんは承知しています。安心してください」

「一報が入ったのは二十二時二十一分ですね。中庭を歩いていた住人が、集会室から男性の怒鳴り声と女性の悲鳴、そして物が倒れるような激しい音がするのを確認し、警備会社と警察に通報しています。交番勤務の巡査が自転車で現場に到着したのが二十二時二十五分。集会室の扉は内側に開くようになっていますが、テーブルか椅子のようなもので中から固定されているようで、扉は十センチ程度しか開きません。中を覗いた巡査の報告によると、バリケードになっている机の上には、布が差しこんであるビンが数本並んでいたそうです」

「火炎ビンかよ。ガソリンだったら、あっという間に集会室は火の海になるな。スーツケースの中身はそいつか」

「その他にも、奥さんを縛るロープ、猿ぐつわ用のタオル、ナイフなどの凶器、また、長期戦に備えて、水や食料などを用意した可能性もありますね」

「子供は……」

「二人とも警察で保護しております」

「高倉は、何か要求を出したのですか」

「警官に『集会室に近づいたら人質を殺す』とだけ言ったそうです」

俊介は親指でこめかみを強く押した。酒が醒めていくときに軽い頭痛を覚えるのはいつものことだ。

「我われが今、話せるのはここまでです。さてと、それじゃ総会での話を聞かせてもらいましょうか」

　俊介が丸山刑事に話したのは簡単な事実関係だった。高倉が理事会などで管理会社に有利になる発言を繰り返していたこと。高倉が管理会社から盆暮れに商品券を受け取っていたこと。管理会社から常識を逸脱(いつだつ)した接待を受けており、その中にソープランドも含まれていたこと。そして自分がその事実を総会で暴いたこと……。

「その領収書などは、どうやって手に入れましたか」

「申し訳ありませんが、それは言えません。今回の事件とは関係ないと思います。重要なのは何が事実か、ということです」

「あなた方は仲が良さそうですな。以前、麻丘さんから高倉との関係をお聞きしましたが、高倉に対する恨みがあったってことですかね」

「否定はしません」

　丸山は手帳を見つめて沈黙した。俊介は自分たちに関係ない方向へ話題を向ける方が得策だと判断した。

「高倉はかなりの恐妻家だったようですよ。なあ……」

　麻丘と南も作戦は呑み込めたようだ。

「恐妻家どころか、奴隷だっちゅう噂ですわ」

「奥さんに尻を蹴り上げられているのを見たこともありますし……。確か、お前って呼ばれてましたよ」

　丸山はこの話に興味を持ったようで、手帳を閉じて俊介の顔を見上げた。

「私が管理会社との関係を暴いたのは事実です。高倉個人に恨みがあったのは認めますが、このままにしておくと管理組合にとって不利益になると判断したからです。ですから私の行為は管理組合員として正しかったと思います。ただそのことが引き金となってこの事件が起こった可能性はありますね」

「ほー、具体的に言っていただけますか」

「あくまで私の想像ですが……。管理会社から商品券を受け取っていたのはともかくとして、ソープランドで接待されたこと、さらには総会で恥をかかされたことを知ったら、奥さんは怒り狂うでしょうね。高倉は半殺しにされるかもしれません」

「まあ、間違いないやろな。でも、その程度のことで監禁までやるやろか。ソープぐらい、謝ればそのうち許してくれるやろ」

「それは元さんの場合でしょ。高倉にとっては死活問題なんですよ。きっと」

「つまり、殺られる前に殺れってことですよ。テレビでライオンに逆ギレした草食動物を見たことがあります。ライオンが逃げましたからね。立場が逆転すると思わぬ展開を招くことがあるものです」

　頬を爪先で掻いていた丸山は少しの間をおいた。

「なるほどねえ、参考になりました。でも、ちょっと弱いですなあ。だったら奥さんを刺せば済むことでしょう。私はね、彼の行動からパフォーマンス性を感じるんですよ。内容が大袈裟(おおげさ)すぎるでしょう。あなた方を含め関係者からの話をまとめると、高倉からは小心者という人物像が浮かんできます。そんな男がこんなことをやりますか。彼は覚悟を決めていると思いますよ」

「覚悟っちゅうと……」

「もちろん、死ぬ覚悟ですよ。最後の最後に自分の力や度胸を世間に見せつけるつもりなんですよ。面倒なんだなあ、捨て身の犯人は……」

「マロン」の前の道路には数台の覆面(ふくめん)パトカーが急停車して、車内からは黒ずくめの男たちが降りてくる。小型のトラックなどもやってきて、いよいよ大騒動になってきた。

「マジで、『西部警察』みたいになってきましたね」

南は明らかに興奮している。

「本庁のおでましです。あれが交渉班で、あのトラックに乗っているのが狙撃(そげき)班です。これからは本庁の捜査一課が現場を取り仕切ることになるでしょう。われわれ所轄は雑用係ですな」

テレビドラマに出てくるような物々しい名称を実際に聞いて、三人は改めて事の重大さを実感していた。

「縦割り行政の悲しさってやつですか……。おっ、淳ちゃん、あの二人を呼んできてくれ」

ガラスの向こうを走る二人は貴子と小林だった。南は「マロン」の扉を勢いよく開くと、二人を連れて戻ってきた。

「ど、どうなってるんですか」

小林は挨拶もせずに俊介に尋ねた。

「まあ、座れよ。こんなときはまず落ち着くことだ。コーヒーでも飲め。元ちゃん」

「おーい、若頭、コーヒー六つや。おーい、マスター」

マスターは植木の間から顔を出した。

「かしこまりました」

「な、なんや、またここにおったんかいな。メモ帳まで持ってるやないか。はよあっち行ってコーヒー作らんかい」

貴子と小林は隣のテーブルに座った。俊介は貴子の顔からはすっかり化粧が落ちているのに気づいた。特に口紅は完全になくなっている。小林の袖口を見ると、上着の下から覗いているワイシャツのボタンが外れている。おそらく会社から連絡が入り、慌ててホテルを飛び出してきたのだろう。高倉も野暮なことをやったものだ。

『西部警察』のテーマ曲が鳴って、また丸山は店を出ていった。しばらくはだれも喋らなかったが、茶目っけのある表情で声を漏らしたのは貴子だった。

「これで四人がグルだってこと、小林さんにバレちゃったわね」

俊介はカップに少しだけ残ったコーヒーをすすった。

「まあ、どってことないな。今、起こっていることに比べればな」

マスターがコーヒーを運んできたが、丸山の分をどうしようか思案している。

「とりあえず六つ、置いておいてくれ。それからコーヒー代は割り勘だから別々に会計するぞ」

「そんなあ～。警察の経費で落ちるでしょ」

「ほな、マスターがあの刑事に一括で請求してや」

マスターはトレーで後頭部を叩きながら消えていった。

「葉山さん、何が起こったのか詳しく説明してくれませんか」

呑気な状況に業を煮やしたのか、小林が尋ねた。俊介は丸山から聞き出したことを小林と貴子に話した。小林は大きく深呼吸をしてからコーヒーを飲んだ。担当をしているマンションで大事件が発生し、おそらく自分もその動機に絡んでいるのだから、大きな重圧を感じるのは当然だ。

「なぜこの店で刑事さんとコーヒーを?」

「あの刑事は切れ者だ。刑事ドラマにも必ずいるだろう。出世は遅いが現場での嗅覚(きゅうかく)に長じているオッサンが。あいつだよ。あの丸山って刑事はこの事件が、今日の総会と関係があるとにらんでいる。たぶん元ちゃんが総会に出席していたことを管理人から聞き出し、待ってたんだろうよ」

小林の頭の中では様々なことが回転しているようだ。

「心配するな。あんたから領収書を手に入れたことは言っていない。たとえそれがわかったとしても、こっちに落ち度はない。すべては高倉の身から出た錆(さび)だ。今回の事件はそれが引き金になっていたとしても、すべては高倉が起こしたことで、責任はヤツ一人にある」

俊介は小林の動揺を消さなければならないと思った、消すことは無理でも楽にしてやろうと思った。それが「小林を守る」と誓った自分に対するオキテでもある。

「あんたとの関わりはこうしよう。高倉が管理会社から商品券を受け取っていると気づいたおれたちは、それを認めるようあんたに迫った。認めなければ管理会社を替えるように運動すると脅してたな。管理組合の不利益という大義名分だけではなく、高倉に対して個人的な恨みを持っていたおれたちは、高倉理事長の失脚が第一の目的であり、領収書を出してくれたら、管理会社の責任は問わないと約束した……」

南が続けた。

「つまり小林さんは、総合管理サービスの社員として最善の方法を選択したわけだ。領収書は渡したけど、マンションを一つ失わずに済んだ。会社から非難されることはまずないでしょうね。管理会社からすれば理事長が替わろうが関係ないですから」

麻丘も割って入った。

「警察がどこまで聞いてくるかは知らんけど、これで小林はんと貴子はんの関係は隠せまっせ。あっ、すんまへん。余計なことやったな」

麻丘は額を軽く叩いた。

「とにかく、そういうことだ。この五人が話を合わせていれば心配ない」

高倉は入口から対角線上にある集会室の奥にバリケードを築いた。会議用の長テーブルを二段に積み上げ、折りたたんだテーブルで壁を作った。L字型のバリケードの中には二畳ほどのスペースができた。その基地の隅には、素っ裸にされた上に、後ろ手にした手首と足首を縛られ、猿ぐつわをかまされた高倉の妻、小百合が転がっていた。顔面にはパンツがかぶせられている。高倉に顔面を殴られて気を失い、気がつくと見るも無残な格好になっていたのだ。

宮崎出身である高倉が育った村には、いくつもの養豚場があった。悪臭を放つ小屋の隅には、こんなだらしなく太ったブタが呑気に横たわっていた。数日後には人の手によって殺され、切り身になるなど想像もしていない緩み切った身体だ。高倉はそんな小百合の容姿を見ていると情けなくなってきた。

「なにが小百合だ。鬼百合め……」

自分の太ももほどもある二の腕や、亀の甲羅のように盛り上がった背中、下腹の肉は垂れ下がり濃い陰毛さえ見ることができない。冬だというのにワキガ臭が漂ってくるようだ。自分はこんな醜い女と暮らし、馬鹿にされ、下僕となってこき使われてきたのか……。

小百合は寒さと恐怖でガタガタと震えていた。集会室にはエアコンも設置されていたが、暖房を入れる気にはなれなかった。暖かさは冷静な判断を鈍らせるだけだ。

小百合は身をよじり、うめき声を上げた。高倉は、吹き出ものがいくつもできた小百合の汚い尻を蹴り上げた。

「静かにしろ、このブタ野郎。これだけ肉がついてるのに寒いってか。お前はおれのケツを何度蹴ったか知ってるか。結婚してから三百七十八回だぞ。少しはおれの気持ちがわかっただろう」

　高倉はその尻にツバを吐きかけた。だが逆に、小百合の気持ちがわかったのも事実だ。暴言を吐き、尻を蹴り上げると快感が全身を包んだ。自分は周囲の奴らに馬鹿にされ、イジメられ続けてきた。つまり自分の周りの人間たちは、おれの存在によって、こんな快感を毎日のように味わっていたのだ。

　集会室の中は暗闇に近かった。室内の照明は消され、バリケードの中には二本のロウソクが灯されている。発案したのは佐々木だった。

「集会室の照明は消せ。外から中の動きを悟られないようにするためだ。ロウソクなんて乙じゃないか。すぐ火炎ビンにも着火できるしな……」

　小百合を縛り上げると、扉の内側に椅子を固定し、テーブルには火炎ビンをセットした。カーテンには数か所の穴をあけた。外の様子を探る穴として利用するためだ。全ては佐々木の指示だった。

　警官が駆けつけた。十センチほどしか開かない扉の隙間から中を覗いた警官には、事態が把握できていない。

「おい、何をしている。扉を開けなさい。おい、聞こえるか」

　このときはまだ集会室の照明は点いていたので、警官は高倉の顔を確認したはずだ。

「この建物に近づくな。中庭にも立ち入るな。従わないと人質を殺す。この部屋は一瞬にして火の海だ。連絡があるときはこちらからする。すぐにこの建物から離れろ」

警官は言葉も発せずに走り去った。

それから照明を消し、ロウソクに火を点けた。集会室はスパの階上にあり、中庭を挟んで独立している。中庭を通らなければこの建物に出入りすることはできない。二階の集会室から監視できれば、いきなり突入される可能性はかなり低くなる。

佐々木という男は一体何者だろう。佐々木の書いた脚本はすべて理にかなっていた。もしかすると、佐々木はこの集会室を利用して同じことをたくらんでいたのではないか。人質は自分だったかもしれない。そう思うと高倉は思わず身震い(みぶるい)した。

カーテンの穴から様子をうかがうと、植え込みの奥にある一階通路を中腰(ちゅうごし)で移動する人影が確認できる。五階通路の腰壁からは数人の頭が出ている。双眼鏡で覗(のぞ)いているのだろう。

集会室の北側の窓から東側の道路を見てみると、民家の壁に赤色回転灯がめまぐるしく反射している。その光の量から察するに、二台や三台の車両ではない。予想を超える大事件になったようだ。そしてこの事件の主役は、他ならぬ自分なのだ。生まれてから今日まで脇役にさえなれなかった男に今、警察や周囲の住民が右往左往している。高倉はこの現実にうっとりした。

このドラマの結末は自分にもわからない。佐々木にも「エンディングは自分で考えろ」と言われた。とにかく死ぬ覚悟でやればよい。恐れることなど何もない。

妻を殺す気はなかった。自分が死んだ後も重い荷物を背負って、生き恥をさらし続けるのだ。その方が殺されるより辛いはずだ。事実として、自分は生き恥をさらすよりも死を選択したのだ。死ぬ方が楽なのだから。

二時間ほど前、佐々木に物品の調達などを手伝ってもらい、集会室にセットしてから自宅に戻った。開く玄関の扉は何倍も重く感じられるはずだったが、それは違った。自分の心の中に怯えはない。扉の中に入ると、奥の居間から小百合の怒鳴り声が聞こえる。

「どこに行ってやがった。お前のために飯を作ってやったんだぞ。さっさと食って皿を洗え」

どうやら布団の小便には気づいていないようだ。

「このマンションで窃盗（せっとう）事件が起きた。今、集会室に警察が来ている。夫婦で来てほしいそうだ」

「こんな時間にか。お前が行けばいいだろう」

「警察は夫婦で、と言っている。緊急事態のようだ。後で問題になっても知らないぞ」

「ちっ、何時だと思ってんだ」

　文句を言いながらついてきた小百合を集会室に入るなり殴りつけた。拳が肉のついた顎(あご)に命中し、巨体は床に崩(くず)れ落ちた。右手の指に激痛が走る。もしかしたら骨が折れたかもしれない。そんな痛さはすぐに忘れるほど、鬼嫁を倒した快感が全身を支配した。

　裸の小百合は相変わらず震えていた。彼女にこの現実の意味が理解できるだろうか。高倉はまた小百合の尻を蹴り上げた。

　そしてこのマンションには、もう一人許せないヤツがいる。

13 指名

「おれたち、いつまでここにいればいいんですかね」

南は腕時計を見た。時刻は午前零時になろうとしている。

「どうせ帰ったところで眠れへんやろ。ウチに連絡もしたことやし、ここで話してた方が楽や」

「マロン」には三人組の他に、貴子と小林も残っていた。マスターは離れた席で舟を漕いでいる。

「なにが情報の発信源や。しかしこんな怖い顔でも眠るとアホ面になるもんやなあ」

彼らにマンション内の様子は伝わってこなかった。おそらく管理人室に対策本部が設置され、警察は高倉が動くのを待っているのだろう。消防や狙撃班も万全の態勢を調えているはずだ。

三人は、それぞれの家族に「マロン」にいることを告げた。俊介の妻からの情報によると「今夜は通路に面した部屋にはいないように」との指示があったようだ。「マロン」の中は静かだったが、麻丘と南だけが会話を続けていた。

「こういう場合、マンションの住人全員を避難させないのかな」

「事件発生が二十二時半やから無理やろ。それに集会室は居住マンションとは離れているんや。高倉が火炎ビン投げて暴れたとしても、居住建物に被害はないはずや。その意味で高倉は人徳者やな。マンション住人に迷惑がかからないように考えとる。さすが理事長やな」

「おもいっきり迷惑かけてると思いますけど」

「ホンマやな。あははは」

「明日の朝になったら、どうなるのかな」

「朝になったら太陽が出てくるやろな」

「あははは……。そうじゃなくて。明日は月曜日ですよ。会社もあれば学校もある。住人たちはどうなるんですかね」

「そんなん簡単やろ。七時になったら警察が拡声器で言うんや。『高倉さーん、今から一時間を通勤通学タイムとしますので、何もしないでくださいねー』なんちゅうてな」

「一時間じゃ短いでしょ。せめて八時半までにしましょうよ。小学校の登校班は八時十五分に玄関を出発しますから」

　小林は腕組みをして何かを思案していた。貴子はコーヒーカップを見つめている。二人ともこの事件と自分との関わりを整理しているのだろう。

「どうも納得できねえな」

「急にどないしました、先生？」

「高倉だよ。あの小物の行動とは思えない」

「でも、犯人は間違いなく高倉なんでしょ」

「日本の警察が言ってることだからな。おれはね、総会の一件には耐えられると思ってたんだ」

「高倉が、ですか」

「そうだ。これが原因で鬼嫁にイビられたとしても、今までの生活と五十歩百歩だろ」

　貴子が下を見つめたまま呟いた。

「でも、あの人にとっては、その五十歩と百歩に大きな違いがあるのかもしれないなあ……」

「五十歩が限界だったたってことか……」

小林が組んだ腕をほどいた。

「確かにそうかもしれません。でも高倉理事長が変貌したのは事実です。この中で高倉さんのことを一番知っているのは私です。四年間も付き合ってきましたからね。失踪くらいならわかるんですよ。自殺する度胸もないでしょう。私がイメージする高倉像と今回の事件はまったくつながりません。こんなことができる男じゃないんですよ」

俊介は小刻みに顔を上下に動かして同意した。

「そうなんだよなあ。考えられるとすれば、総会が終わってからヤツに何かが起こったとか」

「鬼嫁に殺されそうになったとか」

「神のお告げかもしれまへんな」

俊介は小林の方を向いた。

「なあ、小林さん、高倉の狙いは何だと思う。女房を人質にして身代金を要求する馬鹿もいないし、逃げおおせるもんでもない。目的がわからない」

しばらく考えこんでいた小林だったが、ゆっくりと話しだした。

「高倉さんは自らのフィナーレの場として、マンションの集会室を選んだのではないでしょうか。高倉さんの心のよりどころはこのマンションだったんです。理事長という立場こそが心の支えだったんです。もちろん彼を利用して追い込んでしまったのは私なんですが……。充実してたんですよ、理事長をやっていたときの高倉さんは。宝塚のトップスターにでもなった気分だったんでしょう。自分では裸の王様だとは気づいていませんからね。つまり、うまく言えませんが……、このマンションでスポットライトを浴びてフィナーレを迎えたかったのではないでしょうか」

「高倉のフィナーレとは？」

「死ぬことでしょうね。信用組合はクビになるだろうし、帰る家庭もない。この所業がどれくらいの罪になるかはわかりませんが、刑務所から出たところで行く場所もないでしょう。それは彼にもわかっているはずです。ちっぽけな人生だったとしても、命と引き換えにする覚悟ができたからこそ、こんな大胆な事件が起こせたんだと思いますよ」

だれも反論はしなかった。

丸山刑事がいぶかしい表情をして「マロン」に入ってきた。

「動きがありましたよ」

「高倉から何か要求があったということですか」

南の質問に丸山は頷いた。

「一時間以内に日本酒を持ってこい、とのことです」

「おいおい、この状況下で酒とはおもろいやないけ。コンパニオンは必要ないんか」

「それで、日本酒は持っていくんですか」

「まあね。持ってこなければ集会室を火の海にすると言ってますんで……。ただ、一つ厄介な条件がありましてね」

丸山は俊介に視線を送った。

「酒の肴はメザシに塩辛がいいとか……」

丸山の目は笑っていない。

「ご指名ですよ。酒は葉山さんに運ばせろという条件です」

「なるほど、先生にねえ……、な、なんやて〜」

全員が俊介の顔を見た。麻丘の発した大声に驚いてマスターが目を覚まし、あたりを見回している。俊介は麻丘を指さした。

「どうします、葉山俊介さん」

麻丘は椅子からズリ落ちた。

「葉山俊介はあんたやろ。いつから名前を替えたんや」

小林は二人を無視して丸山に尋ねた。

「高倉さんの要求内容を詳しく教えてください」

マスターが冷水を入れに来た。

「高倉は集会室に携帯電話を持ち込んでいます。対策本部から何度も電話を入れましたが、電源は切られていました。十一時五十五分に高倉の携帯から一一〇番に電話があり、一時間以内に、葉山さんに一升ビンを持ってこさせるようにと……。来なければ人質共々集会室を火の海にすると告げたそうです。必ず葉山さん一人で来ること。中庭の中央を歩き、階段を上ったら扉の前で声をかけること。まあ、そんなとこですかな」

今の時刻は零時十分。約束の時間まであと四十五分だ。小林は椅子を丸山に近づけた。

「それで、警察はどんな返答をしたのですか」

「居住者リストで調べたが、葉山さんはまだ帰宅していないと……。それに一般人にそのようなことはさせられないとも伝えました。日本酒は他の者に届けさせると言いましたが、葉山じゃなきゃダメだ、の一点張りでしてね。奥さんの無事も確認しようとしましたが、そこで電話は切れました。直後に電源も切ったようですね」

「警察はどう対処するのですか」

丸山は俊介に含みのある視線を送ったが、俊介は表情を変えなかった。

「まさか、葉山さんにお願いするわけにはいきませんからね。根気強く交渉を続けるだけだと思いますよ」

「だって高倉さんは電源を切ってるんでしょ。交渉の仕様がありません。あと四十五分ですよ」

「犯人は必ず焦れて連絡してきます」

「よくそんな呑気なことが言えますね。高倉さんは死ぬ気ですよ」

「落ちついてください。相手の思う壺ですよ」

「なら私が行きます。私なら説得できるかもしれません。私はこの四年間、高倉さんと二人三脚で理事会を運営してきました。私に行かせてください」

「ですから、一般の方を危険な目にあわすことはできないのです」

「だったらどうするんですか」

丸山と小林のやりとりを聞いていた俊介が、それをさえぎるように大きな背伸びをした。

「あ〜あ〜〜。さすがに眠くなってきたなあ。小林さん、さっきも言ったけど、この事件はおれたちに関係はないんだよ。もちろんあんたも関係ない。すべては高倉の弱さが引き起こした猿芝居なんだよ。無視するに限る。てめえが引き起こしたことで、てめえが死ぬなら仕方ないだろ。こんなことに命を賭ける必要はない」

小林の瞳に怒りが浮かんだ。

「自分が名指しされたから、そんなことを言うんですか。残念だな。あなたは私のまわりにいるような……、つまり、うまく言えないけど、心の卑しい人ではないと思っていました。ある意味においては尊敬すらしてたんですよ。どうせ警察には止められるんですから、おれが行くと言えばいいじゃないですか。それが葉山って男なんですよ。見損ないました。あなたが行かないなら私が行くまでです」

　俊介は小林を小馬鹿にするように口先で笑った。

「何をムキになってんだ。こんなとこでちっぽけな正義感なんか出しやがって。お前だって高倉を利用してこのマンションを食い物にしようとしてたんだろ。おれはそれを非難しない。それがお前の仕事だからな。なのに、お前は高倉に対して罪悪感を持っている。だとしたら、自分の仕事を否定することになるんだぞ。高倉はな、てめえの意志で坂道を転げ落ちているんだよ。てめえの意志でな。そんな野郎のために火ダルマになるなんざまっぴらだ。おれは立ち廻りのうまい男なんでね。さてと、おれは帰る。こんなところにいたら特攻隊にされちまうからなあ」

　俊介は一人で「マロン」を出ていった。

　高倉は携帯電話の電源を入れた。リダイヤルボタンを押すと、待ちわびていたように相手は出た。

「指定した時間まであと三十分だ。葉山はどうした」

少しの間をおいて相手は答えた。

「葉山さんはまだ帰宅していない。今、全力で捜(さが)しているところだ。しばらく待ってほしい」

「そうだろうな、来るわけないよな。死ぬかもしれないんだから。まあいいさ。時間になったら実行するまでだ」

「ま、待ってくれ。しばらく時間がほしい」

「待てないいな」

高倉は電話を切った。ついでに電源も……。

葉山が来ないのは想定内だ。三十分たったら集会室の窓を開け、力の限りに叫ぶ。

「葉山！　お前のデッチ上げにおれは死をもって抗議する。お前のせいで一人の男が死んだことを忘れるな。葉山！　聞こえるか。おれの最後の言葉をよく覚えておけ」

マンション中に響き渡るように叫ぶのだ。お前も一つくらい重い荷物を背負って生きていけ。

そして小百合を集会室の真ん中に引きずり出し、顔から汚れたパンツを剝ぎ取って、おれの方を向かせる。その目の前でガソリンをかぶって火ダルマになるのだ。目前で焼け死ぬには一分もあれば充分だろう。警察も簡単には集会室に入れないはずだ。死ぬまで小百合を苦しめ続けるのだ。おれの姿を絶対に忘れさせない。それは脳裏に焼きつき、死ぬまで小百合を苦しめ続けるのだ。

高倉は暗闇の中でロウソクの灯(ひ)を見つめた。ロウソクの灯を人生にたとえることがある。本来であれば、自分のロウソクはまだ半分近く残っているはずだ。これからその灯を自ら吹き消す。いよいよ終幕が近づいてきた。高倉は折りたたみ式の携帯電話を開くと真ん中を膝に当て、へし折った。目的は警察と交渉することでもなく、逃亡することでもない。小百合に、亭主が焼け死ぬ姿を見せつけることなのだ。場所はこのマンションだ。ここで初代理事長が焼身自殺した事実は、このマンションが維持される限り語り継がれるに違いない。住人は中庭を歩くたびに集会室を見上げ、この事件を思い出すだろう。それで満足だ。自分はその程度の男なのだ。

両親がすでに他界していることを幸運に思った。農作業に追われ、小さな田んぼと貧家(ひんか)を往復するだけの人生を送った両親。自分を東京に追い出した父母に対して特別な情愛はないが、親は親。説教は天国で聞くことにしよう。もっとも自分は地獄に落ちるだろうが。地獄だって怖くはない。現実の世とどちらが辛いか確かめてみたいくらいだ。

心残りはひとつ。もう一度、神山に甘えたかった。あんな形で出くわすとは思ってもみなかったが……。あの胸に抱かれながら死ねれば思い残すことはないのに……。

高倉は小百合の足首をつかむと、バリケード基地から引きずり出そうとしたが、重くてなかなか動かない。バリケードの外まで必死に動かすと、息を荒くしながら尻を蹴り上げた。

「このブタ野郎。自分で転がってあっちに行け。ほら早くしろ。グズグズしてると焼き殺すぞ。こんな焼豚はだれも食わねえだろうがな」

小百合は唸り声を上げながら、床の上をイモ虫のように這っていく。そのとき……。

「おい、どこへ行くんだ。戻れ。戻りなさい」

中庭の方から男の叫び声が聞こえた。高倉は火炎ビンとライターを手に取ると、カーテンの穴から外を覗いた。右手に一升ビンを持った男が中庭を歩き、集会室に近づいてくる。葉山か……。

「戻れ！　戻るんだ‼」

男はその叫び声を無視してゆっくりと歩いてくる。警察の人間という可能性もある。突入する作戦なのかもしれない。

視界から男の姿は消えた。集会室の一階に到着し、階段を上ってくる気だ。あと十秒もすればここにやってくる。想定外の状況に高倉はうろたえた。

扉を叩く音がした。

「葉山だ。ご希望通りに日本酒を持ってきた」

高倉はすぐに返答することができなかった。まずは葉山本人であるかを確かめることが必要だ。こんなとき佐々木なら冷静に段取りを考えるのだろう。

「葉山だ。おれはどうすりゃいいんだ。おれを呼んだのはあんただろう」

高倉は扉の裏側に立った。

「扉から離れて階段の角に立て」

「わかった。階段を上ったところだな」

カーテンの穴から覗（のぞ）くと、それは確かに葉山だった。その表情からは気負いも恐怖も伝わってこない。

なぜ、この男はここにやってきたのか。命を落とす可能性もあるのに、なぜだ。来なければならぬ義務などないはずだ。この行為に裏がないとすれば、警察を無視し、自らの意思でやってきたことになる。何のためだ。負け犬が焼け死んだと笑っていれば済むのに……。この男は何をするつもりなのか。おれを説得する気か。捕らえる気か。高倉は結末が知りたくなってきた。死ぬことはいつでもできる。佐々木と出会ったときもそうだったが、自分の意思で必死にもがいていると、次々と面白いことに遭遇できる。もしかすると、これが人生の醍醐味ってやつなのか……。

「そのまま動くな」

中庭や階段に他の人物の気配はない。高倉は扉の内側に固定してある椅子を外すと、火炎ビンとライターを前方に持ち上げたまま、バリケードまで後ずさりした。斜め前には小百合が床に転がっている。これは好都合だった。

階段から突入して自分を捕まえるには、最短でも五秒はかかるだろう。火炎ビンに火を点けて火ダルマになるには三秒。オレの勝ちだ。まして小百合が転がっているとなれば、相手も迂闊に手は出せまい。

「ゆっくり扉を開いて中に入れ。少しでも怪しい動きをしたらその瞬間に、この部屋は火の海になる」

高倉はライターに火を点け身構えた。扉が開き葉山が集会室に入ってくる。

「手に持っているものを床に置け。扉を閉めて内側から椅子で固定しろ。ただ横に倒せばいいだけだ」

葉山は一升ビンと紙袋を床に置くと、背を向けた。そのとき……。

「戻れ！　戻るんだ‼」

中庭からさきほどと同じ叫び声がした。そして階段を駆け上がる足音。やはりこれは突入する作戦だったのか。もはやこれまでだ。火炎ビンに差し込んであるハンカチに点火しようとしたとき、突入隊が集会室に飛び込んできた。しかしそれは一人で……、女だった。

「葉山さん、早くドアを閉めて。早く」

葉山は素早く椅子で扉を内側から固定した。

「ずるいじゃないの。一人で行くなんて」

その女は貴子だった。


管理人室に設けられた対策本部は混乱していた。指揮をとる本庁の課長はキャリア組で、まだ三十路（みそじ）そこそこだ。

「警備の連中は何をやってんだ。一般の住人が集会室に入りこむとは大失態もいいところだ」

「ですが、住居用通路と中庭には何の敷居もないわけで、住人が立ち入るのを防ぐのは無理です」

「くそっ。東大法学部卒業以来、ここまでは順風満帆（じゅんぷうまんぱん）だったのに……。なんてこった。私の目標は警察庁長官なんだぞ」

「申し訳ありません」

「言い訳をするな」

「特に言い訳はしておりませんが……」

「それが言い訳だ」

「申し訳ありません」

課長は全身の力が抜けたように椅子に座りこんだ。

「ところで、集会室に入った二人は何者だ」

身体を小さくさせた部下は、居住者リストに目線を落とした。

「えー、男は二〇五の葉山俊介と思われます」

課長は椅子から跳び上がった。

「なにー、葉山だと。なんでその葉山という男が犯人の要求を知ってるんだ。明日の新聞の見出しは最悪だぞ。『無能な警察、犯人の説得を住人に任せる』ってな。ああ、これでおれのキャリアも終わった。おれの夢はな、長官になって中学校の同窓会に出席して、おれを袖にした真理ちゃんを見返すことだったんだぞ……。それで、もう一人の女っていうのはだれだ」

「女は……、不明です」

「犯人との関係は」

「申し訳ありません」

「謝れとは言っていない。関係を聞いているんだ」

「申し訳ありません」

「私を馬鹿にしているのか」

ふと見ると課長の横には、くたびれたコートに包まれた初老の男が立っていた。

「だれだ、あんたは」

「葛飾署の丸山と申します」

「所轄が何の用だ」

丸山は課長のイライラを受け流すように答えた。

「補足しますと、集会室に入ったのはいずれもこのマンションの住人で、二〇五の葉山さんと、六〇二の吉本さんです。吉本さんは犯人の高倉とはかなり親しい関係にあるようですなあ。おそらく高倉を説得するつもりでしょう」

課長は椅子を左右に回転させた。

「まったく……、トオシロのくせに……」

「私が高倉を説得するように頼みました」

課長だけではなく、対策本部全体に驚愕（きょうがく）の空気が流れた。

「な、何だと。私は何も聞いてないぞ。本庁の指揮をシカトして何をやってるんだ。所轄の分際(ぶんざい)で……」

丸山はだれにともなくニヤリと笑った。

「何がおかしい」

「ですから、所轄の老いぼれ刑事が本庁の課長に断りもなく勝手なことをしたわけです」

しばらく考えこんでいた課長だったが、低い笑い声を立てた。

「そうか、なるほどな。そういうことか……。私は何も知らなかったんだよなあ。所轄が勝手にやっちまったってことなんだよなあ」

「そういうことです」

「こりゃ、葛飾署に一つ借りを作っちまったなあ。よし、とりあえず指揮は葛飾署に移す。本庁は高見の見物だ」

丸山が管理人室を出ると、若い刑事が走り寄ってきた。

「丸さん、大丈夫なんですか。あんなこと言っちまって……」

「浜口君か。さあ、どうなるかわからんなあ」

「そんなあ。ウチの署長には何て言うんですか。指揮権はこっちに移ったんでしょ」

「署長なんかとっくに帰ったさ。白髪頭になり、やっとこさ署長になれたのに、あんな小僧にアゴで使われるなんざ耐えられねえってな」

「担当部長は」

「車の中で高いびきだよ。動きがあったら起こしてくれとさ」

「それじゃ指揮は？」

「おれたちがやるしかないだろ」

丸山は鼻の頭を指先で掻いた。

「実はな、あの葉山という男を集会室に行かせたのは、本当におれなんだよ」

「えっ、マジっすか」

「ああ。葉山に高倉の要求を話した。あの男は、それを聞いたら何らかの行動を起こすと思ってな。老いぼれのカンだよ。本庁の坊やより、あの男に任せた方がマシな気がしてな」

「知らねっすよ。おれは……」

「消防以外には指示があるまで動くなと伝えてくれ」

十数メートル離れた建物の二階にある集会室は、暗く静まり返っている。二人が入ってから数分になるが動きはないようだ。

人の気配を感じた丸山が振り返ると、麻丘と南が立っていた。二人の表情に切迫感はない。

「やっぱり行きよったか」

「しかし、貴子さんまで参戦するとは……」

「刑事はん、あんた、葉山さんを誘導したやろ。あの人が行くと思ってな……。警察っちゅうのは、えらいえげつないことしはりまんなあ」

「いや、私はべつに……」

「さすがベテラン。大狸(おおだぬき)やなあ。今の会話を聞いてたんやで」

丸山が困った顔をすると、南は吹き出した。

「気にしなくていいですよ。刑事さんの判断は正しかったと思いますから」

丸山はもう一度浜口を側に呼んで「緊急事態が発生するまで絶対に動くな」と囁いて管理人室の方に消えていった。

「さあ、あなた方も自宅に戻ってください」

「まあまあ……。おれたちも関係者なんや。それにもう集会室には二人の一般人が入ってるんや。ここに二人くらいいても問題ないやろ」

「勝手な行動は慎(つつし)んでくださいよ。あーあ、まったく丸さんにはまいるなあ……」

浜口は首を横に曲げながら消防の方に歩いていった。南は腕組みをして麻丘に尋ねた。

「貴子さんのことですけどね」

「なんや……」

「高倉と何か関係があるんでしょうか」

「うーん、何かあるやろうな……」

「総会のときも様子がおかしかったでしょ。確か、ヒロタン……とか言ってましたよね」

「高倉も貴子はんの登場で、ごっつう動揺してたしなあ」

「マンション内で高倉と貴子さんが接触していたとは思えませんけどね」

「やっぱり『松竹梅』で高倉の相手をしたのは貴子はんやったとか」

「確率は低いけど、ありえない話じゃありませんよ。このゲームに参加していたという動機だけでは弱いんですよ。貴子さんの行動は……」

「『松竹梅』って何のことですか」

二人が振り向くと、そこには小林が仁王立ちしていた。

麻丘は慌てて口に手を当てた。南はその手をつかまえて下に動かした。

「あっ、いや、べつに……。何でもないんや。今度はこっちの番かいな、いや、その……」

「さっき先生が持っていった日本酒は松竹梅だったって話ですよね」

「誤魔化さないでください。さっき居住者リストで調べたら、鳴海……、いや、彼女は吉本貴子という名前ですよね。彼女は何者なんですか。高倉さんの相手ってどういうことですか。説明してください」

小林の唇は震えていた。

俊介は高倉には近づかずに、距離をとって床に胡坐をかいた。高倉はまだライターを点灯させ火炎ビンを持っている。

「何をしに来た。目的は何だ」

「おいおい。おれを呼んだのはあんただろう。ちゃんと日本酒も持ってきたし、乾き物に湯呑み茶碗も用意した。気が利くだろう」

高倉は何も答えずに、ただ俊介を睨んだ。

「あのさ、ライターを点けっぱなしにしてると火傷するよ」

高倉は緊張のせいで忘れていたらしく、いきなりライターを放り投げた。

「アチ、アチチチ……」

俊介は転んだ幼子を見るように微笑んだ。

「安心しろ。あんたを捕まえに来たわけではない。警察とグルでもない」

高倉はポケットから別のライターを取り出した。

「それじゃ何をしに来たんだ」

「あんたもしつこいな。あんたが命令したんだろ。せっかく酒を持ってきたんだ。おれにも呑ませてくれよ。あんたも呑んだらどうだ」

高倉は何も答えずに、貴子を見た。その視線を感じた貴子は俊介に振った。

「ねえ、私はどうすればいいの」

「どうすればって、お前が勝手に来たんだろ」

「だって、後先のこと考えずに来ちゃったんだもん……」

二人は困った表情をして微笑み合った。それを見た高倉の心には妙な嫉妬心が芽生えた。

「あんたたちは知り合いだったのか……。聞いてるのか。答えろ」

俊介は一升ビンの栓を抜くと、湯呑み茶碗に注いで味見をした。

「福島県会津若松の末廣酒造。そこの『玄宰』って酒だ。大吟醸だぞ。そんなガソリンが入ったビンを持ってて話ができるのか。あんたも呑めよ。おい、貴子、注いでやれ」

貴子は俊介が差し出した一升ビンを胸で受け取ると、湯呑み茶碗を持って高倉の前に進んだ。そこでひざまずくと茶碗に酒を注ぎ、高倉の前に滑らせた。

「あんた、今まで他人と腹を割って話をしたことがないだろ」

高倉は黙っていた。図星だったのだろう。

「あんたが焼け死のうが、心中しようがそんなことはどうでもいい。ただこうやって酒を持ってきたのも何かの縁だ。冥土の土産に少し話そうじゃないか。夜はまだ長い」

「お前に話すことなど何もない。私はここで死ぬんだ。お前を道連れにしてな」

高倉は俊介の横で膝をついている貴子を見つめた。彼女がここに来たのが誤算だったのだろう。

「そうか……。おれはここで死ぬのか……。まあ、それも一興だな。とりあえず呑めよ。あんたがリクエストした酒だ」

俊介は再び酒を口に運んだ。

「お前、この状況下で、よく酒が呑めるな。それだけはほめてやるよ。いい度胸だ」

「ロウソクの灯りの下で呑むなんざ乙なもんだ。あんた、死ぬんだろ。水盃ってえのも野暮だからな。最後ぐらいは本物を呑めよ。それとも緊張して喉を通らないってか」

高倉は茶碗を手にとると、すするように日本酒を呑んだ。食道を通過した酒は胃の壁を伝って広がった。この感覚は高倉にとって心の鎮痛剤になったようで、強張った表情が少しだけ緩んだ。

「彼女とはどういう関係だ」

　茶碗を口に当てたまま高倉が尋ねた。

「高倉さん、あんた、この娘のことを知っているのか」

「質問しているのはおれだ。答えろ」

「おれの妹だ」

　貴子は表情を変えなかった。

「な、なんだと」

「ただし腹違いだがな。女にだらしのなかったおれの父親が外で産ませた子だよ。だから歳が十五も離れている」

「こいつの言ってることは本当なのか」

　貴子は黙って頷いた。高倉は自然体で酒を呑んでいる俊介を見て考えた。この男の冷静さは何だ。佐々木にしろ、この葉山にしろ、心の中に太く硬い鉄の芯が通っているように思えた。正や悪などという俗な物差しでは測ることのできない鉄の芯が……。自分には芯など何もない。風鈴にぶら下がる紙切れのように、ただ風に舞っているだけだ。

14 修羅場の子守唄

「貴子、震えてるから上着をかけてやれ」

俊介は床に全裸で転がっている高倉の妻をアゴで指した。貴子は高倉を気にしながら立ち上がる。

「余計なことはするな。こいつはブタ同然の女だ。ブタが服を着るか」

貴子は脱ぎかけていた手を止めて、俊介の言葉を待った。

「この人のためにするんじゃない。おれのためだ。失礼だが酒がまずくなるんでね。貴子、かけてやれ」

高倉はライターに火を点けた。

「勝手なことはするな」

その言葉を聞いて、俊介の目つきは鋭くなった。

「ライターとガソリンがなけりゃ何にもできねえのか。やるならやれよ。あんたの勝手だ。貴子、上着をかけてやれ」

　貴子はためらわずに立ち上がると、小百合の前にひざまずき下腹部に上着をかける。俊介もブルゾンを脱ぎ、貴子に放った。彼女はそのブルゾンを小百合の肩に優しくかけた。小百合は目を閉じてこの現実に耐えている。俊介は何事もなかったように酒を呑んだ。

「で、どうだった高倉さん。自分の人生を振り返ってみて。こんなことをしでかすくらいだから最悪の人生だったんだろ」

　高倉は少しの間をおいてから苦笑した。

「ああ、その通りだ。楽しい記憶など何もない」

「それを人生っていうんだがな」

「哲学者みたいなことを言うじゃないか」

「あはは、哲学者か……。確かにおれのガラじゃないな」

　貴子は、俊介が仕事に入ったと判断した。

「高倉さん、あんた、どこの出身だ」

　茶碗を手に取ると、高倉はすするように酒を呑んだ。

「確かにうまい酒だ……。宮崎だよ。九州の……」

「ほー、いいところじゃないか。日向(ひゅうが)はよかったなあ」

「旅行で行くからそう思うんだ。私の故郷は宮崎といっても内陸でね、何にもない山に囲まれた農村だ。思い出したくもない」

「何にもないことに価値があるんじゃないのか」

「そんなもんは都会で生まれ育ったやつの戯言だ。農家の三男坊なんてもんに居場所はない。商業高校を出たら厄介払いさ。里帰りしたところで兄嫁に嫌な顔をされるだけでね。それも露骨な態度でな。借金でも申し込みにきたのかって言ってたらしいよ。八年前だったかな、母親が死んだときに帰ったのが最後だ」

「あんたのところは、嫁さんに尻に敷かれる家系らしいな」

　高倉は甲高い声で笑った。

「いっひっひ……、こりゃ傑作だ。その通りだよ。ああ、兄貴にも聞かせてやりたいよ。親父もそうだったしな。まさしく嫁に呪われた高倉家だ。あっはっは」

　絶妙なタイミングで貴子が高倉の茶碗に酒を注いだ。

「あー、笑いすぎて腹が痛い。君はどうだ。女房で苦労してないのか」

　貴子は、高倉が「君」と言ったことに注目した。ソープでも心を開くまでがそうであったように、上から目線の態度に戻ったようだ。

「女房か……。そういえばいたな、そんなのが……」

「別れたのか」

「死んだよ」

「病気か」

「自殺した……」

流れるような会話だったが、高倉の言葉は止まった。

「ま、まあその……、私には故郷、つまり帰る場所はなくなったということだ」

中卒が金の卵といわれた集団就職の時代も同じことがいえたのではないか。昭和三十年代の地方農村などでは、大飯食らいの高校生などは無用の長物。都会に送り出すのは体のいい口減らしみたいなものだ。

「東京に出てきて、すぐ今の仕事に就いたのか」

高倉は俊介の妻の話題を避けたいと思ったのか、時おり酒をすすりながら語りだした。

※　※

ああ。地元の県議の紹介でな。小さな信用組合だよ。思えば親が私にしてくれた最後の世話だったな。おっと、もうひとつあった。東京に出ていく前夜に握らせてくれた金が三万円。夜行に乗って東京に着いたときには残金が半分になっていた。

最初の給料日までは辛かったな。米を持ってきてよかったよ。

　東京は、十八歳の田舎者を圧倒する都会だった。東京駅が近くなり巨大なビルを目の当たりにしたとき全身が震えたからな。ところが信用組合の支店に行ってみたら下町の掘建て小屋でね。馬鹿だよなあ、丸の内あたりのオフィスビルで働けると思ってたんだから。

　配属されたのは業務課でね。業務課なんて聞こえはいいが、まあ雑用係だよ。信用組合に入ってから三十年、支店はいくつか替わったが、業務課一筋だ。三十歳のころだったかな、一度、支店長に直訴したんだ。「外回りをやらせてください」って。すぐに却下されたよ。「君は他人を暗い気持ちにさせる。営業は無理だ。人間には適材適所ってもんがある。業務課だって立派な仕事だ」ってな。もっとも、今思えば業務課でよかったよ。営業にはノルマもあるし、私に達成できるわけないからな。

　三時に店を閉めると、現金を合わせるんだが、私のミスで帳簿と現金が合わないことが三度ほど続いた。現金が合わないと全員帰れないんでね、身が縮まったよ。確かに、あれは私のミスだった。だが、その後も現金が合わないのは全て私のせいにされた。上司はこの作業を「高倉チェック」と命名して、すぐに定着したよ。

　そのうち私は、同僚たちのストレスのはけ口として利用されるようになった。陰口ならともかく、聞こえるように言われるのは堪えたな。「万年業務」「ごく潰し」「給料泥棒」……。たくさんありすぎて忘れたよ。

呑み会どころか忘年会にさえ誘われない。夏季休暇が終わって出勤すると、私の机が隅に移動されていた。しかもその机だけが壁の方を向いて置かれていたのだ。その日は、いつも遅刻ギリギリに出勤してくる若い連中もなぜか自分の席に着いていた。私の反応を見て楽しむためだ。昼休みにそれぞれの感想を述べて大笑いするのだろう。私は何事もなかったように席に着いた。背中が痛かったよ。いくつもの視線が私の背中に刺さっているのがわかったからね。

ある若い女性社員が仕事でミスをしてね。支店長に呼び出され厳しく注意されたことがあった。もちろん私とは無関係のミスだ。彼女はふてくされた表情で席に戻ると、持っていた書類を机に叩きつけた。何枚かが私の足元に落ちてきた。私がそれを拾って彼女の机に置くと、こう怒鳴ったんだ。

「何もしないで。何もしないでよ、高倉さん。あんたが何かをすると皆がイライラするの。お願いだから、何もしないで机に向かっててちょうだい」

店内は凍りついた。私の拳に力が入った。殴ってやろうかと思ったからだ。それから私はどうしたと思う。笑ったんだよ。誤魔化し笑いをして自分の席に着いたんだ。

この事件で私の立場は決定的になった。ゴミみたいな扱いだ。そんな私がよくクビにならなかったと思うだろう。自分でもそう思うからね。何年かしてその答えがわかってきた。ガス抜きだよ。社員のガス抜きとして、私が必要だったんだよ。人間はね、自分より地位が下の者が身近にいると、自分に満足するものなんだよ。自分はビリじゃないってな。

私はもう覚悟を決めたよ。転職して今以上の収入を得る可能性もないし、度胸もない。それならこの生活を続けるしかないだろう。生き恥をさらそうとな。

四十歳近くなったころに見合い話が舞い込んでね。取引先の遠縁の娘とかで、支店長を通しての話だった。ロクな女じゃないと思ったよ。支店長は見合い写真をなかなか見せようとしないし、半ば強制的な雰囲気だったからな。それでも結婚生活に憧れはあった。家庭って素晴らしい言葉じゃないか。家庭は私にとって最後の希望だった。容姿や年齢なんてどうでもいい。温かい家庭を求めるのは当然だろ。

見合い写真を見ても驚きはしなかった。お世辞にも……、どころか珍しいほど不細工な女だった。私より二歳上でね。高望みなんかできないことは私だって理解している。気立ての優しい女ならいいじゃないか。

それがこの女だ。面白すぎて涙が出てくるよ。見てくれ、この醜(みにく)い身体を。元々太っていた上に、三食昼寝付きの生活でこの有り様だ。おまけに強烈なワキガでな。あんたたち、夏場だったらとてもこの部屋にはいられないよ。

デートなんざしたこともなく、挙式の日取りは決まった。結納なんて省略していいからって言われたよ。こいつの実家も焦ってたんだろうな。グズグズしていて話が壊れちまったら二度とチャンスはないかもしれない。四十路すぎたブスでデブでワキガのいかず後家。どこでもいいから出しちまえって、まるでゴミの不法投棄だ。投棄された場所が私ってことだよ。

結婚式は写真を撮っただけだ。こいつに友人なんていなかったんだろうよ。まあ私も同じだがね。新婚旅行は北海道に行った。ホテルでの夕食のとき……、思えばこいつと食事をするのは初めてだったんだが、こう言いやがった。

「あんたと結婚する気なんかぜんぜんなかった。本当に最悪。最低だわ。あー、どうしてこんな人生になったのかしら……」

食べ物を口に入れてクチョクチョさせたまま、不満を言い続けた。私はこれからの人生を想像して全身が冷たくなったよ。なのにその夜、セックスだけは要求してきた。こいつは男とセックスした経験はなかったが、性欲は人一倍で「オモチャ」を使っていたらしく、とても初夜の恥じらいなどはなかった。コトが終わると私のセックスにダラダラと文句をほざき、イビキをかいて寝ちまったよ。

私は商売女と寝たことはあったが、素人の女を抱くのは初めてでね、それなりにロマンも持っていたよ。それが悪臭に息を止めながらセックスすることになるとはな。

　しばらくすると暴力も始まった。「動きがのろい」「返事が小さい」と尻を蹴られた。そのうちに蹴られる理由は意味不明になった。「ムカつく」「ウザい」「目ざわり」……。それだけの理由で蹴られたよ。

　夕方に新聞の集金人が玄関に来てね。こいつが私に交渉してこいと言う。洗剤を十個多くよこせってね。十五分も頼みこんでやっと五個多くもらえることになったんだ。家に入ろうとしたら玄関の鍵がかかっている。扉の裏で私と集金人の会話を聞いてたんだな。インターホンからこいつの声が聞こえてきたよ。

「十個って言っただろ。そこで反省しろ」

　その夜は晩飯も抜きで、朝まで玄関に立ってたよ。

　こづかいなんてものはもらったことがない。一度もだ。必要なものがあれば紙に書いて提出する。刑務所みたいだろ。五百円もらうのにさんざっぱら嫌味を言われてな。会社の若い連中に一度だって奢(おご)ったことはない。惨(みじ)めなもんさ。

　面白い話をしようか。私が使うトイレットペーパーの量が多いって尻を蹴られてね、それから大便はなるべく外でするようにしている。家でするときはね、量販店のトイレから盗んできたトイレットペーパーを使っているんだよ。それをカバンに入れるとき、どんな気持ちになるか想像できないだろう。尻を拭く紙にまで馬鹿にされてる気分になるからな。

葉山さん、私はあんたに感謝すべきなんだろうな。こんな悲惨な生活に決着をつけるきっかけを与えてくれたんだから。なんだか胸がすっとしたよ。さあ、そろそろタイムリミットだ……。

※　※

貴子は語部(かたりべ)の民話を聞いているような気がした。暗闇の中にロウソクの灯りが二つ。集会室の白い壁には高倉の影が大きく映り揺れていた。性格は恐ろしい。確かにこの男は不幸な境遇にあったのかもしれない。だが、自分もそうだったように、そんな人間は世間にいくらでもいるだろう。高倉の悪循環は彼の性格が呼び寄せたものだ。後ろ向きで、卑屈(ひくつ)で、諦めが早く、すべてを他人のせいにする。本当に悲しい男だ。俊介はそんな男をどうやって切り崩すつもりなのか。

俊介は座ったまま背筋を伸ばした。

「高倉さん、あんたはどうしてその場で留まってるんだ。前に出て戦いもせず、後ろに逃げもしない。その場で地団駄(じだんだ)を踏んでいるだけだ。駄々(だだ)っ子のようにな。女房が憎いなら別れればいい。会社が嫌なら辞めればいい。仕事なんか探せばいくらでもある。世間じゃ未曾有の不況だっていうが、新聞の求人欄にはいくらだって職があるだろ。こんな仕事は嫌だなんてほざくのはまだ余裕がある証拠だ。あんたには女房と別れて失うものがあるのか。何もないだろ。あんたがいなくなって困るのは、この女なんだよ。慰謝料なんか踏み倒しちまえ。こんな大層なことをしでかす度胸があるなら、なぜ、そのときに爆発させなかったんだ。あんたは何もしないことで不遇を生み出し、その不遇を受け入れ、それに流されてきただけだ」

高倉は反応しなかった。そんなことは自分でもわかっているのだろう。わかってはいるがどうしようもなかったのだ。

「あんた、さっきガス抜きの話をしたよな。こんな話はしたくなかったんだが、冥土の土産にガス抜きをさせてやるよ。あんたにもな……」

いよいよ勝負のときがきた。これから一世一代の茶番劇が始まる。

※　※

おれの女房が自殺したことはさっき言ったよな。実は母親も自殺してるんだ。葉山家に嫁いでくる嫁は哀れなもんだ。

おれの親父は若いころから放蕩三昧の男でな。「呑む・打つ・買う」は当たり前で生活費なんざ一度も入れたことがない。とにかく最低な男だった。おれも中学生になると警察の世話になったが、親父のことが原因でグレたわけじゃない。万引きだよ。おふくろに何か食べさせてやりたかったんだ。なんせ有り金はすべて持っていかれちまうもんだから飯も食えない。おれは給食や、友だちの家でご馳走になったりしてなんとかやり過ごしたが、気丈なおふくろは耐えるしかなかった。それを見ているのが辛くてね。おれは一人っ子だったから妙な責任感があったんだ。おふくろに食べさせるためにスーパーで弁当や食品を万引きした。何度も捕まって、警察のオッサンとも顔見知りになっちまってさ。万引きの理由も風の便りで知ってたんだろ。おれの学生服のポケットに一万円を入れてくれて「どうしても万引きしたくなったら、また来い」って。あれ以来、万引きはできなくなっちまったよ。

　ほら、おれの脇腹に傷があるだろ。十三歳のときだったかな。学校から帰ると、親父がおふくろを殴ってた。よくドラマや映画で見るだろ。

「あんた、やめて～。このお金だけは～。後生だから～」

「うるせえ、この野郎」

　あの世界だよ。おれは親父を殺してやろうと思って、台所から包丁を持ち出した。マジで殺すつもりだった。だが、まだ子供だったからな。揉み合った末に、刺されたのはこっちだった。あれから親父と口を利いたことはない。憎んでいたし、少年の目から見てもゴミのような男だったよ。

あれは中学三年生の秋だったな。臨月近い妊婦が訪ねてきた。お腹にいたのがこの貴子だ。ご推察の通り、親父が若い女をはらませたってオチだ。当の本人は何日も帰ってきやしない。貴子の母親は俯いて泣くばかりでな。だけど、何もしてやることはできなかった。渡す金どころか、こっちは今夜の食べ物を心配してる状況だからな。背中を丸めて帰っていく貴子の母親の後ろ姿を今でも思い出すよ。

しばらくすると、親父は行方不明になった。蒸発ってやつだな。どこに行ったのかは知りたくもなかった。ただ、あの妊婦のところではないように祈った。あんな悪魔と生活するよりは母子家庭の方がはるかにマシだ。生活保護だってあるしな。

親父がいなくなってから引っ越して、おふくろとおれの暮らしは安定した。普通に働けば質素な生活くらいはできる国だからな。もちろんおれもバイトで学費は稼いだよ。

おれが三十歳になったとき、警察から連絡があって親父の死を知らされた。日本の警察ってすごいよな。親父が持っていた免許証だか、年金手帳だかは忘れたが、そんなもんからおれたちを見つけ出すんだから。蒸発してから十五年近く経ってた。手続きをして法的にはすでに離婚が成立していたから、遺体の引き取りは拒否した。おふくろの心は揺れたようだが、おれは断固拒否したんだ。どこでどうやって死んだかも聞かなかったしな。

　おふくろが自殺したのは、その二年後だった。青天の霹靂だったよ。まったく理由がわからなかった。遺書を読むまではな。おふくろは生命保険に入っていた。加入してから何年か経っていて、自殺をしても保険金は支払われることになっていた。

「あの親子を捜して、いくらかでもお金をあげてください。お前の弟か妹なのですよ。そして困っていたなら力になってあげなさい。頼みましたよ」

　計算してみると、お腹の子は十七歳になっているはずだ。金がかかる時期だよな。もちろん母親が再婚して幸せな生活を送っている可能性もある。まあ、おふくろの勘かもしれないな。

　親父に騙されるくらいだから、幸運からは見放された女に決まってるだろ。一刻も早く金を渡してやりたかったんだ。自らの命を引き換えにしてもな。ただ断言できるのは、おふくろは親父が死ぬのを待っていたってことだ。あの悪魔が取りついていたとしたら、金を渡しても泡と消えるのは見えてるからな。

　天涯孤独になったと思ったおれだが、血のつながった弟か妹がいるのだ。おふくろの遺言を守って、おれはあのときの母親を捜した。捜索は難航したよ。手掛かりなんてほとんどなかったからな。

二年ほどして、かつて近所に住んでいたおばさんに出くわした。親父の遊び仲間の奥さんだ。この奥さんも亭主で苦労した人だったな。親父は蒸発した後、千葉の船橋で暮らしていたらしい。家族もいたようだ。おれはできる限りの情報を引き出して、探偵社に捜索を依頼した。半月ほどで見つかったよ。親子二人は船橋の小さなアパートで暮らしていた。母親は四十五歳、貴子は二十歳になろうとしていた。母親はずいぶん老けて見えたな。きっと苦労したんだろうよ。初めて見る腹違いの妹は色白で暗い感じの娘だった。まともにおれの顔を見ることもできなかった。まあ、いきなり歳の離れた兄が現れたんだから当然か。おれは二人の前に千五百万円の札束を置いた。

「彼女が結婚するときにでも使ってください」

もちろん、おふくろが自殺して作った金だとは言わなかった。母親は拒否していたが、最後は折れて受け取ってくれた。おれはこの親子を遠くから見守ることにしたんだ。

このとき、すでに貴子の母親の身体はガンに冒されていたようだ。亡くなったのはそれから二年後だ。質素な葬式をしてやり、それから半年に一度くらいだが貴子に会うようになった。ただ元気で暮らしているか確かめたかっただけだ。

その後、おれは結婚したが妻に貴子の話はしなかった。恥ずかしかったんだよ、おれの身体に親父と同じ血が流れていることがな。おれが晩婚だったのも、親父が原因かもしれない。自分もあんな男になって家庭を滅茶苦茶にするんじゃないかってね。身体中の血を抜いて入れ替えたかった。だから人一倍家庭は大切にしてきたつもりだ。

二年ほど前、久々に会った貴子に衝撃的な告白をされた。ＯＬをしながら一人暮らしをしているはずだったんだが……、吉原でソープ嬢をやっているという。そんなところで働くのにはそれなりの訳があるはずだ。なぜおれに相談しなかったのだ。おれはそれが悲しかった。兄妹（きょうだい）なんだからな。理由は聞いたさ。辞めさせるつもりでな。だが結果としては愕然（がくぜん）とするだけだった。

親父はしばらくこの母子と暮らしていたが、案の定（あんのじょう）、家を空けるようになり、たまに金の無心に戻るだけになった。一年間も帰らないことがあったそうだよ。貴子が小学校六年生のときだ。アパートに一人でいると、親父が帰ってきてな、暴行されたんだよ。まだ初潮前の子供が父親にだぞ。おれは悔しかったよ。なぜあのとき親父を殺さなかったのかと。

このことは母親にも話さなかったそうだ。だが勘づいていたんじゃないかな。さすがにその事件以来、親父は一度も帰ってこなかった。たぶん母親はあいつを殺したただろうからな。貴子はどんな苦しみを抱えて生きてきたんだろう。とんでもない荷物を背負っちまったもんだよ。まだ若い娘だっていうのになあ。

ソープランドで働くのは、自分の身体を洗い流すためだそうだ。何十何百もの男に汚(けが)されればキレイな身体になれる気がするってな。本人じゃなきゃ理解できない感覚なんだろうよ。おれは貴子がソープランドで働くことを了承した。見守るしかないと判断したんだ。

おれは運よく仕事が成功して、金にも余裕ができた。このマンションは新築で購入したが、一年後に六階の一室が売りに出たんだ。おれはそこを買って貴子を呼び寄せることにした。心配だったから近くに置いておきたかったんだ。やめときゃよかったんだが……。

もちろんマンション内で顔を合わせることがあっても、知らない振りをしていた。前のバス通りから貴子の部屋が見えるんだよ。夜になって部屋の明かりが目に入ると、なんとなく安心するんだ。ああ、生きてるなあって。

あるとき、その照明を見たら貴子に会いたくなっちまってね。酒が入ると気が緩むからな。貴子の部屋を訪ねたんだ。酒を呑みながらいろいろ話したよ。すっかり酔っぱらっちまってね。貴子の部屋を出るとき玄関を開けたら、そこに女房が立ってた。真っ青(さお)な顔をしてな。なんでバレたのかはわからん。

扉を開く前、おれは貴子を抱きしめた。「生きていれば必ずいいことがある」ってな。たぶん女房は玄関の覗き穴からその行為を見たんだと思う。女房は走り去った。その夜はそのまま帰ってこなかったよ。おれは後悔した。貴子のことを話しておけばよかったとな。

警察から連絡があったのは翌日の昼前だった。女房はビジネスホテルで自殺していた。大量の睡眠薬を飲んでな。当然だよな。信頼していた夫が、同じマンションで女を作っていたなんて、耐えられるもんじゃない。結局、おれも親父と同じだったよ。女房を殺しちまったんだから……。

おれも死のうと思ったよ。その方が楽だからな。最低だよな。前夜、貴子に「生きていれば必ずいいことがある」って言ったくせに。

貴子だって重い荷物を背負って生きていかなければならない。だからおれも必死に生きていく。残り少ない人生だけどな。生きるってことは罰ゲームみたいなもんだ。高倉さん、あんたも罰ゲームを選択するべきなんじゃないのか。そこに転がってるブタさんへの恨みも充分晴らしただろ。なあ、高倉さん……。

※　※

決まった。ここが歌舞伎座（かぶきざ）なら大向（おおむこ）うをうならせたはずだ。

貴子は話の途中からずっと泣いていた。感情移入せざるをえない作り話だったからだ。高倉は茶碗に少しだけ残っていた酒を呑み干した。

「それがどうした」

「えっ」

「だから、それがどうしたんだ。さあ皆さん、終宴の時間だ」

「ちょ、ちょっと待ってくれ。おれの話に感動し、涙にくれて思い留まるはずなんだが……」

「ふざけるな。くだらない話を長々としやがって。もう終わりなんだよ」

高倉は左手でビンをつかむと、立ち上がってライターに火を点けた。貴子は俊介に視線を送った。

「ダ、ダメだ、貴子。もう引き出しがない。ネタ切れだ。せーの、で逃げるぞ」

ゆっくりと立ち上がった貴子は、聖母のような温和な表情をして言った。

「高倉さん、火を点けるのはもう少し待って」

貴子は服を脱ぎだした。

「お、おい、お前、何を……」

「兄さんは黙ってて」

貴子は背中に手を回してブラジャーを外すと、その場に横座りになった。

「さあ、ヒロタン。ここにいらっしゃい。ママの胸に抱かれるのよ」

　仁王立ちしていた高倉の身体は固まっていた。しばらくすると、左手に持っていた火炎ビンが滑るように床に落ちた。ガソリンが床に流れて鼻を突く。

「どうしたの、ヒロタン。そんな怖い顔をして。さあ、ママが慰めてあげるから膝の上にいらっしゃい」

　高倉の顔から徐々に邪気が抜けていくのがわかった。

「ママ、ママ……。会いたかったよ。ママ……」

　這い這いをして貴子に近づいた高倉は、乳飲み子のように抱かれた。貴子は高倉の背中を優しく叩きながら乳首を吸わせる。なんとも気色の悪い光景だったが、俊介はこの二人の関係を理解した。俊介は転がった火炎ビンを立て、トレーナーを脱いで、床に流れ出たガソリンを拭いた。それから高倉の妻の耳元で囁いた。

「よーく見ときなよ。風が吹けば桶屋がなんとかって言うだろ。ある意味じゃ、あんたが風を吹かせてこうなっちまったんだよ」

　高倉の妻は、幼児と化した自分の夫を直視した。

「寂しかったんだよね、ヒロタン。もう大丈夫だからね」

　貴子が高倉の残り少なくなった髪の毛を撫でると、高倉は乳首を吸いながら「うん、うん」という声を漏らした。

「もう死ぬなんて駄々をこねてママを困らせないでね」

「イヤだ。ヒロタンは死ぬの。死ぬんだもん。だって、もう生きているのがイヤになったんだもん」

「ヒロタンが死んじゃったら、ママとっても悲しいから……。ママはヒロタンが帰ってくるのをずっと待ってるからね」

「ホントにヒロタンのこと、待っててくれるの。約束してくれる？」

「もちろん約束するわ。だから安心して眠りなさい」

高倉は目を閉じた。

「ゆりかごの歌を　カナリヤが歌うよ　ねんねこねんねこ　ねんねこよ」

細くて切ない歌声が集会室に流れると、高倉の鼻からは寝息が聞こえてきた。

俊介は火炎ビンを集会室の隅にまとめ、それから高倉の妻の縄を解いた。彼女は泣いていた。その涙が怒りから生まれたものなのか、安堵のせいなのか、屈辱が原因なのかはわからなかった。俊介は期待をこめて高倉の妻に語りかけた。

「本当は奥さんに……、ああしてほしかったんじゃないのか、高倉さんは。心の底では愛してたんだよ、あんたのことを。愛してるからこんなことをしでかしたんだ。さもなきゃとっくに蒸発してるだろ」

高倉の妻は床に突っ伏して号泣した。

貴子は高倉の寝顔を愛しそうに見つめながら子守唄を歌い続けている。腕時計を見ると、午前三時を回っていた。俊介は中庭に面したカーテンを引くと、窓を開けた。暗がりの中で何人かの警官がうごめく。

「慌てるな。丸山さんはいるかな。葛飾署の刑事コロンボさんだよ」

植え込みの脇から、背の低い男が出てきた。俊介は両手で頭の上に大きな輪を作った。

「申し訳ないが、二、三人で来てくれ。一人は美人の婦人警官が希望だ。静かに来てくれよ。刺激したくないんでね。それと身体を包める布を二つ。ひょんなことから裸の女が二人もいるもんで」

丸山が刑事三人を連れて集会室に入ってきたが、高倉は乳首を吸い続けていた。

「丸山さん、この気持ち悪い行為は高倉が強要したものじゃないからね。さらに罪が増えちまうからな。ま、成り行きは後でゆっくり話すよ」

高倉は両脇から刑事によって、抱えられるようにして立たされたが、抵抗はしなかった。

意識はあるようだった。丸山は、もうろうとしている高倉の様子を見て疑心を持ったようだ。

「ちょっとした薬物を飲ませたんでな」

「や、薬物だと。何を飲ませたんだ」

「二人でアブリをやった。って、嘘に決まってんだろ。死んだ女房が使ってたパルレオンとかいう睡眠導入剤だよ。酒に入れといた。おれも飲んでるから眠くて仕方ねえ。これくらい大目にみてくれよ。あんたの誘いに乗ってやったんだから」

丸山刑事はニヤリとした。俊介は、高倉と高倉の妻にも聞こえるように大きな声ではっきりと言った。

「これは単なる夫婦喧嘩だ。痴話喧嘩なんだよ。こんな大騒動になっちまったがな。高倉に殺意はなかった。奥さんを殺そうともしなかった。それはおれと貴子が証言する。丸山さん、そこんとこ、よろしくな」

背を向けていた丸山は右手を軽く上げた。

裸の妻は保護され、高倉は両脇を固められて、中庭を通り連行された。一階の通路で待機していた麻丘と南は肩の力を抜く。

「どうやらカタがついたみたいですね」

「ああ、終わったみたいやなあ……」

舌打ちをするような音が聞こえたので、振り返るとそこには何人かの野次馬や警察官に交じって佐々木が立っていた。

「なんや、あんたも見物してたんか。しかし惨めな姿やなあ。負け犬は最後まで負け犬ってことや」

「人間ってやつは、そう簡単に変われるもんじゃない。いや、変わることはできない」

佐々木は断片的にそう言い残すと、背を向けて消えていった。

「なんや、気色の悪いやっちゃなあ……」

俊介と貴子は集会室に残っていた。

「ところでお前、いつまでそんな格好してんだ。おれにも乳首を吸わせてくれるってか」

我に返った貴子は両手で胸を隠した。

「乳首はどうでもいいが、無性に煙草が吸いたくなった。それにしても長い夜だったな……」

俊介がライターを点火させた瞬間に、床一面に炎が走った。

「キャーッ！」

貴子は頭を抱えた。

その炎は火炎ビンに到達して大爆発した。

15　聖母は小悪魔のように

次の事件が発生したのは十日後だった。

俊介の携帯電話が鳴ったのは午後七時半。ディスプレイには「南淳二」と表示されている。

「先生の家は読売の夕刊をとってますか」

「おれが競馬新聞しか読まねえの知ってるだろ」

「それでは、すぐに『マロン』に集合してください。元さんも呼びますから。すぐにですよ」

俊介はいつもと違う南の口調に妙な胸騒ぎを覚えた。

マンションの玄関で麻丘と出くわした。

「何ですやろ。風呂に入ろうと裸になったとこやったのに……」

「ソープの誘いだったらグッドタイミングなのにな」

「先生、グッドタイミングって、もう死語でっしゃろ」

　玄関を右に曲がると、すぐに「マロン」の照明が見える。ガラス越しに店内を覗くと、すでに南は角のテーブルで固まっていた。

　俊介と麻丘は南の対面に座った。

「コーヒーでいいですよね。一緒に注文しておきました」

「で、どうした。高倉が獄中で首でもくくったか」

　南は手にしていた新聞の向きを変えると、俊介の前に差し出した。

　新聞に目をやると、小さな記事が赤ペンで囲まれている。小見出しには「ガソリン殺人」という文字が見える。

「老眼で読めねえな。淳ちゃん、読んでくれ」

　南は再度、新聞を手に取った。

「ガソリン殺人でラッシュ時の秋葉原(あきはばら)駅騒然……」

「今、ガソリンはちょっとしたブームなのか」

「まさか……、高倉がプリズン・ブレイクしたんか」

　ギャグに反応しない南の態度に空気が少し重くなった。

「七日午前八時五十分ごろ……、つまり今日の朝ですね。ＪＲ総武線秋葉原駅上りホームで男性二名が口論となり、殴られた男性が所持していたペットボトルから相手にガソリンをかけ火を点けた。火ダルマになった相手の男性は救急車で搬送されたが、午前十時、全身火傷で死亡が確認された。殺人未遂容疑の現行犯で逮捕されたのは……」

ここで南は少しの間をおいた。

「葛飾区東新小岩在住の佐々木茂雄（三十二歳）。万世橋（まんせいばし）警察署では事件に至る経緯やガソリンを所持していた理由などを聴取している。通勤で混雑する駅のホームは騒然となり、上り総武線に一時間の遅れが出た。以上です」

いち早く反応したのは麻丘だった。

「さ、佐々木茂雄って、あの寡黙な、佐々木でっか……」

「そうですよ。住所、氏名、年齢が一致してますから。念のため管理事務所に聞いてみたら、午後に万世橋警察署から問い合わせがあったそうです」

マスターがコーヒーを運んできた。マスターが接近すると全員が無口になる。この喫茶店での暗黙のルールだ。

「何で急に黙るんですか。なんか様子がおかしいなあ……。理事長さんの新しい情報があったんでしょ。教えてくださいよ。場合によってはコーヒーもう一杯サービスしますから」

「何もあらへんて。淳ちゃん夫婦の離婚の相談や。あっち行っててんか」

麻丘が左手の甲で追い払う仕種をすると、マスターはトレイで後頭部を叩きながら去っていった。俊介は煙草に火を点けると煙を大きく吐き出す。何かを考えているようだ。

「新聞を読んで血の気が引きました。衝撃的すぎますよね」

「殺人未遂のお次は本物の殺人でっせ。なんちゅうマンションや」

俊介はもう一服喫って上を向くと、指先で頬を軽く叩き、煙の輪を作っている。

「うーん、ガソリンっていうのが引っ掛かるなあ……」

麻丘と南は同時に頷いた。

「高倉の事件をもう一度、整理してみようか。あのオッサン……、丸山刑事の話によると、あの日、高倉が自宅を出たのは午後三時すぎらしい。一人で外出する姿を管理人が目撃している。その後の高倉の行動がまったくわからないんだとさ。事件発生が十時すぎだから……」

「空白の七時間ちゅうことでっか」

「高倉は黙秘してるってことですか」

「犯行についてはすべて認めている。この空白の時間については……、あてもなく街を彷徨っていたらしいが、記憶がまったくないそうだ。丸山刑事は高倉の虚言だと思っている。何かを隠しているのは間違いないが、口を割る気配はない。強い意志を感じるってさ」

麻丘と南も様々な仮説を頭の中で組み立てているのだろう。

「総会で失神した高倉が、たった十時間後にあんな事件を起こすなんて……」

「せやな。そんな短時間で人格がガラッと変わるなんてありえへんで。ヤツに何かが起こったかもしれへんな」

「それから警察はガソリンにも注目している。高倉はガソリンのことについて何も語らない。入手経路が不明のようだ。高倉は自宅の自室に隠し持っていたと言い張っているようだが、いつどこで購入したのかを尋ねると口をつぐんでしまう。高倉は車を持っていないから、ガソリンタンクから抜き取ることもできないしな」

「共犯者の線は……」

「考えにくいそうだ。高倉の交友関係は極めて狭い。そもそも共犯する理由が見当たらない」

「不可解な話でんなあ」

俊介は灰皿の真ん中で煙草を押し潰すようにして消し、また煙草に手を伸ばす。

「やっぱり、このガソリン殺人っていうのが気になるな。おれは佐々木という男に会ったことがない。高倉との接点は考えられないのか」

南は腕を組んで天井を見上げた。

「う一ん、ぼくは偶然だと思うなあ……。あの理事会の状況からして、高倉と佐々木が接触していたとは考えにくいですね」

「せやなあ。天敵だったわけやろ」

俊介はもう一度、新聞を引き寄せた。

「この新聞記事によると、口論は突発的に起こったみたいだな。だとすれば、計画的な殺人じゃない。佐々木は日常的にガソリン入りのペットボトルを持ち歩いていたことになる。普通じゃねえよ。おれが集会室に入ったとき、高倉はガソリンの入ったビンを持っていた。バリケードの上にも何本かビンが並んでいて……、そういえば確かペットボトルもあったな。うん、あった。あのとき高倉もガソリン入りのペットボトルを持っていたんだ」

「佐々木は高倉とは接触していないけど、高倉の事件を知って触発されたってこともありますよね」

「そういえば、高倉が連行されるとこを見とったしな」

煙草を消した俊介は立ち上がった。

「もうやめようぜ。そんなこと考えたって仕方ない。呑もう。『おたこ』に直行だ」

いつになく酒のペースが速い。それぞれが胸に何かの固まりを抱えている。だがそれが何なのかだれも説明できない。だから呑むしかないのだ。話題は自然にあの日のことになった。

「しかし、知らなかったんですか。ガソリンっていうのは揮発性が高くて引火しやすいんですよ。さらに揮発したガソリンは空気より重いので、地面に沿って広がるってことを……」

「知るわけねえだろ。おれは文系だからな」

「まあ、二人とも無事でよかったやないですか。貴子はんなんか、身体に火傷の痕でも残ったら商売になりまへんで」

「まったくだ。おれと貴子は入口のすぐ側にいたからな。慌てて飛び出した。前髪が陰毛になっただけで助かったよ。しかし集会室は丸コゲだ。それにしてもプロの消防士っていうのはすごいな。一階のスパに待機していたらしいが、ハリウッド映画のように登場して見事に鎮火させた。床と壁と天井を張り替えればなんとかなるらしい」

「先生が弁償するんでっか」

「冗談じゃない。おれは功労者だぞ。管理組合で加入している保険を使うか、損害保険を使うか、今、小林が検討中だ。集会室は新築同様によみがえる。やっぱりおれは功労者だな……。そうそう、小林といえば、人が変わったように明るくなってたな。おれに『葉山さんは働き者なんですね。見事な火事手伝いで……』なんて笑えないギャグを飛ばしてやがった」

「自分の担当するマンションであんな事件が起こったんだから、落ち込むのが普通ですけどね」

「頭がおかしくなったんとちゃうか」

「やっぱり、あれが原因かも……」

　南は麻丘に力のない視線を送った。

「何かあったのか」

「小林に、貴子はんがソープ嬢だったことを知られてしまいました。おまけに高倉と関係があったことも……、最悪やな」

「高倉との関係はぼくたちも半信半疑だったんですが、先生が集会室に入ったときに、元さんと話しているのを立ち聞きされてしまって」

　俊介は鼻先で笑った。

「気にするなって。逆によかったんじゃないのか。貫通しちまった方が見通しがいいだろ。しかし運命だよな。貴子と高倉を引き合わせたのが自分だったなんてさ」

「貴子さんと小林の関係はどうなるのかな」

「さあ……。男と女のことはわからん。小林が貴子に騙されたのは、男の誰でもが持っているスケベ心のせいじゃないようだ。ヤツも家庭で重い荷物を背負っていたらしいな。小林は現実から貴子に逃げたんだよ。そこにこの事件が起こった。高倉の行動や、貴子の現実を知ってどうするかは小林次第だろ」

レバ焼きが運ばれてきた。レバ焼きは塩コショーを振って白ネギと炒めただけだが、「おたこ」特製の味噌をつけて食べる。市販の安い味噌に唐辛子の粉や、すり下ろしたニンニク、ゴマ油などを練りこんだもので、ハイボールとの相性は抜群だ。

この店に来るといつも再認識させられる。本当に美味いものは素材や単純な味付けの中にこそある。高価な食材や華麗な皿や、店やシェフに与えられた星の数が、どれだけ心の奥底に染み込むのだろうか。男と女も同じだ。何気ない夫婦の会話や、日常の思いやりの中に幸せが潜んでいるはずだ。俊介は、高倉が求めていた何かがわかったような気がした。

ハイボールを呑むペースは落ちない。三人はほろ酔い気分になってきた。

「いやー、しかし先生、奥さんが自殺しはったって……、その奥さんは昨日の夕方、スーパーの試食コーナーでお好み焼きを食いまくってましたで」

「ば、化けて出やがったか」

「貴子さんとは腹違いの兄妹で、親父さんが淫行、おふくろさんが自殺……。よくもまあ、そんなデタラメを並べましたね」

「笑いごとじゃねえ。一歩間違えば丸焼けだからな」

南はハイボールのお代わりを三つ注文した。

「先生、集会室に乗り込むって、いつ決めたんですか」

「丸山のオッサンから、おれが名指しされたって聞いたときだ。ご指名に応えるのが礼儀ってもんだろ」

「あの刑事にはやられましたなあ。結局、警察は何もせえへんかったわけやから」

「まあな。でも滅多に見られない茶番劇だからな。しかも砂かぶりの特等席だ」

「しかし、小林も貴子はんもまだまだやね。先生が『マロン』から消えたとき、おれと淳ちゃんにはわかってましたから。先生は必ず行くって」

「あと、丸山刑事もね」

ハイボールが運ばれてきた。

「家に戻って、一升ビンに睡眠導入剤を入れた。それからは行き当たりばったりだ。その場で決めなきゃ面白くねえだろ。貴子が乱入してきたのは誤算だったが……」

「すいません。止められなくて」

「いや、結果的に、貴子がいなければ死人が出たかもしれない」

俊介はグラスのまわりをおしぼりで拭いた。

「あのときは酒が残ってたし、勢いだったからな。おれは簡単に高倉を落とせると思ってたんだ。だが集会室に入って高倉の目を見たときにヤバイと思った。おどおどした草食動物の目が野獣に変貌してやがった。すっかり肝が据わっててさ。人間っていうのは極限を超えると鬼になれるんだな。びびったよ」

麻丘と南は聞き役になる態勢を調えた。

「おれは高倉の人生を語らせることに成功した。ヤツの話を聞きながら必死に作戦を考えた。シラフだったらもっとマシな作戦が浮かんだのになあ……。案の定、高倉の人生は悲惨なものだった。でもさ、それは本人が決めつけたことで、そんなの世間のどこにでも転がってる出来事なんだよ。ヤツはほざいた。会社での自分の存在意義はガス抜きだと……。自分より馬鹿で惨めで嫌われている者が身近にいれば安心するだろ。そいつを集団でいじめることがガス抜きとなり、ひいては歪んだ一体感を生む。つまり不幸の比較ってやつだ。高倉の言ってることは正解かもな。お隣の大国だって、そんな手段で何億もの国民を操っているわけだからな……。

おれはこの作戦で高倉を落とすことに決めた。あんたなんかまだ幸せなんだってな。自分でも上出来のストーリーだった。お前さんたちにも聞かせたかったぞ。元ちゃんなんか絶対に号泣したぞ。貴子が実の父親からレイプされ、それでソープで働いている件なんかは、こっちがホロリとしたからね」

「で、高倉の反応は……」

「それがどうした、ときやがった」

　二人は前にずっこけた。

「そうそう。前フリが長かっただけに、吉本新喜劇なら全員が派手に引っくり返るところだ。高倉の役が岡八朗だったら完璧だったのにな……」

「クッサー」

　麻丘は中腰になって岡八朗が尻の臭いを嗅ぐ真似をした。

「高倉も何杯か酒を呑んだが平然としていやがる。それも計算外だった。こっちはもうフラガールだぞ。こうなったらもう逃げるしかねえだろ。まだまだ修行が足りないってことだな」

「そこで貴子はんの登場でっか」

「ああ。予想通り、貴子と高倉は『松竹梅』で関係を持っていた。服を脱ぎだしたときはさすがに驚いたがな」

「ええなあ……。その場にいたかったなあ」

「高倉にはそういう趣味があったってことですか」

「うーん……、趣味とか性癖とかいうカテゴリーの中に収まるもんじゃねえだろ。

言ってみりゃ精神世界ってやつよ。だれも覗くことができない、足を踏み入れることもできない二人だけの世界があったんだよ」

「うわ～、気色悪いでんなあ……。ええ歳こいたオッサンがバブバブって」

「ぼくはそう思いません。おそらく高倉にとっては純粋な世界だったんでしょう」

「母性愛に目覚めた貴子にとってもな……」

「ややこしいもんやなあ……」

「高倉はな、生まれてから人に愛されたことが一度もないんだ。おれは高倉を落とす手段として不幸の比較を選択したが、貴子は愛という直球勝負に出た。おれの完敗だ。高倉が求めていたのは愛だった。緊張が緩んで、一気に薬も効いてきたんだろう。高倉は貴子の乳首を吸いながら眠りに落ちていったよ。おれはその姿を高倉のカミさんに見せてやった。嫌がらせじゃない。見せてやりたかったんだ。あんなに穏やかで幸せそうな亭主の顔は初めて見ただろうからね」

　俊介はそのときの鬼嫁の表情を思い出した。

「出てきてから高倉はどうなるんですかね。あれだけの事件を起こしたわけだから、このマンションには住めないだろうし」

「そうやなあ……。鬼嫁はどうするんやろ。離婚やろな。まあ、その方が高倉にとっては幸せなんとちゃうか。毎日しばかれるよりマシやろ」

「どうなろうと関係ないが……」

　俊介はここで小さな溜息をついたが、その意味は自分でもよく理解できなかった。

「丸山のオッサンから聞いたんだが……、事件の翌日、鬼嫁が警察に着替えと差し入れを持ってきたそうだ」

「ひょえ～」

　麻丘と南は同時に奇声を発した。

「深々とでかい頭を下げたってよ」

「うーん、これは高倉にとって是か非か微妙やな」

「考えてみれば、今回の被害者は鬼嫁ですよね。鬼嫁が被害届を出さなければ高倉の罪は軽くなりますよね」

「さあな」

　檻の中で妻からの差し入れを受け取った高倉は何を思うのだろうか。俊介はそれが気になったが、答えの出ない問題を考えるのが面倒になり、すぐに頭の中から消した。

「おたこ」に着いてから二時間が経過し、麻丘はほろ酔いから泥酔に突入している。

「ねえ、先生。先生は貴子さんとどんな関係なんですか。やったんですか。やってないんですか」

「お前たち、かなりヨッパだぞ」

「酔ってるから聞けるんですよ。ねえ、どうなんですか」

「正直に白状するが、何もやってない。お前たちと『松竹梅』に行ったときに貴子がついたんだが、ちょっとした事情があってな。惜しいことをした。人生最大の悔恨だ」

「なんちゅうアホや、もったいない。あんなにええ女を……」

「ぼくだって、本当は貴子さんに憧れてたんですよ。それを、みすみす小林なんかに……。しかも高倉と赤ちゃんプレーって……。悪夢ですよ。うう……。ぼくだって癒されたい」

「お、おい、淳ちゃん、なに泣いてんねん」

俊介は右手の拳でテーブルを叩いた。

「よし。それじゃこれから『松竹梅』に繰り出そう。ジャンケンで勝ったヤツが貴子を指名できる。どうだ」

「やる。やりまっせ。絶対に勝ったるで」

「ぼくもやります。気合いだー。気合いだー。気合いだー」

三人はハイボールを呑み干した。

「よし。それじゃルールを決めよう。『松竹梅』に乗り込み、貴子を入れた三名のソープ嬢を選出する。そこでジャンケンだ。勝ったヤツは当然、貴子だな。負けたヤツは貴子以外のソープ嬢が豚だろうが牛だろうが、そいつに入らなければならない」

「おー、まさに天国と地獄やな、おもろいやないけ」

「ハイリスク・ハイリターンのソープファンドってわけですね。望むところです。負けたからって恨みっこなしですよ」

「なんやて、その言葉よく覚えておきや。出陣じゃ〜」


タクシーを玄関に横付けすると店長が腰を折って走り寄る。

「いらっしゃいませ。これはこれは、お久しぶりでございます」

タクシーの後部ドアが開くと、アルコールの臭いが車内からあふれ出す。店長の脳裏にはよからぬ展開がよぎった。

「運ちゃん、釣りはいらんでえ。家でも買うてくれ」

三人はふらつきながら「松竹梅」の玄関になだれ込んでいく。

「す、すいません。あ、あの、ここで入浴料金を……」

この三人を他の客と一緒にするのは危険だ。「松竹梅」の一階には応接セットのある客室が二部屋ある。一つは出撃を待つ待合室。もう一つは出撃を終えた団体客などが時間調整のために使用する通称「上がり部屋」と呼ばれるもの。今、上がり部屋には二人の客が戦友の帰還を待っている。ソープ嬢からの情報によると、彼らの背中には龍や仏像などが描かれているそうで、俊介たちをこの部屋に入れることはできない。

隣の待合室には客が一人待機している。知った客だし、粗相(そそう)があったとしてもなんとかなるだろう。店長は三人を待合室に入れた。

俊介たちが部屋に入ると、奥のソファーで一人の客が新聞を開いていた。三人は柔らかすぎるソファーに腰を下ろした。ボーイがお茶を運んでくるのと入れ違いに、店長が腰を折ったまま入ってきて膝をついた。

「いらっしゃいませ。えー、本日は……、ご指名などは、ございますでしょうか」

「神山だ」

「神山や」

「神山さんです」

店長は表情を変えぬことには成功したが、声は上ずっている。

「ご、ご冗談を。当店では、そのような三名様ご一緒にサービスを受けるというのは……、従業員の身体の負担も考慮いたしまして……」

俊介は店長の話を中断させた。

「だれが一緒に入ると言った。第一希望だ。神山と、あとの二人は豚でも牛でもよい。よろしく」

店長は心もち後ずさりした。

「も、申し訳ございません。神山さんはご予約が入っておりまして、本日はそれで終了ということに」

「な、なんだと」

「だから電話で確かめようって言ったんですよ」

「せやけど、勢いは大切にするべきやろ。しかしだれや、わいらの貴子はんを指名してるアホは……」

店長は新聞を開いている客を気にしつつ、ポケットから写真を取り出す。

「本日は他にも当店自慢の娘がおりますので、どうかお静かに」

麻丘は店長の手から写真を奪い取った。

「なんやこれは。猿と犬とキジやないか」

「ぼくたちは桃太郎じゃないんですよ」

俊介が立ち上がり、新聞の男に鋭い視線を送った。

「おい、店長。貴子を、いや、神山を指名したのはこの男か？」

顔を確認することはできないが、両手で持っている新聞が震えている。

「お客さま、おやめください。お願いいたします」

俊介はその男に近づくと、新聞を剝ぎ取った。麻丘と南も、想像を超えた俊介の行動に身構えた。

「こ、小林やないけ〜」

小林は作り笑いを浮かべて立ち上がる。

「どうも、皆さん、ご無沙汰いたしております」

「何がご無沙汰だ。てめえ、何でこんなところにいやがる」

「いいじゃないですか。ソープに来ようが、貴子さんを指名しようが、ボクの自由でしょ」

「ふざけるな。お前は貴子とやったことがあるんだろう」

「そんな下卑(げび)た言い方を……。愛を確かめ合ったと言ってください」

「やかましい。わいらは手を握ったこともないんやで」

「またＤＶＤに録画しますよ」

俊介は小林の隣にゆっくりと座った。

「そういうことだ、小林くん。きみもジャンケン大会に参加するしかないな」

「冗談じゃない。って、そんなことが通用する人たちじゃないですよね……。わかりましたよ。やればいいんでしょ。やれば」

「店長、そういうわけだ。しばらく席を外してくれ」

四人は立ち上がって部屋の中央に集まった。

「それじゃいくぞ」

小林が両手を前に出した。

「ちょっと待ってください。決まりません」

小林はその両手の指を組んでねじると、中を覗きこむ。麻丘は手の甲にシワを作り、南は目を閉じて呪文を唱える。

「よーし、いくぞ。最初はグー、ジャンケンポン」

小林だけがチョキを出し、残りの三人は全員パーを出した。

「よっしゃ～」

小林はガッツポーズをしたまま両膝をつき、天を仰いだ。

「くっそー。まずは小林くんの一勝か……」

「ちょ、ちょっと、一回勝負じゃないんですか。聞いてませんよ」

「そうだろうな。言ってないんだから」

小林は床に寝転がって両手両足をバタバタさせる。

「ずるいよ～。汚すぎるよ～」

三人は指をさして大笑いした。

「あははは……。小林くん、早く起きないと試合放棄になるよ」

「じゃあ、ちゃんとルールを書いてください。あなたたちは信用できませんから」

貴子は廊下で扉に耳を当てながら、中の様子をうかがっていた。大声は外まで筒抜けなので、耳を当てる必要もないのだが……。

「うふっ。小林さんもすっかり、スプラッシュマンションの仲間入りね」

人の気配を感じて振り返ると、店長が呆れ顔で立っている。

「ずいぶん楽しそうだね」

「すみません、ご迷惑をかけて……。いい歳して子供みたいでしょ」

「そうじゃなくて、楽しそうなのは神山さんだよ」

「えっ、私が……」

「うん。すごく幸せそうな顔してたよ」

待合室から聞こえる声はさらに大きくなる。

「今のは完全に後出しでしょ。ナシですよ。今のはナシ」

「お前のグーは何だ。指の間から親指を出しやがって。放送禁止だろ」

「ソープでのグーはこれが正道ですから」

貴子は大げさに両手を開くと肩を上げ、溜息をついた。

「店長、私はこのまま帰りますから。あとはよろしくお願いします」

「冗談じゃない。あの人たちはどうするんだ」

「大丈夫ですよ。あの人たちは遊んでるだけですから。それに、私がいないって最高のオチでしょ」

　聖母は小悪魔のように微笑んだ。

解説

田口幹人

苦笑、失笑、冷笑、爆笑、照れ笑い、愛想笑い、嘲笑、憫笑、作り笑い、思い出し笑いなど、笑いには幾通りもの種類がある。人は、笑うことで細やかな感情を表現することができる。また、感情を意図的・作為的に使い分けることができ、受け手の受け取り方次第で好意的にも否定的にも捉えることができ、その立場を変えることによって一八〇度意味を変えてしまう怖さも持っている。喜怒哀楽、人間の感情を表すものの中で、読み取るのが最も難しいのは、笑いかもしれない。

人を笑わせるのは難しいものだ。年齢の違い、価値観の違い、性別や立場など、その人の置かれた場所や境遇によって笑うツボがすべて違う。冗談を好む人がいれば、心温まるユーモアが好きな人もいる。そのユーモアにも、人の不幸をネタにしたような、毒のあるスパイスの効いたユーモアもある。様々な場面に対応し、笑いを起こすには、笑わせる当人の人生経験が豊富であり、山あり谷ありであったその人生を楽しみ、愉快に過ごしてきたことで培われた度量と技術が必要なのではないかと思う。

本書は、その笑いに向き合い続けてきた畠山健二の小説家としてのデビュー作である。演芸の台本の執筆や演出、週刊誌のコラムの執筆などで知られる著者がデビュー作の舞台として選んだのは、東京の下町の築四年になる分譲マンション「ルネッサGL」だった。

ルネッサGLに住む飲み仲間がいつもの居酒屋で落ち合う場面から物語が始まる。グルメで遊び人の漫画の原作者を生業とする葉山俊介。大阪生まれの元落語家の麻丘元春。鉄鋼会社と賃貸マンションを経営する元高校球児の南淳二。子供が同じ小学校に通うパパ友の中年三人組だ。月に一、二度近所を呑み歩き、たまに連れだって悪い遊びに興じる仲間でもある。今宵も輪番制によってマンションの管理組合の理事となった麻丘と南が話す管理組合の噂話と下町グルメをつまみに呑んでいたが、吉原遠征を企てていた麻丘と南の誘いにのり、三人で吉原へ向かう。そこで、吉原の貧乏神と呼ばれる一人の風俗嬢・貴子と出会うのだった。風俗部屋で葉山が貴子に母性について語る様は、まるで落語のマクラである。マクラの部分で読み手を物語の世界に力ずくで一気に引き込むのではなく、これから始まる本編の本線を踏まえつつ、さりげなく著者が作り出す物語の世界に誘ってゆく。このマクラの振り方が絶妙なのである。ここに演芸で鍛えた職人技がきらりと光る。

　さて、いよいよ本編に入り物語が動き出す。

　マンションの管理組合の理事会の席上、過去の理事会で一度も発言したことがなかった理事の佐々木が、突然マンション内に設置されているスパの給水管バルブの取り換え工事に伴うマンションの管理会社と特定の業者との癒着を疑う発言をする。それに同調した麻丘と南もここぞとばかりに管理会社の小林と高倉理事長を追及するが、管理組合活動に無関心な上に、争いを避けたがる住人たちの代表である他の理事たちは、大勢に逆らうことをしない。高倉理事長と数々の管理組合を手玉に取ってきた管理会社の小林にうまくごまかされる形で、理事会は閉じられてしまう。

　理事会の数日後、スパで騒ぎが起こる。麻丘が息子とともに入浴していると、息子と娘を連れた高倉理事長が入ってきて対峙することに。理事会での一件もあり、挨拶も交わさない険悪なムードの中、高倉理事長の息子が浴槽内で傍若無人の振る舞いを始める。湯船の中には他の住人もいるが、迷惑そうに顔をしかめ眺めるだけ。他人に厳しく身内に甘く、見て見ぬふりをする高倉理事長に麻丘がかみつき、ひと悶着となる。先の理事会とスパでのいざこざで、完全に麻丘と南VS.高倉理事長と管理会社の構図ができあがり、ついに〝仁義なき戦いルネッサＧＬ篇〟の幕があがるのであった。

　高倉理事長を懲らしめようと、麻丘、南の両理事に葉山と吉原の貧乏神・貴子が加わり、手の込んだ大人のイタズラを企て実行する。このイタズラで見えてきたのは、哀愁漂う高倉理事長と小林の悪役の二人の男たちの苦悩だった。ここから先は、ラストのさげまで、さながらジェットコースターのように物語が進んでゆくので、ぜひ手に汗握り本編をお楽しみいただきたい。

　さて、ここで少しだけ、悪役として描かれている高倉と小林、イタズラの助っ人として参戦する葉山と吉原の貧乏神・貴子のご紹介を。

　高倉は、三十年間勤めている会社で居場所も立場もない万年窓際族、家庭でもすべての権限を妻に奪われ居場所がなく行き詰まっている男として描かれている。管理組合を手の内に収め続けたいと願う管理会社の小林の画策で、期せずして手に入れた理事長の役職は彼の唯一の拠り所となっていた。総合管理サービス株式会社のマンション管理部課長代理の小林もまた、理想の家庭像とは違う現実の家庭生活に苦しんでいた。すれ違いの生活の末、三か月前に長男が誕生するも、義父の死後、義母との同居が始まり、嫁サイドに主導権を握られてしまい家庭内での居場所を完全に失ってしまう。小林は、仕事が終わっても真っ直ぐに帰宅しない日々を送っていた。二人は、己の置かれた境遇を嘆くだけで、自分から行動を起こし、自分の未来を変えようとはしない。ささいなきっかけ、自分自身の心の持ちようで事態を変えることができるはずなのに、自分の未来を悲観することでしか自分の存在を確認できないでいたのだ。

一度手にした権力を手放したくない高倉と、会社のためにマンションの管理業務を意のままにすることが仕事の小林。その二人の需要と供給が見事に一致する。しかも、それぞれの心の寂しさを埋めるために〝同じ居場所〟へ辿り着くのであった。二人をその居場所に導いたのは、葉山俊介と吉本貴子だった。漫画家を志していたが、芽が出ずに長い間苦しい下積み生活を送ってきた葉山。葉山との出会いで自分を見つけた吉原の「松竹梅」のソープ嬢の貴子。二人の〝人間との向き合い方や積み重ねてきた経験〟が、含蓄ある言葉となり物語に深みを与えている。

「どん底のときって、いろんな表現ができるよね。人生は地獄で、結婚は墓場、会社員なんて奴隷……。でもそれは、その苦しみに直面した人が悲壮感に酔って命名しただけなのよ。人生は遊園地、結婚はお化け屋敷、サラリーマンはピエロ……。遊んじゃえばいいのよ」

「人生はテーマパークなのかもしれないな。予期せぬ出来事が次々に起こる。それを真正面から受けて苦しむか、斜に構えて楽しむかはその人の度量」

「人間は難しい。特に正面から見るとな。でもな、斜めから、そして下から観察すると本性が見えてくる。人は真正面から見ちゃだめなんだよ」

人生において、すべて自分の望み通りに物事が進んでいる人なんて誰もいない。誰しも悩みや不満を抱えながら生きている。自分の置かれた境遇を嘆くことは誰でもできる。しかし、それでも人生を楽しんでいる人もいる。どこかに息抜きや楽しみを見いだし、悩みや不安と秤（はかり）にかけバランスをとりながら生きている。葉山や貴子の言葉は、〝人生を楽しめるか楽しめないかは、置かれた境遇ではなく自分の心の持ちようなのだ〟という作品を通じた著者のメッセージでもある。

現実の社会でも報復や復讐（ふくしゅう）などが頻繁（ひんぱん）に起こる。人間関係が希薄になりがちな今の世がそうさせているのかもしれないが、時代が移り変わり、より陰湿なものが増している感じがする。大人のイタズラでは済まされない、狂気を感じる事件も目にする。高倉理事長への復讐劇は、ぎりぎりのところで大人のイタズラとしての面白さを保っているが、その発端となる発言をした佐々木は、誰もが心のどこかに持っているかもしれないイタズラ心を通り越した狂気の象徴として描かれているのだ。

このなんとも重苦しくなりがちな物語を、笑いに変えまとめ上げる著者の技は、まさに職人である。グルメあり、お酒あり、女ありの現代落語さながらのドタバタ人情噺、お腹を抱えてお楽しみくださいませ。

著者は、時を江戸時代に移した時代小説『本所おけら長屋』（PHP文芸文庫）を上梓している。本所亀沢町にある「おけら長屋」を舞台とした、江戸の片隅で肩を寄せ合う庶民の暮らしにどっぷりと浸ることができる連作短篇集だ。

米屋奉公人の万造と左官の八五郎など、ひと癖ふた癖ある店子が入り乱れて暮らす貧乏長屋は、笑いあり涙あり毎日がお祭り騒ぎ。小気味よく刻まれる著者独特のリズムで活き活きと描かれた人情噺は、まさに江戸落語そのものだ。一話一話のさげの見事さに舌を巻く。シリーズ化され、現在『本所おけら長屋（二）』『本所おけら長屋（三）』が刊行されている。いずれもたっぷりと喜怒哀楽の詰まった作品となっている。

楽しそうに悪態をつき、幸せそうに悪口を受け入れ、心に垣根がなく、お世辞も言わないのに小さな見栄と意地を張り合うことで生まれたおけら長屋独特の連帯感がなんとも心地いい。腹を抱えて笑いながら涙した。江戸落語の世界観を時代小説で表現することに成功した本シリーズは、まさに真打・畠山健二を宣言する作品だ。

ぜひ、著者が作り出した『スプラッシュ マンション』と『おけら長屋』という、まるで落語の世界の住人のように、一本ネジが緩んでいるような住人たちが暮らす二つの遊園地で心ゆくまで楽しんでいただきたい。きっと、刺々しくなりがちな現代の人間関係に和らぎを与えてくれるでしょう。そう、乾いた大地に降る慈雨のように。著者の作品には、そんな力があるのだ。

（さわや書店フェザン店店長）

この作品は、二〇一二年三月にＰＨＰ研究所より刊行された。
物語は、フィクションであり、実在の人物・団体等とは一切関係ありません。

著者紹介
畠山健二（はたけやま　けんじ）
1957年、東京都目黒区生まれ。墨田区本所育ち。演芸の台本執筆や演出、週刊誌のコラム連載、ものかき塾での講師まで精力的に活動する。著書に『下町のオキテ』（講談社文庫）、『下町呑んだくれグルメ道』（河出文庫）、『超入門！ 江戸を楽しむ古典落語』（ＰＨＰ文庫）、『粋と野暮 おけら的人生』（廣済堂出版）など多数。2012年、『スプラッシュ マンション』（ＰＨＰ研究所）で小説家デビュー。文庫書き下ろし時代小説『本所おけら長屋』（ＰＨＰ文芸文庫）が好評を博し、人気シリーズとなる。

ＰＨＰ文芸文庫　スプラッシュ マンション

2015年１月27日　第１版第１刷
2023年11月24日　第１版第８刷

著　者　畠山健二
発行者　永田貴之
発行所　株式会社ＰＨＰ研究所
東京本部　〒135-8137 江東区豊洲5-6-52
文化事業部　☎03-3520-9620（編集）
普及部　☎03-3520-9630（販売）
京都本部　〒601-8411 京都市南区西九条北ノ内町11
PHP INTERFACE　https://www.php.co.jp/
組　版　朝日メディアインターナショナル株式会社
印刷所　図書印刷株式会社
製本所　東京美術紙工協業組合

ISBN978-4-569-76295-1

JASRAC 出 2303339-308